灵韵的寻回

当代河南城市文学研究

魏华莹 ◎ 著

中国社会科学出版社

图书在版编目（CIP）数据

灵韵的寻回：当代河南城市文学研究 / 魏华莹著 . —北京：中国
社会科学出版社，2023.6
ISBN 978-7-5227-1802-6

Ⅰ.①灵…　Ⅱ.①魏…　Ⅲ.①地方文学史—文学史研究—河南—
当代　Ⅳ.①I209.961

中国国家版本馆 CIP 数据核字（2023）第 065456 号

出 版 人	赵剑英
责任编辑	慈明亮
责任校对	赵雪姣
责任印制	戴　宽

出　　版	中国社会科学出版社
社　　址	北京鼓楼西大街甲 158 号
邮　　编	100720
网　　址	http://www.csspw.cn
发 行 部	010-84083685
门 市 部	010-84029450
经　　销	新华书店及其他书店

印刷装订	三河市华骏印务包装有限公司
版　　次	2023 年 6 月第 1 版
印　　次	2023 年 6 月第 1 次印刷

开　　本	710×1000　1/16
印　　张	13.75
插　　页	2
字　　数	228 千字
定　　价	78.00 元

凡购买中国社会科学出版社图书，如有质量问题请与本社营销中心联系调换
电话：010-84083683

目　　录

绪　论

随着中国城市化进程的加快，城市文学的书写日益繁多，且与当下中国社会的生存生活状况以及未来发展紧密地联系在一起。莫里斯·迪克斯坦在《途中的镜子：文学与现实世界》中认为现实主义的价值在于密切关注重大的社会变迁，从而领悟个体与复杂社会巨变之间的关联。而城市文学对社会现实的关切使得其具有更为重要的意义。城市作为多元的文化空间，呈现出不同的文化脉络，如何找寻一种观看的方法，在传统与现代之间把握城市诗学，成为本书关注的重点。全球化时代，现代性特质及后现代的荡涤无处不在，在此基础上，本书考察在城市书写中表达作家的个体性思考，以及文学记录的城市景观变化、城中人的心态史，寻找其独特意义，实现从河南文学看中国文学，进一步呈现当代城市精神和美学意义。

本书尝试对当代河南城市文学发展状况作历时性把握，重回文学现场，在解读文本、考释史实的基础上，对河南城市文学的创作成就、文学史意义给予客观的评价，剖析其间的地域属性、文化心理、精神气质，城市化进程中所展现的新特质以及城与文的互动关系。从地域属性考察"文学中的城市"，可以发掘城市文化品格的建构维度。河南具有悠久的历史，也是中华文明的发源地，形成了光辉灿烂的历史文化，但也存在内陆省份的地域限制。在这些地域属性的观照下，我们会发现，河南的城市文学不仅触及了城市文学的一些普遍性问题，也存在着很多不同的趋向，如长久文明的历史积淀、古都文化，中原人特有的人生哲学，现代化过程中的城市变迁等城市发展中面临的新问题，这些都在作家的笔下有所关注和书写。毕竟，文学不仅是单纯的艺术品，它也是社会生活的反映，甚至积极地参与社会变革与城市变迁的各个环节中去。可以说，在一定意义上，研究河南城市义学也是了解、记录、钩沉、展望城市文化发展的重要维度。

近年来，随着城市文学的研究升温，关于作家的城市经验、地域美学和自我意识，以及文学作为城市历史记忆的独特形式等方面都取得诸多成果。但也存在一些问题，具体表现在：其一，对城市文学多集中在个案研究，维持在现场批评的阶段，并未将研究对象问题化和系统化；其二，城市文学的研究专著较少，缺乏对当代城市文学进行系统的梳理，对城市文学中所反映出的城市精神没有进行有效的理论建构；其三，主要关注点在北京、上海、广州、南京、深圳等传统或新兴的城市生活与城市文化，对其他城市文学的研究关注不够。

具体到河南的城市文学，作为内陆和传统乡土省份，既有的研究更多关注乡村与田园，新中国成立后关于工业题材所涉及的城市建设、城市风景也多属于被遮蔽的存在。新时期以来，随着城市化进程的推进，河南城市文学从隐形叙述中逐渐找到表达的空间和舞台，表现出新的文学特质，也接续了中国古代、现代文学的市民写作传统。通观城市文学写作，可以发现当下文学的新风貌，及其所携带的文化历史积淀和社会主义传统在创作中如何得以呈现。

"每一座城市都有它的历史文化传承，每一次'革命'都是对城市的一次'重新表达'。"① 考察当代城市文学，可以发现新中国成立之初文艺作品中城市新人所承载的社会主义品格，城市空间更多成为工业生产之外的掠影，城市日常生活的特定方式也以隐形的方式加以表述。新时期以来的河南城市文学更是一部生动的城市文化变迁史，许多城市文学作品从不同方面讲述着城市发展所呈现的不同风姿和样貌。从最初将城市作为现代事物的镜像化表达，到不断的进城故事面临的心灵冲突，以及 21 世纪之后对城市有了更为自信、多元的书写，城市灵韵的自觉寻回，都显示出城市写作的日益成熟。

城市不仅是日常居住地，也是文明集散地。城市中的人物更是代表着不同的城市形象，如文学中的"进城者""异乡人""土著"等，映射出城市的多副面孔，不同的人物形象更是传递了新时期以来社会转型期所特有的城市多元复调结构，也在一定程度上承载不同的城市记忆和城市文

---

① ［美］理查德·利罕：《文学中的城市：知识与文化的历史》，吴子枫译，上海人民出版社 2009 年版，第 21 页。

化。城市符号同样传递着历史文化气息，如开封的老建筑、鼓子曲，郑州的商城遗址、德化街，洛阳的古都文韵等。独特的城市符号构成、交织着一座座城市的古老文化和现代文明。通过城市书写中记录的城市光影，也能寻找历史的积淀和社会变迁，以及所承载的历久弥新的城市品格。

本书以文本分析及史论结合的方式，系统运用文学社会学、文学地理学、知识考古学等理论方法，通过探讨"城市如何得到书写"，为更好地构建城市文学发展提供新的思路。因学界目前系统深入研究城市文学的专著不多，河南城市文学研究更是一项空白，本书尝试梳理出较为清晰的河南城市文学的发展脉络，在强调地域文化的基础上，以河南为研究视点，借以发现新中国一体化时代城市的隐形书写、新时期的进城故事，及改革开放时代的多重表达，城与人的历史溯源及现代性书写，进而发现河南当代城市文学的整体化进程和民族化实践。所涉及的作家作品，以河南本土作家为主，兼及河南籍作家的城市书写，以期在研究河南城市文学的同时，能够发现当代中国文学、文化乃至整个社会发展在城市文学中的不同表现和面向，以及如何从同质化书写到传统灵韵的寻回，确立起具有独特韵味的城市美学。虽然立志高远，但由于笔力、目力、篇幅所限，以及书写的难度，难免存在诸多不足之处，也期待在以后的研究中能有更多的收获和建树。

第一章

何谓城市文学

　　中国的城市是由"城"和"市"发展而来的，"城"起源于防御的政治功能，"市"是为了生产交换的商业功能。"市"是"城市最初的、最原始的雏形，一开始就是与乡村居民点相区别的主要标志"①。中国城市文学有着悠久的历史渊源，《诗经·大雅·绵》中写到周人搬迁之后"筑室于兹"的城市建设发展问题，《诗经·郑风·出其东门》详细描写了城市风景人物，如："出其东门，有女如云。"《韩非子·爱臣》中"大臣之禄虽大，不得藉威城市；党与虽众，不得臣士卒"，被认为是"城市"一词在典籍里的最早出处。以及《战国策·赵策》中"今有城市之邑七十，愿拜内之于王，唯王才之"，《后汉书·廖扶传》中廖扶绝志世外，"常居先人冢侧，未曾入城市"等。当时的"城市"尽管并没有现在如此丰富的内涵，但已经是"城"和"市"的结合体，也说明中国城市从春秋兴起至战国已经达到了较高水平，城市相对繁荣。而随着城市的发展，城市一直是文学书写重要的资源。

一　当代城市文学界定

　　对于中国当代文学来说，新中国文学的工农兵传统确立之后，城市文学就成为被压抑的写作形态。新时期之后，随着城市化进程的推进，城市文学研究领域开始蓬勃发展。1983 年的北戴河城市文学研讨会标志着国内城市文学研究的兴起，也对城市文学的概念做出界定："凡以写城市

---

① 傅崇兰、白晨曦等：《中国城市发展史》，社会科学文献出版社 2009 年版，第 35 页。

人、城市生活为主，传出城市之风味、城市之意识的作品，都可称做城市文学。"① 之后山西太原在 1984 年创办了杂志《城市文学》，还开办了城市文学创作讲习所。武汉《芳草》杂志也跟进城市文学的探讨，如杨江柱提出："第一，好的城市文学作品，应该善于描绘城市的特殊风貌，把一座城市当成有性格的活人来看待；第二，好的城市文学作品应该始终把人放在中心地位，对城市风貌的描绘不能喧宾夺主，压倒和淹没人物形象，而应渗透到人物的命运与性格特征之中，城市风俗画与人物画熔铸成为一个整体；第三，城市文学作品中的主要人物，最好能体现时代精神，体现时代潮流的新趋势，这样的人物是作家自己在生活中发现的，灌注着作家自己的激情与美学思想；第四，城市文学作品可以表现城市生活的各个方面，可以描绘城市的昨天和今天，但就城市文学的整体而言，它的主攻方向应该是描绘城市的今天，也就是改革浪潮中的城市。"②

此后，诸多文学期刊都开展了城市文学的相关问题讨论。如《上海文学》1985 年第 8 期发表陈村的《写出有"上海味"的城市文学》；河南《奔流》杂志在 1986 年第 12 期发表系列讨论文章《城市文学笔谈》；四川作协 1986 年 6 月在重庆召开城市文学讨论会，要求深刻地认识和反映城市改革；《天津文学》1986 年第 10 期发表雷达的《关于城市与文学的独白》。1988 年《城市文学》开专栏邀请一些知名学者探讨"城市文学"的概念，如张炯的《"城市文学"漫论》、龙一的《"城市文学"概念质疑》等。雷达也敏感地意识到"走向城市的中国"是大趋势，"我们的文学与城市的关系将愈来愈密切而重大，它的意义是深远的"③。

20 世纪 90 年代之后，更多有关城市文学的讨论延续了对作家"城市意识"的关注，城市文学作品数量激增，也更为关注城市人真切的生活状态和内在精神的书写。探讨新中国的城市文学创作史，也是直面在快速发展的城市化进程中文学何为的重要问题。赵园的《北京：城与人》（上海人民出版社 1991 年版），应是国内最早考察"文学中的城市"的著作。此后，随着京派、海派研究的深入，"文学中的城市"成为新兴概念，打开了更为开阔的研究视野。1998 年江苏美术出版社推出以城市为对象的

---

① 幽渊：《城市文学理论笔谈会在北戴河举行》，《光明日报》1983 年 9 月 15 日。

② 杨江柱：《漫谈城市文学》，《芳草》1984 年第 11 期。

③ 雷达：《关于城市与文学的独白》，《天津文学》1986 年第 10 期。

老照片，包括《老北京》《老苏州》《老重庆》《老南京》《老武汉》《老广州》，唤醒了被遗忘已久的城市记忆。上海师范大学 1998 年成立"都市文化研究中心"，探讨城市文化问题。

城市与文学的关系日益受到研究界重视，"城市是什么"也成为持续性的追问所在。在这一问题的带动下，诸多国外研究城市以及城市文学的论著相继被翻译出版。包括马克斯·韦伯、齐美尔的理论，哈贝马斯的城市公共领域理论，本雅明的城市文化理论，尤其是本雅明《发达资本主义时代的抒情诗人》和《机械复制时代的艺术作品》探讨诗人与城市艺术的关系，备受国内学界重视。此外，重要的理论书籍还有美国学者伯顿·帕克《文学中的城市形象》，勾勒欧洲文学中的早期神话、史诗、《圣经》和 19—20 世纪文学中的城市形象的大致轮廓。理查德·利罕《文学中的城市：知识与文化的历史》，重在研究随着历史与文化的发展，文学对城市的想象以及城市变化如何促进文学文本的转变，书中提出："当口头的交流满足不了需要，或者老年成员无法传达信息给超出其年岁所及的子孙后代时，城市就需要一套记录系统，于是城市随着文字——刘易斯·芝福德称之为'永久性的记录方式'的发展而兴起。"①

这些研究，都注重强调城市的社会学和地理学意义。"城市既是一个景观、一片经济空间、一种人口密度，也是一个生活中心和劳动中心。换一种说法，城市也可能是一种气氛，一种特征或者一个灵魂。"② 城市是现代社会的一种地理学标志，也是社会在现代化进程中的里程碑。在迈克·克朗看来，"小说可能包含了对城市更深刻的理解。我们不能仅把它当作描述城市生活的资料而忽略它的启发性，城市不仅是故事发生的场地，对城市地理景观的描述同样表达了对社会和生活的认识。……因此，问题不是如实描述城市或城市生活，而是描写城市和城市景观的意义"③。美国学者罗兹·墨菲在 1953 年出版的研究 1843—1949 年上海历史的书《上海——现代中国的钥匙》，提出上海连同它在近百年来成长发展的格局，一直是现代中国的缩影。上海提供了用以说明现代中国已经发生和即将发生的新事物的钥匙，也提供了新型视角和解读方法。

---

① ［美］理查德·利罕：《文学中的城市：知识与文化的历史》，吴子枫译，上海人民出版社 2021 年版，第 15 页。

② 刘乐群：《城市的当代生态心态与艺术创造工程》，《天津文学》1987 年第 9 期。

③ ［英］迈克·克朗：《文化地理学》，杨淑华等译，南京大学出版社 2003 年版，第 50 页。

　　21 世纪以来，对于西方城市文化研究的译介也在加快。包亚明主编了包括《现代性与空间的生产》《后大都市与文化研究》《后大都市：城市和区域的批判性研究》等书在内的"都市文化研究丛书"，翻译介绍列斐伏尔、爱德华·索亚等人的城市文化理论。汪民安、陈永国主编的《城市文化读本》，介绍西方城市文化研究状况。广西师范大学出版社出版由薛毅主编的四卷本《西方都市文化研究读本》，探讨西方都市文化的生产、消费状况，意识形态与文化生产，古代城市与现代城市、现代性与后现代主义诸多问题。21 世纪初，李欧梵的著作《上海摩登——一种新都市文化在中国（1930—1945）》，更是引领了上海都市文化研究的热潮，学界更为注重城市与文学的互文关系。这些理论的译介出版，都为国内的相关研究提供新思路和方法。

　　在国外和国内理论的不断推进下，如何界定城市文学成为一个问题，甚至出现城市文学、都市文学、市井文学的多种交叉，也带来诸多研究难题。陈晓明曾撰文支持城市文学的概念，并提出城市文学的三要素：地理学特征，即描写了具体的城市存在形态和城市生活方式的作品；意识与精神的特征，即表达了城市意识或对城市的意识；文体特征，即有一种与城市存在形成相关的叙述文体，对于诗歌来说即是有一种诗的语言的表意策略。他提出，所谓城市文学就是表现了城市生活并包含了一定城市意识的作品。陈平原也肯定城市文学的意义，提出城市成为整个的文学生产、传播、扩展的一个重要的核心。这是我们必须关注的，回过头来看，正是因为这种传播，使得城市有意义。

二　河南的城市文学传统

　　河南是中华民族的发祥地之一，从历史和地理上看，河南为中国九州中心之豫州，故简称为"豫"，且有"中州""中原"之称，曾有"一部河南史，半部华夏史"的美誉。我国的城市最早诞生于中原地区，20 世纪 70 年代在河南境内发掘的偃师二里头文化遗址、登封王城岗及阳城遗址和淮阳平粮台古城遗址，对研究中国早期城市的起源、国家的产生和探索夏商文化具有重要的意义。在有考古资料可证的商代 70 多个城市中，河南境内就有近 30 个，殷为商都 273 年，殷墟是研究商史的权威性考古遗址。"春秋战国，周天子'礼崩乐坏'，诸侯国竞相争霸，筑城封邑成一时之风，春秋时仅河南就有 200 多个城邑，战国时兼并为 150 多个。""公元前 743—701 年间，郑庄公'开拓封疆'，在今朱仙镇附近建'仓城'开封；公元前 364 年，魏迁都于这一带，袭用楚国时旧名'大梁'。"① 中国的八大古都河南就有 4 个，即九朝古都洛阳、八朝古都开封、七朝古都安阳、夏商古都郑州，及商丘、南阳、许昌、濮阳等。可以说，河南是中国历史上建都朝代最多，建都历史最长，古都数量最多的省份。既有夏商周渊源，又有风华绝代的魏晋，有汉唐雄风，也有两宋的繁荣市井，多样性的文化积淀出河南的厚重历史。

金克木说："地理不只是指地区，而是兼指自然、社会、经济、政治、文化。"② 关于河南的古代城市文学，洛阳作为河洛文化发源地，一直是浓墨重彩所在。班固的《两都赋》、张衡的《二京赋》、左思的《三都赋》都记录了洛阳繁华。杨衒之的《洛阳伽蓝记》，集历史、地理、佛教、文学为一体，记录了洛阳的名人逸事。曹植的《洛神赋》，更是以华丽的想象、华茂的辞采写出了洛水之滨的洛神之美。洛阳历来是文人雅客汇聚之地，苏秦、贾谊都是洛阳人，"竹林七贤"多在洛阳活动，白居易晚年隐居处即在龙门东山的香山寺。据戴伟华统计，唐代诗人在洛阳创作了约 820 首诗③。

欧阳修的《洛阳牡丹记》是现存最早关于牡丹的谱录，为当时洛阳地区盛行的 26 种牡丹命名，并写出诗句："洛阳地脉花最宜，牡丹尤为天下奇"。根据久保辉幸的考释：中国宋代涌现了众多谱录类著作，其中牡丹谱共计 17 种，几乎占花卉谱录总数的一半，它们也是其他花卉谱录出现的前导性著作。④ 陆游的《天彭牡丹记》也是依托欧阳修的创作体例，分为花品序、花释名、风俗记三部分，"后来的花木谱大多沿着这一思路，释花名、述花形、花色、花期等生物属性，对栽培方法乃至栽培过程中的禁忌等都有描述，几乎所有的花木谱都有排列品第的意味"⑤。

---

① 王发增主编：《河南城市的整体发展与布局》，河南教育出版社 1994 年版，第 2 页。
② 金克木：《文艺的地域学研究设想》，《读书》1986 年第 4 期。
③ 戴伟华：《地域文化与唐代诗歌》，中华书局 2006 年版，第 131 页。
④ ［日］久保辉幸：《宋代牡丹谱考释》，《自然科学史研究》2010 年第 1 期。
⑤ 路成文：《咏物文学与时代精神之关系研究：以唐宋牡丹审美文化与文学为个案》，暨南大学出版社 2011 年版，第 82 页。

　　宋代之前，关于城市的书写，更多是士大夫精英式的，而非商业文化浸润的市民生活。在这个意义上，有学者将中国的市民文学史上限界定为北宋，瓦市的兴起，由此产生表达市民思想的通俗文化。"中国古代的城市文学精神由精英而通俗化，文学形式上由诗赋转向词曲和小说等叙事文学，总体而言，宋代确实是中国城市文学的一个转折点。"①

　　据《东京梦华录》载，北宋汴京瓦子遍布，较为著名的有新门瓦子、桑家瓦子、中瓦、里瓦、朱家桥瓦子、州西瓦子、州北瓦子、保康瓦、宋门外瓦等。其中州西瓦子"南自汴河岸，北抵梁门大街亚其里瓦，约一里有余"②。宋室南渡之后，临安瓦子的数量不仅远远超过汴京，而且从城里延伸到城外，如《西湖老人繁胜录》说临安"城外有二十座瓦子"③，也从侧面说明商品经济的繁荣和市民文化的兴盛。正是瓦舍的创设，使得民间艺人得以汇聚，官方与民间文化相互融合，也促进了文艺的大众化，如话本、艳曲的流行，使得美学领域出现了雅俗并峙的景观。

　　而宋代的京都大赋被认为是凝视帝国都城文化的广阔视角，杨侃《皇畿赋》、宋祁《王畿千里赋》、周邦彦《汴京赋》、李长民《广汴都赋》等都是颂美宋代都城。刘子翚的《汴京纪事》组诗中，追忆了东京梦华。张择端的《清明上河图》呈现了北宋都城东京（又称汴京，今河南开封）的城市面貌和当时社会各阶层人民的生活状况，是东京繁荣昌盛的见证，也是北宋城市经济情况的写照。

　　北宋之后，因常年战乱，元朝时大运河改道山东，开封不仅失去了政治中心、文化中心的地位，也失去了漕运中心的地位，河南开始走向全面衰落。韩国河等的《"中原"历史与文化考论》，分析了河南衰落的多层原因。魏晋南北朝时期，中原就长期处于战乱之中。此后，宋金对峙、蒙古崛起、元末以及明末农民战争等，中原无不是主战场。随着政治中心的转移，也带来了文化的衰落。近代以来，西方文明又是由南向北、由西向东渗透，这就更加重了长期作为中原核心的河南的衰落。此外，由于战乱、天灾，造成中原人民生计艰难，这就使得强者轻生好勇，弱者保守顺从、听天由命。

　　此后，随着南宋后中原文人的南移北迁，河南文学开始衰落。在文学

① 祝东：《中国古代的城市文学的兴起》，《山花》2016 年第 6 期。
② （宋）孟元老著，邓之城注：《东京梦华录注》，中华书局 1982 年版，第 19 页。
③ （宋）孟元老：《西湖老人繁胜录》，中国商业出版社 1982 年版，第 17 页。

史记述中，也仅有明代中叶的何景明、王廷相和清代的侯方域、宋荦、李绿园等。随着五四新文化运动的兴起，1919 年到 20 世纪 30 年代初，河南陆续出现诸多新文化杂志和青年社团，包括《心声》《青年》《文艺》《豫报副刊》《夜莺》《行素》等，冯友兰兄妹、曹靖华、于赓虞、姚雪垠、张长弓等都曾发表文章，比较活跃的还有诗人徐玉诺、作家冯沅君。但这只是昙花一现，伴随着刊物夭折、作家出走，新文化运动的现代性追求在河南本地并没有形成一个拥有话语权的公共空间。由于中原传统文化力量的强大，以及政治现实强大的干涉力，在传统与现实的对峙中，河南新文学呈现出独特的风貌。这一时期，姚雪垠、徐玉诺、范文澜、刘如水、苏金伞、任访秋、张长弓等作家，虽更多接受传统文化教育，但也更早地以现代性文学视角审视河南文化。

三　城市文学发展状况

新中国成立后，我国的城市结构发生重要变化。在 1949 年，中国城市人口占全国人口比重仅为 10.6%。此后，受意识形态影响，一直认为城市具备资产阶级属性，城市的功能也逐渐由消费型变为生产型。这也使得在很长的一段时间里，城市美学成为被批判和改造的对象，受此影响，城市文学的身份也是暧昧不明的。甚至在很长一段时间的文学和影视作品中，城市成为被妖魔化的对象，如小说《我们夫妇之间》，电影《霓虹灯下的哨兵》《千万不要忘记》中对城市所代表的物质文明以及资产阶级属性的批判，种种导向使得城市和城市文学长期处于备受压抑、停滞不前的状态。

新中国成立初河南著名作家和编剧李准也是重要的农村题材作家，以《不能走那条路》开启了新的文艺方向，后创作《老兵新传》《李双双小传》等社会主义新人新事新气象，引起了极大的轰动效应。作为河南作家，李准的语言鲜活有趣，富有生活气息，如围绕李双双名称的变化、喜旺对李双双态度转变的心路历程，方言的使用也使得这部作品更多地方韵味。李准的写作风格作为一种文学传统深深地影响了新中国的文学创作以及河南文学的写作方向，在很长一段时间，乡土题材成为文学主流。

而随着城市功能整体从消费型向生产型转变，河南的城市文学书写也局限在工业题材和革命历史题材小说。事实上，在新中国成立前夕，《人民日报》（1949 年 3 月 17 日）刊文《把消费城市变成生产城市》，认为旧中国以消费为中心的城市代表的是资本主义腐朽堕落的意识形态，而社会主义城市应当以生产为中心，需开动机器满足城乡建设、生活的需要。烟囱、车床、桥梁、技术工人等，成为社会主义工业化象征的新符码，日常生活与城市风情更多成为背景性存在，及被压抑的叙事。

新时期以后，中国重新打开国门，实行改革开放，在现代化目标的驱动下，城市长期停滞的局面得以改变。1979 年，南京大学吴友仁的《关于中国社会主义城市化问题》一文的发表，率先打破了禁区，正式拉开了中国大陆城市化理论研究的序幕，随之而来的城市化进程日益加快，城市文学开始复归或再出发。许多作家也纷纷移居城市，汇聚成城市文学写作的新潮流。这种时代和创作转型也符合美国作家赫姆林·加兰在 19 世纪末对美国文学的预言："日益尖锐起来的城市生活和乡村生活的对比，不久就要在乡土小说中反映出来了……（这些）小说将在地方色彩的基础上，反映出那些悲剧和喜剧，我们的整个国家是它的背景，在国内这些不健全的，但是引起文学极大兴趣的城市，如雨后春笋般地成长起来。"①

进入 21 世纪之后，中国的城市化速度进一步加快。2020 年，我国的城镇化率高达 63.89%，比发达国家 80% 的平均水平低了 16.11%，与美国 82.7% 的城镇化水平还有 18.81% 的距离。不过，中国当前仍处于高速发展期，与发达国家的差距也越来越小。北京大学光华管理学院刘俏表示，根据光华思想力课题组测算，到 2035 年，中国城镇化率将达 75%—80%，新增近 4 亿城镇居民，达到发达国家同等水平。

2015 年，中国当代文学研究会与北京联合大学举办的"城市文学论坛"召开，说明学界对于城市文学书写的重视和研究力度加大。首届论坛围绕新世纪文学城市与城市文学、现代性与城市、空间与叙事、历代文学中的城市叙述、西方文学中的城市形象等问题展开。此后，北京联合大学多次举办城市文学论坛，围绕现代性与城市、空间美学与文化、当代作家与城市、历史题材城市书写等问题展开讨论，及时跟进、关注、研究当下城市书写的新面向。

---

① ［美］赫姆林·加兰：《破碎的偶像》，《美国作家论文学》，刘保端等译，生活·读书·新知三联书店 1984 年版，第 92 页。

2017 年《青年文学》特别推出 "城市" 栏目，展示城市化进程带来的巨大变化在文学作品中的呈现。自 2018 年起，该杂志推出城市文学排行榜。首届分中篇小说和短篇小说两个门类，各评出 12 部作品，获奖者多为 "70 后""80 后"写作者。城市文学排行榜旨在引起更多人关注城市文学创作，让更多契合时代精神的作品照亮世界、抚慰人心。

总的来说，城市文学在蓬勃发展，但也存在一些问题。对当代文学研究者来讲，对城市文学的研究仍过多局限于 "京派""海派"，许多城市文学仍处于被遮蔽的状态，批评是否跟进创作现实也存在着诸多问题。具体到河南文学，尽管有着丰富的城市文学书写，文学研究的跟进并不到位，这也使得河南的城市文学书写亟需系统深入的研究。河南的城市文学不仅触及了城市文学的普遍性问题，如新中国成立之初的工业题材、新时期以来的市民之路，也存在着很多不同的趋向，包括历史积淀、古都文化下的光影和气韵，现代化进程中的时代经验与心灵状态。在一定意义上，研究河南城市文学是钩沉、记录文学传统与时代精神的重要路径。

第二章

新中国成立初的城市书写

新中国成立后，城市生产与建设成为重要的题材选择和文学样式，城市表达更多限定在公共性和工业化领域，城市风情、日常生活成为隐形叙述。城市文学的主要表现对象集中在工人的劳动和生活，工厂、矿山、建设工地的矛盾斗争，工业题材成为城市书写的重要表达样式，先进人物往往具有生产性的人格，而非生产性人格则成为落后人物的标识，使得这一时期的文学存在概念化倾向。河南文学也受到意识形态和文化语境的影响，工业题材、革命历史题材成为主要创作领域，在人物塑造中，更多表现在正反人物二元对立的阶级斗争模式，工业生产和社会主义建设、社会主义新人形象成为城市书写的主旋律。

一 工业小说的城市书写

新中国成立之初，国家从战争状态迅速进入建设时代，城市作为工农兵之外的另类意识形态成为新型的存在，这也使得城市题材或城市形象的处境较为被动。而凝聚社会主义集体力量的工业化建设成为城市书写的重要层面，新中国第一部故事片《桥》（王滨导演，1949 年上映），就出现了林立的厂房、火花四溅的钢化炉、嘈杂的机器声等工业化场景，这些元素成为之后工业题材影片的"标配"，产业工人的亮相唱响了主人翁的劲歌，工业题材的"人民电影"正式登场，"通过影像的方式留存了新中国的工业记忆"①。新中国工业化建设的蓬勃发展，也为河南城市带来新变

---

① 路春艳：《产业高歌的视觉符码与仪式呈现——"十七年"电影中的社会主义工业景观》，《电影评介》2020 年第 13 期。

化，沉睡了多少世纪的平顶山成了喧闹的煤海；古都洛阳矗立起新兴的厂群；三门峡开工的炮声震惊了世界；郑州也成为著名的纺织城市。

就河南新中国成立之初的工业题材而言，苏鹰的长篇小说《贾鲁河边》写"一五"计划期间郑州的火电厂建设，尼尼的长篇小说《碧绿的湖泊》写河南的水利建设，苏鹰的长篇小说《炼》全面反映大炼钢铁的故事，切合既炼钢又"炼人"的时代主题，白危的长篇小说《垦荒曲》写豫东黄泛区国营农场的建设。这些小说，从不同侧面写出新中国白手起家、艰苦奋斗的创业精神，以及阶级斗争的严峻复杂，革命新人的优秀品质，但也带有激情年代的浪漫主义烙印，以及概念化的人物形象。但还是保存了那个年代的城市记忆，以隐形书写的形式记录了城市风情。

在"十七年"河南文学中，苏鹰是重要的存在，他原名李叔英，笔名苏鹰，长期在开封文化系统工作，50年代创作出大量作品，先后在《人民文学》《奔流》《长江文艺》《光明日报》《河南日报》等发表文章，主要作品集有：特写集《战胜时间的人们》（湖北人民出版社1955年版）、《力量的源泉》（长江文艺出版社1958年版）、长篇叙事诗《老监督岗》（东风文艺出版社1959年版），以及长篇小说《贾鲁河边》《炼》《隐秘的战斗》等。《贾鲁河边》1957年由长江文艺出版社出版，写"一五"计划期间，苏联帮助建设211项重点工程，其中一项就是兴建在中原地区的一座巨型发电厂：101厂。作品以该厂锅炉工地上的一个受热面班为背景，写出我国工程人员在苏联专家的具体帮助下，如何从外行变成内行，终于使该工程提前完工投入生产，在国家的社会主义建设中发挥重要作用。作品着力刻画了典型人物形象，包括具有高度国际主义精神的苏联专家，党的领导干部郑山；官僚主义者张军、保守主义者工程师方此生；还有年轻一代柴明、张华的热情与活力，同时穿插了反特斗争和爱情生活。现在看来，人物的设计还是脸谱化的，但也符合当时的文学功能性要求。

故事发生地郑州作为新工业城市，国棉一厂、二厂的开建，以及染布厂、自来水厂等的建设，呈现出社会主义城市蓬勃向上的发展风貌。柴明作为新毕业的大学生，来到这里参加社会主义建设也是感到无比兴奋。从他的视域中，也呈现出郑州这座城市的新风貌：

不知怎么的，柴明一到这里便对这个城市有了好感。这个中原地带的枢纽城市，这个在中国历史上曾有着重要地位的古老的城市，如今正呈现出一片蓬蓬勃勃的苏醒的新生气象。望不到头儿的柏油马路正在修建，数不尽的高楼大厦正在出现，穿梭般的汽车，不断头的胶轮马车和架子车，满载了钢筋、混凝土和许多认不清的建筑器材，在向四下里运送。甚至就连人们，在这里似乎也格外不同，连谈话都那么有劲，尽管他们的口音是南腔北调，尽管他们的衣着是形形色色，但有一点是共同的：自豪感和一种幸福的忙碌情绪。（第2—3页）

1948年10月22日，郑州解放，大街小巷都沉浸在欢乐的海洋中。这座古城到处散发着朝气蓬勃、奋发向上的气息。据张纯洁回忆，他们这些青年学生走到大街上，排着队，边走边唱《郑州解放之歌》，很多过往的群众驻足观看，有的还跟着吟唱："十月二十二，伟大的那一天，哗啦啦砸开了铁索链。市民十六万，受苦又受难，盼来了共产党拯救咱。同胞四万万，跟党心相连，解放了全中国做主人。咱们的郑州解放了！翻开雾云见晴天。人民的救星来到了！搬掉头上三座大山。咱们的祖国富强了！共产主义早实现。"①

20世纪50年代是新中国成立以来快速发展的时期，"一五"期间，国家对郑州的基建总投资达5.41亿元，主要建设项目有5座大型棉纺厂、油脂化学厂，以及属于156项国家重点工程的郑州火电厂。郑州火电厂于1951年下半年开始筹建，后相继有苏联、德国供应的发电机组投产，如期完成了全部建设任务，为"一五"期间郑州市的发展工业建设和保障生活用电，提供了充足电力，《贾鲁河边》就是基于这段史实而写的。

在工业建设昂扬的主旋律，以及严肃的阶级斗争之外，作品还有日常生活的暖意，及对于城市历史感的书写。在不经意中，呈现出城市的温度与风情，包括对于夜色的抒情性描写："夜，这个字对于人们是并不陌生的，人们熟悉它就如同熟悉最亲近的人一样。但，夜，也是难以捉摸的。有时它像是一个严厉的老祖父，使你在他面前感到惶恐、紧张；有时它像是一个美丽的少女，使你在她身畔感到骄傲、幸福；有时，你感到夜是这么富裕，它可以给你许多在白天不容易得到的东西；而有时，它又那么吝啬，在你最需要它的时候却偷偷地从你身边溜掉。"（第22页）当然，在

---

① 杨锦锦：《见证绿城解放的〈郑州解放之歌〉》，《档案管理》2020年第2期。

诗意的情感之后，则是社会主义新人的成长之路。静静的夜中，在旁人沉睡的时候，柴明还亮着电灯、伏案工作。在困难的时候，他的眼前就会浮现苏联专家的面孔，以及"拿出你的智慧和决心来！还有，勇气和毅力"之类的话语。

相较于社会主义新人的单纯，书中刻画的方此生形象则较为立体和复杂。作为曾经在美国取得电机学博士学位的知识分子，回国后，他最初拒绝了待遇优厚且工作清闲的著名大学教授职位，志愿去领导几个电厂的建设工程。他有着浓厚的爱国主义思想，遗憾祖国在科学技术方面的落后，相关论文也只能在英美杂志上发表。他认识到国民党政府的黑暗，在那些贪污腐化一团糟的人手下，什么工业、建设都永远没有前途。一怒之下，他选择了到学校，成为全国著名教授。新中国成立后，党和政府要求恢复发展国民经济，他兴奋极了，几次申请去搞工业建设，终于"怀着无限激动的心情"走向建设前线。从人物的刻画也可看出新中国之初对于知识分子的形象塑造，既有对其专业性、爱国心的肯定，又有对其弱点的审视，这也反映出特定时代的阶级性差异。

作品也着力书写中原城市的街道、风景，及对于五湖四海各种文化的包容性。因各地的工人聚集，"八一路"会响起别具风味的赣剧唱腔，"二七路"上会奏起楚剧的音乐，"广州湾"里奇形怪状的锣鼓和听不懂的粤剧。因为这个中原的城市正在建设，市中心修建的那条宽阔的大马路就被人们亲切地称为"中原大道"。在这条大道上，可以在南腔北调中听到亲切的河南梆子和河南坠子，欣赏金水河畔的迷人景色：

> 金水河上的深秋景色是惹人喜欢的。河岸上高大的白杨，在温柔的阳光下挺立着，好像无畏的勇士一样，给人一种豪爽的感觉。岸下水边，是两排杨柳，柔软的枝条在西风中婆娑飞舞，使人眼花缭乱。河边上那已经褪成了黄色的草地，像是两幅狭长的地毯，顺着河岸铺开去，柔软而美丽。河面上映照着蓝蓝的天，那蓝天上飘荡着白白的云……
>
> 这道由西向东横贯市区的金水河，在市人民政府大力修整之后，便成为全市人民喜欢游览的地方了。每到假日，成群结队，来往不断，真可以说得上是"游人如织"。（第 198 页）

金水河是商城郑州的独特风景，自西向东穿过郑州市区。据《郑县舆地志》和《访古录》等书记载，郑州市金水河俗称泥河，发源于郑县（今郑州市）西南隅梅山北麓，因河水源于西方，按古代五行说西方属金，故名"金水"。新中国成立后，人民政府开始全面治理金水河。1958年在上游分别修建了郭家嘴水库和金海水库。改革开放后，它得以彻底治理，成为环境优雅的河滨公园。作品中写到的金水河，既有城市的独特风情，又有新旧社会的不同风貌，显示出这一时期的文本在革命话语之外，对于自然风景和地域文化呈现的文学品格。

苏鹰的长篇小说《炼》，1960年由上海文艺出版社出版。小说歌颂1958年全民大办钢铁运动，以一个炼钢厂的诞生和发展及工人家庭在炼钢中的变化，反映钢铁生产中群众运动的胜利。并通过刻画出几位先进工人形象，描绘人们的思想变化。在炼钢中，轻视土法炼钢、迷信洋设备的厂长转变了，自私落后的家庭妇女和小业主思想提高了，长期闹别扭的夫妻和好了。通过这些充分说明在这一群众运动中，既炼了钢，又锻炼了人的时代主题。

这部小说带有"大跃进"时期的典型特色。1958年，在"超英赶美"的时代浪潮中，中央通过了《号召全党全民为生产1070万吨钢而奋斗》的决议，全国掀起大炼钢铁的运动。在党的工作重心由农业转向钢铁之后，全民大炼钢铁的人数不断攀升，全国大上小设备。不但工厂、公社，甚至部队、学校和机关都建起了高炉，办起了炼铁厂。一时间，田野间、山坡上，小土炉、小高炉星罗棋布，火光冲天。小说的主人公李志坚和张忠是城市机械厂的工人，也是一对要好的朋友，在全民大炼钢铁运动刚刚开始的时候，他们便被批准去炼钢，工人阶级的责任感和参加炼钢的光荣感，使他们高兴得忘掉了一切。作品始终洋溢着革命时代的浪漫与激情。其间，还有城市生活的侧影，包括小烟摊和市民生活：

　　　　这是在普通街道上常见的一种烟糖摊儿。一间小小的门面，矮桌上并排摆着几个玻璃盒和小玻璃柜，里面装着各种纸烟和包着各色彩纸的水果糖。如果你平时到这里来，就可以看到，在这些摆着玻璃柜的矮桌后面，坐着一个四十多岁的中年人，瘦瘦的面孔，稀稀的黄胡须，穿着一身中式裤褂。终日口角里叼着一支香烟，一见人便会笑呵呵地欠欠身子："不来盒烟么?"他叫刘兴旺，是个小业主，联营参

加了合作社之后，他仍然在这里摆个烟糖摊儿。（第8页）

1949年前，在这座几十万人口的城市，只有一个小机械厂，里面仅有两部破破烂烂的车床，上面印着外国字，连钢都是从国外运来的。现在能用自己的手炼出钢来，是非常自豪的事情。而炼钢也不是容易的事情，当刘兴旺来到东风钢铁厂，发现什么都没有，宿舍也是一拉溜地铺，旁边还垒着几个锅台。尽管小业主刘兴旺来炼钢铁纯粹是因炼钢光荣，有提升自己社会地位的私心，但在这一过程中还是得到锻炼和感化。东明老汉告诉他：炼出更多的钢，就可以造更多的机器、汽车、拖拉机，我们有了这些东西，就有了更大的幸福，这幸福都在钢里面啊！

作品穿插着爱情婚姻的浪漫描写，也充满了阶级和时代的烙印。如李志坚和玉珍的婚姻故事所具有的阶级属性，不难发现《千万不要忘记》的时代先声。李志坚二十二三岁时，已经是机械厂人尽皆知的劳动模范了，在为工人夜校讲政治课的时候，担任女教员的玉珍主动向他写纸条求爱，并开始热烈的追求。然而忠厚、朴实和单纯的李志坚，并没有意识到玉珍对他热情的内在原因。玉珍出生在一个小业主家庭，养成了好吃懒做的习性。母亲也经常教育她，找对象要找解放军军官、劳动模范，工资高，还受人尊敬。带着私心，她大胆追求李志坚，二人顺利结婚。自此，玉珍的小业主习性开始暴露，她不愿意再去工作，家务活也不愿意干，还要求李志坚不要再管自己的弟弟妹妹，志坚心里无限烦恼。在炼钢的过程中，玉珍也接受了教育，反省自己的所作所为。二人尽释前嫌，成为新时代的幸福伴侣。

作品始终洋溢着特定时代的革命浪漫主义精神，注重对于民间文化的借用。在炼钢炉外面，贴着红纸剪成的大字："钢水流成海，干劲冲破天。"这一列醒目的大字下面，还贴着一张画在一整张新闻报纸上的漫画：孙悟空把炉群当成火焰山了，用芭蕉扇扇了起来，不料越扇火焰越高，钢水越烫，倒把他的猴毛烧了一大片，吓得他仓皇而逃。故事摒弃洋法，用土法炼出好钢，仿佛中国传统故事中的干将、莫邪，正是在春秋战国时代，他们铸出最锋利的宝剑。

炼钢是为国庆献礼，因之具有大跃进的时代风气。志坚从报纸上得知，从今天开始的一夜中，全市人民要为庆祝国庆而炼出三千吨钢来；而从张忠和陈兴的口中，他又知道了厂里的豪迈计划，一昼夜产钢二百吨，比过去日产量提高了六七倍。故事的结尾，市长祝贺东风钢铁厂献礼任务即将大大超额，祝贺东风钢铁厂制造出了热风管，祝贺他们在提高炉龄缩短冶炼时间方面所获得的巨大成就，并豪迈地说："我们有着这么朝气蓬勃的人民，还有什么困难能挡住我们向社会主义和共产主义进军啊！"东明老汉也痛快地说："平常人们说，共产党伟大，这就是共产党伟大的地方。从来没有炼过钢的城市，炼出大批的钢来了；不但炼出了钢，还炼出了人。我说，孩子们，你们生活在今天，可真幸福啊！只要在这个社会里，人们便会关心你，推着你拉着你前进。而且日子越过越好。"[1]

尼尼的长篇小说《碧绿的湖泊》，由北京出版社 1959 年出版，书写新中国成立初期河南重要的水利工程建设。故事发生在 1950 年的初秋，讲述专区专员叶子明和省水利局工程师萧礼治理永定河的故事。作品既有那个年代特有的战天斗地的革命精神，又有与苏联合作情节，学习苏联，在苏联专家指导下，得以改造自然，在沙漠地带开辟了运河，为干燥的地方引来清澈的水源，也提高了农作物产量。

作品还写出了外部的风云变幻。叶子明作为老革命，在抗日战争和解放战争时期，一直在部队带兵。他当过支队长，还是旅政治委员。新中国成立后，上级要求他留在地区做政治工作。在办公室的那幅世界地图上，右上方用红蓝铅笔画了很多线条，标明了美帝国主义侵略者正在向着朝鲜民主主义人民共和国疯狂进攻，从那里可以仿佛看到朝鲜战场上的弥天炮火。在他的办公桌上，堆满成沓的赴朝报名单。叶子明也几次请求到朝鲜去，但一直没有被批准，于是要求进行水利工程建设。而他唯一的女儿晓明刚刚高中毕业，被批准即将奔赴朝鲜战场。

官厅水库的建设，人们克服了重重困难，但始终保持革命乐观主义精神。即便连续奋战二十四个小时，对于这些把一切精力献给祖国伟大建设而紧张工作着的人们，这一昼夜的消失，又像是一秒钟似的转瞬即逝。小说写了工地上的劳动竞赛，战天斗地的火热场景。

　　工地上的劳动竞赛开展起来了。工人、技术人员和干部完全投入了这个火热的运动中。

　　工地上到处插着红旗，贴满了红红绿绿的标语。每逢有了新的创

---

① 苏鹰：《炼》，上海文艺出版社 1959 年版，第 234 页。

造，立时大字报就宣传出去，报喜队就敲锣打鼓地前去庆祝，广播站放送着模范们的事迹。永定河两岸的山岭上，都被这浪潮卷没了。①

在机器声、开山炮声的轰鸣中，劳动者唱着欢快的歌儿。

> 我们这里没有黑夜，
> 我们这里向着明天。
> 我们伟大可爱的祖国，
> 日夜向美好前进。
>
> 过去这里是荒山野岭，
> 如今一切都变了模样。
> 要江河为人民服务，
> 要山野长遍甜蜜的果园。
>
> 干燥的塞上造成绿色的湖泊，
> 发电厂要照亮城市和村庄。
> 火车就要在山岭间穿过，
> 汽船要在水面上飘荡。
>
> 啊，伟大可爱的祖国！
> 啊，勤劳勇敢的人民。
> 幸福生活在毛泽东时代，
> 生活日夜在前进。
>
> 开山机震动着山谷，
> 劳动的歌声冲破长空。
> 我们这里没有黑夜，
> 我们这里向着明天。②

---

① 尼尼：《碧绿的湖泊》，北京出版社1959年版，第175—176页。
② 尼尼：《碧绿的湖泊》，北京出版社1959年版，第210—211页。

　　劳动的热情也换来新的场景，湖泊的水碧绿而清澈，就像镜面一样。湖泊周围的群山上，果木成林；湖边的浅水，长起了芦苇荷菱，鹅鸭在水面上游来游去。叶子明又想起伟大而汹涌的黄河，几千年来养育了中华民族，也给人民带来了无穷的苦难。更加感慨：我要歌颂我们的黄河，歌颂我们伟大的祖国，祖国呀，我们在建设中前进吧！

　　作品还突出书写苏联专家的支援，着力刻画苏联专家的形象。在小说中，叶子明是第一次和苏联专家接触，他在握住专家的手的时候，感到一种极深厚的友情传遍全身。他看看专家，身体魁梧结实，样子和蔼诚朴，不过四十岁左右，跟自己的年纪相仿。他想：面对着这位有成就的水利专家，应该尽最大的力量向他学习。在新中国成立之初，苏联专家的形象也多次出现在新闻报道和文学作品中。河南省中苏友好协会还编辑出版了《苏联专家在河南》（河南人民出版社 1954 年版），记录那段时期，苏联专家援建工作的经验和成绩。包括热心治淮的布可夫同志，黄河铁桥的医生，帮助建厂的沙比洛同志，工人们爱戴的苏联专家卡尔马柯夫等，以及和苏联专家在一起工作的体会，带有那个时代新鲜、热情的风气，及昂扬奋斗的共产主义精神。

　　总体来说，关于工业题材的小说，是与"一五"建设、大跃进等国家时代话语同构的，部分作品中可以发现刻意的阶级斗争书写，不免有斧凿的痕迹，对于先进人物和落后人物的标签化处理，也在一定程度上影响了作品的艺术效果。在具体的文本中，都存在正反人物二元对立及冲突斗争中所反映的新旧社会变迁的历史意义，而作为背景的城市风景与人物书写，也不经意间呈现了"真实的生活"形态，为这一时期的文学增添了别样形态的城市记录。

二　革命历史小说的城市记忆

　　十七年文学中，军事题材小说迎来创作繁荣期，它们多被称为"革命历史小说"。小说以革命现实主义与革命浪漫主义的创作方法，塑造了诸多英雄人物形象，讲述了艰苦卓绝的战争进程，集中体现了文艺"为政治服务和工农兵服务"的创作任务。就河南的革命历史题材小说而言，成就颇丰，河南人刘知侠创作的《铁道游击队》，被改编为电影、连环画等多种形式，产生轰动效应，成为经典之作。后有书写解放开封城的长篇小说《攻克汴京》，以及写谍战故事的《她的代号白牡丹》，在当时都产生较为广泛的影响。

河南卫辉人刘知侠的《铁道游击队》，当时颇为轰动。丁令武的长篇小说《风扫残云》，河南人民出版社 1977 年出版。该书的创作跨度历时16 年，从 1960 年草拟提纲于南京，1970 年完成初稿于洛阳，到 1976 年夏第四次修改于郑州。小说写剿匪战斗中，解放军和人民群众的深情厚谊，也写与土匪战斗的凶险激烈。作品从审美意义上品鉴还存在诸多问题，没有具体的时间地点线索和场景描绘，仅从文中得知是朝鲜战争爆发之后，土地改革运动之前，反动势力企图破坏土改和颠覆政权，搞所谓的"国军反攻"和"第三次世界大战"。土匪头子黑胡椒，及老巢"天王宫"，终被我方剿灭。该书有着"三突出"风格：解放军指挥员周队长"高大笔挺的身板，端庄英俊的长方脸，目光炯炯，威风凛凛，在月光下显得特别精神"①。文学风景描写在该书中也有体现，如关于"桃花江"的描述：艳阳当空，江风轻吹；湾边杨柳婆娑起舞，岸旁松竹潇洒吟唱。水上帆过船往，忙如穿梭，漾起层层涟漪，道道碧波。在生硬的战斗之外别具风情和暖意。

亢君、魏世祥的长篇小说《攻克汴京》（河南文艺出版社 1979 年版），是为新中国成立三十周年的献礼作品。该书写出了 1948 年夏初，我军解放开封的战斗过程。在政治立场上，表现了解放军攻无不克、战无不胜的革命英雄主义，以及坚决贯彻执行党中央、毛主席制定的城市政策的高度自觉性；在人物形象上，塑造了师长张平耀、连长童春亮、班长鲁大雷、战士焦震山等艺术形象。同时开封的历史掌故、文物古迹、风土民情被描绘得意趣盎然。

书中描写了解放汴京城惊心动魄的战斗场面。据廖春保回忆，这部长篇小说一经面世就好评如潮，河南广播电台进行了连播。写作前，作者进行了广泛的采访和搜集材料工作，包括采访了中国人民解放军原华东野战军第三、八纵旅的首长和战士们，开封地下党的同志和有关人员。总体来说，是一本以革命历史真实事件为题材创作的小说。

汴京，是我军在关内作战解放的第一个省会城市，据守开封城的是国

① 丁令武：《风扫残云》，河南人民出版社 1977 年版，第 22 页。

民党整编 66 师中将师长兼开封城防司令李仲辛。开封是八朝古都，历史文化名城，名胜古迹繁多。所以，对于这次战役，敌我双方都非常重视。蒋介石飞临开封上空亲自督战。华东野战军司令陈毅亲自制定作战方针，并指示：打开封，要在"瓷器店里捉老鼠"。攻克汴京的前期战斗，包括火攻邮政楼，夜袭卧龙庙，断案伪省府，巧取铁塔及巷战，但最后的据点却是龙亭，李仲辛的城防司令部就设在龙亭上的大殿内。龙亭下面，是潘杨两湖，两湖之间是一条狭长的御道，御道直对通往龙亭顶端的蟠龙陛梯。一路上，敌军层层设防，步步为营，桥头堡、地堡、沙袋等。要想正面强攻并不容易，但又不能直接炮轰龙亭。因为无论是龙亭大殿，还是蟠龙陛梯，都是历史文物。所以，只能巧攻智取，"瓷器店里捉老鼠"，既要捉住老鼠，又不能将瓷器碰倒了，摔破了，砸烂了。这样，就只能短兵相接，进行肉搏战，实现"解放开封城，争取双胜利"的战斗目标。

第十七章"巷战"具体描绘了整个南半城陷入一片混战之中。由于是短兵相接，犬牙交错，飞机和大炮失去了威力，但是远远近近突如其来的纷乱枪声和突然腾起的大火，更使人心惊和不安。在这个过程中，通过一个家庭内部呈现国共力量的人心向背。商会副会长贾亦斋如坐针毡，作为天丰面粉公司的董事，直接经营着从原汇丰银行发展起来的豫庆粮栈和豫丰面行，还置有多处股份。战争来临时，他才知道什么叫炮火无情，想到苦心经营的店面可能要毁于一旦，仿佛坠入可怕的深渊。他将家中的女眷送到天主教堂去避难，回顾自己几十年来的经商生涯，是如何翻手为云、覆手为雨，搞盘收吞并，有人说他心狠手辣、为富不仁，他全不在乎。然而，面对现在的形势，儿子却积极拥护共产党的政策。在儿子看来，马克思的《资本论》，就是要没收所有人的资本。而攻进城的解放军正是当年被他百般折磨过的小伙计童春亮，但童春亮却克制住私人恩怨，表现出红军战士的革命大义。"这把火，参军前他不知想过多少回了！贾亦斋，你也有今天！在当前战斗进行的情况下，只要他的手一挥，完全可带领战士们离开，让大火吞没掉他仇人的一切。他把枪把子都攥出汗来。但是，童春亮克制住了激怒的感情。他已经不是当年练拳飞刀的小春亮，而是一个共产党员、解放军干部。他手里的枪把子是人民交给的，不允许随个人的恩仇任意行动。"（第 340 页）

在紧张的战斗场面描写之外，作品还充盈着汴京城的历史地理、民俗风情。如梁祠街、朱仙镇、汴梁西瓜、天清寺、龙亭、河南大学等。以及被称为"汴京八景"之一的"铁塔行云"，坐落在开封城的东北角，与古龙亭东西对望。十三层的玲珑挺拔的巍巍塔身，"擎天一柱"，上接悠然浮动的白云，塔顶那颗巨大的铜顶珠，被日光抹上了一层金辉，熠熠发光。在作者的记录下，20 世纪 40 年代的开封虽然只是一个中等城市，但也带足了旧中国的派头。满城除了一派古色古香味道的大大小小庙、殿、塔、阁，又拱起了一座座欧美风格的建筑。包括福音堂、天主堂、基督教浸礼会、三义教堂等，为这座古城抹上了一层浓厚的半殖民地色彩。

将地域风情与革命战斗融为一体，相较概念化的战争书写，这部颇具史实特色的作品有了真实的历史依据，整体较为扎实厚重。如作品中描绘的攻占飞机场、火车站，以及攻克据点——邮电局、伪政府，都是真实的战斗场景。对于龙亭的争夺战更是激烈，最终迎来开封城的解放。此外，带有地方风情的描述也使得作品张弛有度，在战斗的紧张之外，以温暖舒缓的笔致迎来文学的新时期。

肖云星的长篇小说《她的代号白牡丹》，1981 年由河南人民出版社出版，同年由黄河文艺出版社出版修改版。这部小说在当时引起较大的轰动，初版四十万册，一售而空，又加印二十万册。上海《文汇报》将其改名为《丹华》进行连载，上海人民广播电台又改编为 22 集广播剧《W. P. 行动》，及被改编为 30 回评书《白牡丹行动》、琼剧《白牡丹》，十多集同名电视剧等。

作品讲述的是解放战争前夕，地下工作者为了争取飞虎团起义，安排女共产党员丹华执行特殊任务，经历各种困难，与特务明争暗斗，终于使得这一代号"白牡丹"的任务得以完成。但这部作品还是引起了争议，作者自述小说是以国民党伞兵团起义的真实事件为背景进行创作的，并讲述了自己曾参与侦查活动，和他们有多年共同工作的经历，这部作品里的主要人物，在生活中都能找到原型。随后，有当事人撰文提出质疑，认为作为一部在社会上影响较大的出版物，尤其是内容提要中写着：该书是根据轰动中外的伞兵团起义的真实故事进行艺术创作的，这一论断并不恰当。《文汇报》1982 年 8 月 24 日刊登两篇文章讨论这部小说，陈家懋作为曾组织国民党伞兵起义的主要负责人之一，认为是"一部违背历史真实的小说"。其一，小说热衷于离奇和惊险的情节，以及人物的描写，完全脱离了历史真实，事实上，在起义中，既没有类似丹华那样的人，更没有类似"白牡丹"那样的事情。其二，小说所描写的我党组织国民党伞兵起义不符合历史真实，也违背了地下工作原则。其三，小说描写的飞虎第三团也脱离了历史实际。同期发表的另一篇文章是石云的《要正确理解文艺创作的真实性》，认为任何艺术都是对生活原型的概括和提炼，即便取材于历史事件的作品。小说从人物到情节，几乎全是虚构的，读者被吸引的也是情节，都把它当作惊险小说在阅读，而不是当作历史来看。

李正文曾作为上海局策反工作委员会委员，也补正了诸多史实。提出许多同志在这一生死战斗中，都以机智勇敢做出贡献，但小说并没有做到这一点，也无意间伤害了这些同志。而且当时许多国民党官员并不愿意为腐败政府做陪葬，非常秘密地寻找共产党组织，小说并没有把握住"当时的历史本质"，"没有恰如其分地表达当时国民党中爱国将领要求弃暗投明的强烈愿望"，"因此，小说《白牡丹》说是丹华用计使伞兵团起义的，这是对起义人员了解不够深，是对历史规律的误解"，"成为一部幻想的、个人英雄主义的惊险小说"①。

尽管这部小说引起诸多争论，谍战小说在新世纪之后却越来越受到市场的欢迎，又有《潜伏》《暗火》《代号》《暗算》《解密》《风声》等影响较大的作品。麦家的长篇小说《暗算》还获得茅盾文学奖，得到体制的认可，后改编为同名电影，集结大量明星参与，也获得良好的市场效应。

三　新诗创作与新人问题

在社会主义建设高潮中，对于新事物、新时代的歌颂，诗歌成为更富有浪漫激情的表达形式。这一时期的城市诗歌写作，多通过对工厂、工地、劳动者等新气象的描绘，抒发出对城市旧貌换新颜的澎湃心情。

公木的《洛阳》对比了城市在新中国的新风貌：荒村、土窑、木板桥，都闪电般纷纷向后隐去；汉墓、王城、周公庙，也消失在茫茫的烟尘里。四十米宽的柏油大马路，像银河平落在黄土高原上，从坍塌的洛阳城，延伸到矗立的拖拉机厂。深深的涧河照旧呜咽流淌，东西岸上却不见

---

① 李正文：《关于国民党伞兵三团起义经过的补正——兼评小说〈她的代号白牡丹〉》，《上海党史研究》1992 年第 5 期。

孤鬼徜徉。在魔术般站起的烟囱林里，电焊工人正闪闪放出万道金光。你解放牌的蓝色大卡车队啊！鼓崩崩满载着的是什么？你在装运着古老而又年青的中国，尘土飞扬奔向社会主义工业化。何鸿泉《我爱你呵，平顶山》歌颂了城市的建设热情："沸腾喧器的工地呵，象一股激流冲下悬崖。我爱那奔驰而来的火车，唱着高亢的歌吐出朵朵白莲。""我爱那电焊的火花，我爱钢铁和钢铁的接连，我爱那晶莹的乌金，我爱那矿工们的笑颜。"① 傅占元《我们的电厂》抒发对电厂的深厚情感："我们的电厂多么美丽！闪光的机器映着红旗。车间是生产的战歌，机器的声音比战歌更高昂。一根根高压线架并排矗立，充足的电流欢笑着向四方奔去。看！我们的机器刚一歌唱，整座城市就到处放光。"②

吕之望《车间小诗》系列组诗，注重描摹新中国的建设者形象。《老钳工》："他操纵着最简单的工具——/钳子和锉刀；/他加工着各式各样的零件——/那些机床上不能加工的零件。/他的手是那样地粗糙，/零件的精度却不差分毫；/他的技艺比谁都高，/但他从不保守呵骄傲。/他是一个老钳工，/手下锉去了多少铁屑！/30 年的伴侣——钳子和锉刀，/变成他心上的肉，手中的宝。"《检验工》："她像一个严厉的裁判，/公正无私地给每件产品写下断语；/'合格'、'次品'或是'报废'。/她是车间里最亮的'眼睛'，/谁的工作好，谁的工作差，/她看得最清，最清！"③

这一时期的诗歌，包括民歌、快板等文艺形态，因语言直白，被认为是缺乏审美性，更多成为"对机器和劳动工具的说明"，"讲道理和说明政策"等概念化倾向，但也不可忽视在新中国建立初对新兴工厂、事物的诗化记录和诗意表达。

南丁的短篇小说《检验工叶英》发表于《长江文艺》1955 年第 2 期，因塑造社会主义新人叶英的形象在当时引起较大反响。《人民文学》1955 年第 8 期给予转载，入选当年《短篇小说选》《青年文学创作选》和英文版《中国文学》。此外，其小说《科长》《良心》《被告》也都受到广泛关注。

这篇作品的写作有着新中国朝气蓬勃的时代气息，1953 年，刚满 22 岁的南丁到郑州纺织机械厂体验生活，在党委宣传部挂职干事，在那里待

① 何鸿泉：《我爱你呵，平顶山》，《奔流》1957 年第 9 期。
② 傅占元：《我们的电厂》，《奔流》1957 年第 11 期。
③ 吕之望：《车间小诗》，《奔流》1957 年第 10 期。

了两个月。之前的他曾在农村参加过反霸、土改斗争，这是他第一次接触工厂，参加了各车间班组的工作会议，也熟悉了生产的过程，因年轻未成家，被安排到工人的集体宿舍住宿，那间单人宿舍共住了七位单身汉，共同生活也能在日常生活中熟悉工人的真实状况。后根据这段经历他写出了《单人宿舍第十八号》和《检验工叶英》等小说，陆续发表在《长江文艺》上。

《检验工叶英》发表后，在文学界引起了强烈的反响。作家舒群、艾芜、于黑丁等以笔谈方式对其进行提携和奖掖，南丁也一举成名。作品反映了新中国成立初期工业生产和生活面貌，以及当时社会正在形成的新的道德观念和时代命题，充满新意，并塑造了新人形象，具有鲜明的时代意蕴。叶英是一位富有青春朝气、时代精神的人物形象。她大胆创新，对工作高度负责，为提高产品质量，敢于同落后思想做斗争，体现出积极进取的精神，以及新中国青年人的朝气与锐气。

《人民文学》1955年第12期发表了王冬青的评论文章《读〈检验工叶英〉》，提出在今天现实生活飞跃的发展中，有多少人在党的教育与培养下，为建设社会主义社会的崇高理想所鼓舞，不怕困难艰险，勇敢地走在生活的前面，为幸福美满的生活早日到来而奋斗着。这些思想感情、道德品质完全崭新的人物，是时时刻刻在成长着和壮大着。艺术是反映现实生活的。艺术家必须走在生活的前列，洞察现实的本质，以高度的政治热情来歌颂社会主义革命斗争中的新英雄，歌颂他们在同旧势力斗争中所获得的胜利，借以教育广大人民积极地为建设社会主义社会而努力。南丁同志的短篇小说《检验工叶英》便是这样一篇好作品。

同年，《长江文艺》邀请工人作者座谈《检验工叶英》。其中有武汉汽车配件厂的检验工，结合工作实际，谈到作品一定程度上反映了生活的真实，创造出了一个性格鲜明，有爱有憎，能坚持原则的先进人物形象——检验工叶英。尽管工段长是她父亲的朋友，是她从小叫惯的大叔，但在工作上她并不讲私人情面，与错误思想展开斗争。但也有人认为叶英是个先进人物，青工对她不满，她不但没有用行动去感动对方，反而和青工争吵起来，这样是不对的。亦有评论《检验工叶英》提出的问题是目前工厂中最普遍的问题：就是不重视产品质量。

南丁的创作着眼于活跃在工厂生产一线的普通人，在看似单调的生活场景中，却能塑造出性格迥异的人物形象，具有强烈的现实意义和鲜明的理想色彩，也显示出新中国成立之初工业生产战线的矛盾冲突。检验工叶英和段长、工人之间的矛盾，本质上是国家计划的要求和个人主义的思想的矛盾，是新生事物和落后保守思想的矛盾①。作者通过年轻姑娘叶英的形象，描写了青年对于工作的自豪感和主人翁意识。青年团员的良心使得叶英不放过一件废品，还积极地思考如何从根本上减少废品，并发明了小窍门。在她身上，汇聚着新生活蓬勃向上的力量。虽然，她遇到阻力时会有失落，但仍坚持歌唱明天，正如作品所写的"谁走在生活的前面，谁就是生活的主人"。

同时，在作品中，作者又会通过大量的独白进行抒情，表现出对于生活的鲜明态度和对落后人物的批判："这好比是机器，人的思想运转着，紧张而正常，可是，有时就也要发生一些故障，突然停滞了。一个好的镟工，在于他能找出故障来，使机器恢复运转，而一个好的党的工作者也是一样，要使干部清醒过来，奋勇往前。"尽管作品还存在着将新人塑造和落后群众的对立过于鲜明等问题，但总体来说，叶英作为社会主义新人的形象塑造还是受到读者的欢迎和文学界的热情评价。

此外，南丁还创作了诸多新中国青年人的典型形象，既有年轻人的朝气蓬勃，也触及他们所遇到的个人和时代问题。如《单人宿舍第十八号》，写出了南方青年对郑州风沙的极不适应，总会说起江南的山水、风景、城市，风和日暖，没有风沙。好像江南一切都是好的，河南一钱不值，遭到周围河南工友的反对。直到他和河南姑娘高玉英谈起了恋爱，再也不抱怨了，好像河南的一切都比江南美妙似的，甚至这风沙也可爱了。在人物描绘中，通过爱情书写将其塑造得灵动可爱。《图书管理员》写出在工厂党委宣传部工作的"我"发现图书管理员欧阳，并不认真工作，总是悠闲自在地哼歌打毛衣。新来的管理员郁文，"我"一开始对他也不满意，后认识到他不但读书多，政治觉悟也高，而且发现了很多受黄色小说毒害的青年工人，并挽救他们成为劳动模范。"我"也改变了看法，很想拥抱他一下。此外，还有《科长》中所讽刺的官僚主义现象，但也使得作家在此后的运动中受到冲击。

1956年春天，南丁参加第一次全国青年文学创作会议，领导同志在报告和讲话中还提到《检验工叶英》，在小说组的讨论中，这篇小说被列

---

① 王朴：《读南丁的几篇小说》，《长江文艺》1956年第4期。

入不多篇目中的篇首。邵燕祥当时还是年轻诗人，在大会上的发言是以这句话结束的："让检验工叶英来检验我们的作品吧。"南丁当时感动极了，没想到此后却是长久的动荡和磨难。一直到 1979 年第四次文代会，再度遇到一起参加 1956 年青年文学创作者会议上的同志，听到有人呼唤南丁的名字，王蒙闻声走过来，握着他的手说："检验工叶英。检验了二十年。"南丁回忆道："只此两个短句。一股温暖和酸楚化合起来的流，流入我的心底。我一个字也没有说。"①

---

① 南丁：《仿佛还不是回首往事的时候》，《南丁文集》第 3 卷，河南文艺出版社 2006 年版，第 37—38 页。

第三章

新时期的进城故事

随着新时期的到来，城乡二元体制被逐渐打破，城市的消费属性得以复归，关于城市的书写日渐增多，文学界也开展了关于城市文学的想象与争论。城市空间、城中人，以及爱情、知识分子等题材丰富了文学素材，城市的写作传统得以真正复归。然而，在长久的乡土题材主流之下，在新时期初的城市文学中，城市更多成为一种镜像，充盈其间的是进城故事，空间的转移也带来了不同城市想象之间的碰撞和冲突，以及城与乡的身份认同诸多困境和复杂情感。

一 城市文学的"复出"

新时期之初，伴随着现代化建设，城市改革成为 80 年代经济体制改革的中心环节，城市也从新中国建立起长期的工业基地逐渐恢复起多元属性。城市的功能被重新定义为贸易中心、金融中心、交通枢纽、信息中心、科学教育中心等，城市写作从被压抑的单一工业题材中逐渐恢复活力。城市从初期的作为农村镜像到关于城市的争论都使得城市文学题材日益丰富，城中人的日常生活及人生困境有了更多的文学表达。

张一弓 80 年代初的短篇小说《黑娃照相》颇具代表性。小说发表于1981 年第 7 期的《上海文学》，荣获 1981 年全国优秀短篇小说奖。不同于路遥《人生》中高加林式的进城，小说中的黑娃是去"中岳庙会"。而作为临时搭建的"城"，这个庙会充满了城市的现代性因素：省城动物园运来的老虎，"中王爷"的"寝殿"里有着从洛阳运来的哈哈镜，几十个本县的供销门市部以及省城、外县的百货商店的售货部、稠密的国营食堂、饮食专业户等，这些无疑建构起一个临时性、消费性的"城"。小说中，"相片"作为一个新兴事物成为现代文明的载体和映射，黑娃通过照相这一方式获得极大的精神满足，也在一定程度上说明乡下人对美好生活的向往和对现代事物的追求。在照相、相片的动态过程中，黑娃完成自我的投射，实在从农村到城市的连接与飞跃。城市是文明的载体，人们在种种"物"的消费和想象中，实现了对城市的向往与连接。

郑克西的短篇小说《我们的爱情是这样的》（《奔流》1980 年第2 期），写七七班护理专业女同学的爱情观与恋爱往事。同期发表的朱润祥、刘福中的短篇小说《没有意思的故事》则有着"改革文学"的时代风气，温厂长是守旧派，"一杯茶水一盒烟，一张报纸看一天"。新局长突然袭击后，提出诸多问题，温厂长当即保证在不影响生产的情况下，亲自率领工作人员疏通下水道，换水龙头，让生活区面貌一新。但第二天照旧是茶水报纸，认为局长不会再光顾这偏僻之地，没想到四天后局长真的再来检查，终于使得生活区旧貌换新颜。改革者形象和厂长的行为，也引发了作者的思考。龚光超的短篇小说《穷老三》（《奔流》1980 年第11 期）则塑造了知识分子形象，石向一出场就是捧着厚厚的从新华书店刚买来的《辞源》，多年来的微薄薪水都用来购置书籍，全部家当还是结婚时买的一个半截柜子，一张三斗桌，一张床，两把椅子。作品关注了知识分子的清贫，尤其是中小学教师的工资偏低，真正成为无产阶级中的"无产者"，以及带来的诸多人生无奈。1984 年的《奔流》第 5、6 期，为"河南业余作家作品专号"，刊发 10 首"城市抒情诗"，包括王授青的《吴淞口》、王兰兰的《十八岁的歌》、关进潮的《我烧红了太阳》、冷焰的《小城的子孙》、王剑冰的《长街"放排"》、王京的《我也是资源》，从不同角度抒发诗人对城市的体悟。

叶文玲的短篇小说《藤椅》（《芳草》1980 年第 1 期）写中国知识分子的安贫乐道。一家三代六口人挤住在一间十来平方米的小屋里，学校落实知识分子政策，发下一把藤椅，可是屋子里无论如何再挤不出一椅之地。最后，不得不把藤椅交还学校。作品的主题思想隐藏在"含泪的微笑"里，很有些契诃夫的风味。田中禾的短篇小说《明天的太阳》（《上海文学》1989 年第 6 期）写一家数代人的不同生活方式和心态。父亲赵鹊子是名演员，注重脸面，而子女们并不在意他人目光，更注重自我的选择。故事结尾处，虽然赵鹊子带着疑问和遗憾死去了，但是，明天还会有太阳升起，明天的太阳同今天一样明亮。这也昭示着作家对于新世界的认知，对旧因袭的批判审视，即便新生事物会带来很多问题和负面性，但也是势不可当的。田中禾这一时期的创作，也是伴随着其个人体悟。80 年代中期以后，他由县城调入省城，新的城市生活也激发起写作的欲望。他保持激情的姿态，认为在中原相对保守闭塞的环境中，更需要求新求变。在这一时期的创作中，更注重去审视城市化进程中小人物的平淡生活和生存困境，以及现代人的精神探索，"价值观念的改变和道德的失范带动的是旧有的生活经验的颠覆与否定"①。

1986 年 9 月 9—12 日，作协河南分会、省文联创作研究室和郑州市文联，共同召开首次城市文学研讨会。与会者认为，新时期十年文学，河南的农业题材创作取得一定成就，城市题材的作品相较显得势头不足。城市文学的提出，不只是对城市题材的关注，而是一种用城市现代文化意识烛照现代社会的美学主张。关于河南城市文学的前景，部分与会者认为，河南不能同上海及其他大都市相比，河南城市多为封闭或半封闭状态，就郑州和开封来说，前者缺乏个性，后者还处在小市民意识的笼罩下，出不了像上海弄堂文学、北京胡同文学那样的特产。另有评论者认为，城市文学的提出是社会发展的必然结果，是文学事业进步的标志。城市文学不能囿于地域概念，而应看作一种社会概念和文学概念，因此，不能以城市大小看城市文学层次的高低。河南城市有自身的特点，亟待作家去研究和反映。

1986 年第 12 期的《奔流》，以专栏的方式进行"城市文学笔谈"，探讨如何理解城市文学。在《城市的"石头化"与文学的天职》中，王舟波已然意识到城市文学随着改革和对外开放已成为新的社会现实，现代西方的"文明病""文化病"也可能会在中国发生。城市的"石头化"，即物理空间都由石头堆砌，人心成为孤岛。因此，抵御、抗拒、延缓人心的石头化应该成为人类的不屈信念。保护人心、保护人性的健全发育，应该成为文学的人道主义实践。

刘思的《城市·时装模特儿·文学》，则积极拥抱城市新生事物。认为城市的诞生就已领导时代新潮流，人类文明的新成就都在城市中，包括地铁、摩天楼、艺术画廊、国家博物馆、科学研究中心、世界杯足球大赛、新影片等。政治、经济、科学、流行文化也都以城市为中心。并具体

---

① 张书恒：《田中禾小说创作略论》，《南都学坛》（哲学社会科学版）1999 年第 4 期。

介绍城市的繁华事物：时装模特。强调古都的负担不能影响城市的前进，作者呼吁对城市文学的关注，正说明中国社会正不可逆转地在精神意识、思想观念、人际关系、心理欲望、行为准则乃至生活方式等方面，朝着现代化方向发展。增强现代意识，是城市文学的首要命题。

田中禾的《文学的乡土性、哲理性、世界性思考》，旗帜鲜明地指出举出城市文学这面旗帜，强调中原这个惰性十足的农民王国面临着严峻痛苦的选择。在论者看来，城市文学是文学经历了历史的反思，在当今时代潮流、欣赏潮流变化的情况下，对长达四十余年的农民文学的统治提出的挑战。它的实质，是主张文学应该建立在城市意识上，应该产生在由城市诞生和培养的现代意识和文化意识之中。当前，河南像全国各地一样，农村商品意识正以巨大的活力觉醒、躁动，城市经济的辐射力增强。中州，铁板一块的浸透封建意识的农民王国正在分化。扼杀标新立异、束缚个性、漠视人权的专制主义思想正遭受愈来愈猛烈的现代意识的冲击。我们将充任旧秩序旧传统的唱挽歌或掘墓人的角色，无论我们是否情愿。

从以上讨论可以看出，河南文学界是较早介入城市文学讨论的，且不乏时代预言性。如对于城市新兴事物的包容与接纳，对于河南特有的文化积习如何面向新的时代趋势，以及带有地域特色城市文学的历史传承与现代写作的思考。在这一时期，城市文学已然被认为是有意义的文学命题。当然，也有对于西方文化袭来的担忧之情。但伴随着作家进城，城市成为更为广阔的人生体验和艺术空间，城与人的生活和心灵状态也日益受到写作者的关注。

二　《走出盆地》的精神简史

周大新的首部长篇《走出盆地——一个女人的生活和精神简历》（《豫西南盆地的女人》），发表在《小说家》1990 年第 2 期。12 月，由百花文艺出版社出版单行本。《走出盆地》正如它的副标题所昭示的，写的是生于、长于盆地的"一个女人的生活和精神简历"，亦即叙述南阳盆地女性选择进入城市，与命运抗争的故事。该书被认为是逃离土地的一代人的精神简史，邹艾作为一个世代生活在南阳盆地的农家女，为了追求美好的生活，挣扎、奋斗，她付出了巨大代价，屡屡受挫，但始终没有气馁，更没有屈服于命运。在作品扉页上，周大新写下："我常常用这句话宽慰自己：人不可能完全实现自己心中的目标！"

作品中的邹艾决心走出盆地，她以优秀赤脚医生的身份参军，迈出了人生道路的第一步。在部队，她从卫生员到护士到医生，又以美貌和心机获取了副司令员儿媳的位置。可惜好景不长，公公猝亡、丈夫自杀。她复员回乡，开始了人生奋斗的新阶段：开办一个小诊所，并用种种手段发展成一定规模的医院，却又因用假药酿成事故而破产。故事最后，面对人生的最大困境，邹艾说："我不会认输的！我还要再从头来！"

据评论家何镇邦回忆，周大新1987年下半年在鲁院进修，当时正好是"文体热"。何镇邦在授课时鼓吹文体论，如巴赫金的复调小说、平行蒙太奇等，大概周大新听进去了，就在小说中付诸实践。1990年春天，他收到周大新送来的长篇处女作《走出盆地》的校样，邀请作序。何镇邦也被女主人公邹艾的人生道路所吸引，为"盆地烙印"叫好，并为他的小说文体实验感到高兴。在序言中，写下这样一段话：本来，像《走出盆地》这种只写一个人的命运、时间跨度较大、单纯纵向展示的作品，是容易写得单调的，但是，由于作者有比较强的文体创造意识，注意不断地变换叙事角度，渲染叙事环境，把握叙事节奏和情调的变换，并在三个部分里用三个神话故事与故事主线形成一种共鸣照应的关系，因此使本来容易写得单调的故事变得丰富起来，平添了不少韵味。何镇邦得知在期刊发表时，作为复线的三个神话故事被编辑删去了，很是震惊和惋惜。于是，"在周大新的坚持和我写的《序》的肯定下，三个神话故事在出书时得以恢复"①。三个神话故事：天府中的三仙女、地府中的唐妮、阴府中的湍花，分别与人世间邹艾的人生故事交叉叙述，平行推进。

作为盆地中人，邹艾的第一步是山村里不认命的女子。因出生时是女儿，爷爷不允许摆满月酒，说："一个丫头片子，就别再张扬了吧！"长大后，她当上了妇女队长，和同村青年开怀情投意合，却遭到村主任秦一可强暴怀孕，打掉孩子后立志跟随开怀父亲陈德昭学医。老四奶劝她："咱一个女人家，老老实实找个男人过日子是正事！人呐，都有个命。"邹艾却说："只要男人们分一斗，凭啥只给我三升？我偏要挣来一斗吃！这回又败了，败就败，总有一天我会胜！"

---

① 何镇邦：《我的朋友周大新》，《时代文学》2001年第4期。

第二步，邹艾去当兵，并当上了护士。她希望能够实现当医生的梦想，暗自琢磨军医大学竞争力大，决心钻研中医配方治疗扁桃腺肿大，并凭借中医按摩等战胜竞争对手金慧珍，赢得巩副司令儿子巩厚的好感。面对婚姻的选择，在开怀和巩厚之间，她也有着心灵的挣扎，并进行了一番理智的思考："如果选择开怀作为此生的伴侣，我可能会建成一个比较和睦的家庭"，"我将结束我在外边的奋斗"，"到老来仍然是个平庸的女人"，"我一定要过过巩厚过的那种生活，一定要进入那个让人羡慕的世界！"邹艾如愿以偿，和巩厚结婚，也过上了繁华富足的生活。并利用权力整治了秦一可，报复了金慧珍。然而生下女儿后，家庭忽遇变故，公公猝死，丈夫自杀，邹艾也被迫转业返乡。

第三步，邹艾带着女儿，回到家乡，开办了"康宁诊所"。已当上副镇长的秦一可又来打主意。在经历种种磨难之后，她开办了"康宁医院"，并用中医方法研制出"邹氏妇女滋补膏"，却因误买了假阿胶，导致七名妇女瘫痪。开怀为了救她而入狱，医院也破败。她这才知道原来是陷入一个策划好的阴谋："目的就是使你破产"。面对女儿茵茵"妈，这下该认输了吧"的追问，邹艾仍很倔强。她不愿意跟随女儿去美国定居，"还要再从头来""要把康宁医院办成全南阳、全河南的一流医院，我还要让它在全国、全世界出名""妈妈永远不会被失败击垮！"

《走出盆地》写的是人想挣脱外在束缚和寻找幸福的渴望。在周大新看来，盆地对人的眼光是一种约束，外部环境对人的约束并不是只这一种；人人都以为幸福在别处，都想去别处寻找，周大新想写写人的这种境况和心理。盆地是南阳人的生存状态，走出盆地则是奋斗精神。评论家张志忠在《逃离土地的一代人——周大新小说创作漫评》（《文学评论》1989 年第 5 期）指出，周大新所着力刻画的，是农村中逃离土地的一代人，他们为逃离土地所进行的奋斗和挣扎，他们欲逃离土地而又最终无法逃离的悲剧和喜剧；他们应和时代的躁动，却仍然没有足够的力量把握时代，把握自己的命运。周大新笔下的河南方言，充满了朴素的热能。《走出盆地》中的邹艾不认命，《汉家女》开篇那一番倾诉："俺要当兵！……俺家无权无钱，不能送你们东西，也不能请你们吃饭。可你必须把俺接走……俺不想在家拾柴、烧锅、挖地了，俺吃够黑馍了！"句句都有咄咄逼人之势，显示着河南人的烈性与泼辣。

三　《城市白皮书》与《城的灯》

李佩甫作为河南较早关注进城故事的写作者，自 20 世纪 90 年代起创作系列进城作品，包括长篇小说《金屋》《城市白皮书》《城的灯》等。在作者笔下，城市的力量开始凸显，进城者无比决绝。如《城市白皮书》中"新妈妈"的进城故事：

> 她在县教育局的院子里找到了庞秋贵。找到庞秋贵的时候天已经黑下来了，在黑暗中她的一双大眼睛像灯一样亮着，她就凭着这一双大眼睛来到了庞秋贵的宿舍。这天夜里，她就住进了庞秋贵的单人宿舍里……于是她主动地当上了庞秋贵的妻子。她做妻子做了四年零七天，两年是非正式的，两年零七天是正式的。在她正式非正式地做庞秋贵的妻子的时候，她曾先后勇敢地消灭了两个小肉团儿，两个弱小的生命。而后她拿着自己的县城户口鲜活亮丽、信心十足地朝另一个城市走去。①

一个农村女性，仅仅怀着对城市的向往，不惜出卖肉体，放弃自己未出生的孩子，一步步走向城市，这种决绝以及缺乏有效动机的支撑，多少影响了故事的完整性和圆满度。这和李佩甫在这一时期的写作情绪有关系，作为写作者，他很早就敏锐地意识到进城潮流的不可逆转，但在当时的认知结构中，城市是一个黑洞，一个吸引人前往，却灭绝人性的无底黑洞。因之，同样无比坚决的进城故事也发生在《城的灯》中。

《城的灯》书名就很直白，代表着无限的向往和欲望。"四个兜"是农家子弟冯家昌的第一个人生目标。"穿上'四个兜'，这就意味着他进入了干部的行列，是国家的人了。'国家'是什么?！'国家'就是城市的入场券，就是一个一个的官阶，就是漫无边际的'全包'……"② 为了进入城市，他抛弃了对他情深义重并且苦等五年的未婚妻刘汉香，选择家庭

---

① 李佩甫：《城市白皮书》，陕西师范大学出版社 2000 年版，第 14 页。

② 李佩甫：《城的灯》，长江文艺出版社 2003 年版，第 51 页。

背景深厚的城市妻子。然而，"在灯光下，那一切都赤裸裸的，一切都很肉，是疯了的游动着的肉。就像是一座剥光了的'城市'，'城市'的高贵，'城市'的矜持，'城市'的坚硬，'城市'的道貌岸然，在一刹那间化成了一股汹涌的洪水……可冯家昌却感到了他从未有过的失败，连他自己都说不清楚，到底是他占领了'城市'，还是'城市'强奸了他……有一点他是清楚的，那就是——他进入了'城市'，却丧失了尊严"①。

尽管他无限怀念"谷草的清香和拌着青春的腥香，把一个小小的窝铺搅和成了一锅肉做的米饭！那幸福含在腥香里，含在一片晕晕乎乎的莽动里，含在一丝霍出去的惊恐不安里。那幸福是多么湿润，多么的、多么的'讶讶'"②。但他还是抑制不住疯狂的进城欲望，并且将自己的弟弟们费尽心机弄到城市里。这本书被认为是"在一个更为宏大的视野里描写了农民由农村走向城市的精神史"③。城市和乡村成为一种对照，城市代表文明、现代、富有，乡村代表理想、田园、贫困。所以更多的人选择抛弃一切，来到城市，并试图扎下根来。

对城市的向往和无限追求也是和新中国成立后农村的贫困状况有关。根据城乡家庭收支的调查资料来看，长期以来，工农收入和消费都是有着较大差距。1957 年职工每人消费水平是 205 元，农民每人消费水平为 79 元；1980 年职工每人消费水平为 477 元，农民每人消费水平为 168 元。差距从 1：2.59 增加到 1：2.84。而收入情况对比也是如此，1964 年职工每人年收入为 243 元，1980 年为 514 元；农村平均每人年收入为 102 元，1980 年为 194 元。工农差距为 1：2.4 和 1：2.7。此外，教育、卫生、文化生活等方面的差距更是巨大。卫生状况方面，1980 年，农村每千人只有医生 0.8 人，与 1957 年相比，没有增加；城市由 1.3 人增加到 3.2 人，城乡差距由 1：1.7 扩大到 1：4.2。文化生活方面，农村每 1.1 万人有 1 个电影放映队，城镇每 1 万人有 510 个电影院席位。农村每 35 万人有 1 个县级艺术表演团体；城市平均每人每年观看艺术表演 4.4 次，农村仅 0.6 次。

农村的贫困，导致一代人无尽的痛苦和屈辱记忆。作家阎连科在回忆

---

① 李佩甫：《城的灯》，长江文艺出版社 2003 年版，第 191—192 页。

② 李佩甫：《城的灯》，长江文艺出版社 2003 年版，第 45 页。

③ 何弘：《坚忍的探索者和深刻的思想者》，《小说评论》2013 年第 2 期。

青年岁月时讲道："上世纪的七十年代，记忆深刻的，对我来说不是革命，而是饥饿和无休止的劳作。""那时我小，看知青们不下地劳动，穿得光鲜干净，日子就是在村头漫步和吹笛，也就渐渐明白，乡村人是如此的低贱，而城市青年，竟是如此的高贵神仙。我不恨他们生在城市，只是无奈地暗自抱怨，自己生在了这个乡村。"① 李佩甫在谈到《城的灯》时曾说："《城的灯》是写逃离的，就是从土地逃离乡村，是一种对灯的向往、渴望，从乡村走向城市的叛逆。"②

对于冯家昌来说，乡村是贫困和孤冷的记忆。

> 在上梁，姓冯的只有他们一家。
> 这就好比一大片谷子地里长了一株高粱，很孤啊！
> "老姑夫"，这就是人们对父亲的称谓。因为父亲是上梁的女婿，他是挑着一个担子入赘的。在村里，从来没有人叫过父亲的名字。在平原的乡野，"老姑夫"是对入赘女婿的专用称呼。这称呼里带有很多调笑、戏谑的成分，那表面的客气里承载着的是彻骨的疏远和轻慢。从血缘上说，从亲情上说，这就是外姓旁人的意思了。③

费孝通在《乡土中国》中分析，中国乡土社会的基层结构是一种我所谓"差序格局"，是一个"一根根私人联系所构成的网络"。作为外姓人，在村里就尤为弱势。母亲去世后，兄弟几人没鞋穿。下雪的时候，也"就那么光着脚走出了家门"。无边无际的白雪使他想起了城市里穿的"网球鞋"。秋生家里的一个亲戚穿过，白色的，粉白，连鞋带都是白的！人家是城里人，来乡下串亲戚时穿在脚上，一走一弹，让他看见了，还有尼龙袜。那时候，他庄严地说：会有鞋的。这些往事刺激使得冯家昌进入城市之后再也不愿回去，面对四个弟弟的苦苦劝告，横下心说：

> 告诉你们，我不会回去了。不久的将来，你们也会离开那里，一个个成为城里人，这是我的当务之急，也是咱们冯家的大事。其它的，就顾不了那么多了。当然，对她，咱们是欠了债的。

---

① 阎连科：《我与父辈》，人民文学出版社 2014 年版，第 25、27 页。

② 孙竞：《知识分子的内省书——访作家李佩甫》，《文艺报》2012 年 4 月 2 日。

③ 李佩甫：《城的灯》，长江文艺出版社 2003 年版，第 7 页。

　　那骂名，我一人担着。我这是为了咱们冯家……①

　　对于冯家昌为了私利抛弃道义、良知，作者是有着批判意识的，虽然预设了很多前提"同情地理解"他的转变历程，以及对城市的无限向往，但同时作者也描绘了理想的投影：刘汉香。在遭遇背叛之后，她没有选择报复，而是默默留在城市边缘，成为种植花木的香姑。对作者来说，在这部长篇里，要表述的是生长在平原上的两个童话：一个要进入物质的"城"，一个要建筑精神的城。这两种努力虽然不在一个层面上，但客观地说，在一定意义上，他们都取得了成功。香姑最终用她的道德力量感化了很多人，尽管冯家兄弟取得了世俗意义上的极大成功："冯家一门终于完成了从乡村走向城市的大迁徙！冯家的四个蛋儿及其他们的后代们，现已拥有了正宗的城市（是大城市）户口，也有了很'冠冕'、很体面的城市名称，从外到内地完成了从食草族到食肉族的宏伟进程（他们的孩子从小就是喝牛奶的），已成为了真正的、地地道道的城市人。"②但在香姑的墓碑前，还是"腿一软，一个个都跪下了"。

　　李佩甫提及这一时期创作决绝的进城者的思想动因，近年来，他在认识上发生了一些变化，过去一直认为金钱是万恶之源。后来发现贫寒对一个人的一生影响更大，在某种意义上说，贫穷（尤其是精神上的贫穷）对人的戕害甚至大于金钱对人的腐蚀。在这个问题上，冯家昌是极有代表性的。在这个意义上，我们才能理解冯家昌的狠劲，以及宁愿背负骂名也要离开农村的长久心理负荷，这是由不断发展的城市和停滞不前的乡村差异所造成的分化和流动，而不断涌现的进城故事也改变了长期稳定的社会结构。

　　对于传统的农耕社会来说，乡土社会是安土重迁的，是生于斯、长于斯、死于斯的社会。不但是人口流动很小，作为资源的土地也很少变动。在这种不分秦汉，代代如是的环境里，个人不但可以信任自己的经验，而且同样可以信任父辈的经验。一个在乡土社会里种田的老农所遇着的只是四季的转换，而不是时代变更。一年一度，周而复始。前人所用来解决生活问题的方案，尽可抄袭来作自己生活的指南。愈是经过前代生活中证明

――――――――――

　　① 李佩甫：《城的灯》，长江文艺出版社2003年版，第207页。
　　② 李佩甫：《城的灯》，长江文艺出版社2003年版，第402—403页。

有效的，也愈值得保守。相对于乡土的贫困、凋敝、缺少变动，热烈、五光十色的城市无疑对人有着致命的吸引力。对于冯家昌，抑或对于高加林来说，城市里的女性也代表着他们可以征服的对象，是进入城市的门槛，是"占领"城市的必备要素。因此，他们才会性格异化，抛弃未婚妻，选择满足自己的野心和欲望。

评论家何弘提出《城的灯》较李佩甫之前写作的突破是有一个回归的主题。冯家昌等人拼命逃离的结果是进入了城市，但现实的城市并非人间净土，与农村相比它一样充满了罪恶，而刘汉香指向了寻找并回归精神家园的故事。她的牺牲化身为"城的灯"，照亮人们回归精神之城的道路。这样具有宗教情怀的作品，在当今中国的社会，很有现实意义。但相较而言，有关"逃离"的部分，写得更为精彩，将冯家昌、侯参谋等人的生存状态，心理、处事计谋的描写达到了极致。而对于后半部分，刘汉香的描写，受《圣经》的影响过于明显。这也与"逃离"本身就是现实的情况，这种故事目前每天都在发生有关，而"回归"本身就是一种理想，自然要虚一些。

雷蒙·威廉斯分析乡村与城市曾有这样的观点："对于乡村，人们形成了这样的观念，认为那是一种自然的生活方式：宁静、纯洁、纯真的美德。对于城市，人们认为那是代表成就的中心：智力、交流、知识。强烈的负面联想也产生了：说起城市，则认为那是吵闹、俗气而又充满野心家的地方；说起乡村，就认为那是落后、愚昧且处处受到限制的地方。"① 这样的理论依据同样可以在李佩甫甚至路遥的小说中找到参照。如《城的灯》中，冯家昌进城的背信弃义以及性格异化，以及香姑所代表的乡土文明的仁义厚重，抑或是《人生》中高加林对城市的向往以及对巧珍的抛弃也是基于此。但不管是记忆中的理想田园，还是现实中的城市野心家和梦想家乐园，逃离农村还是成为一代人或数代人的宿命。基于上述对于城市"双重性"的认识，才导致新时期以来的"乡下人进城"小说始终面临着"消费的城市"与"生产的城市"的纠结："一方面，个体的乡土记忆与社会主义时代的意识形态规训，使得城市在'乡下人'眼中被叙述为'罪恶的所在'；另一方面，城市的物质主义诱惑及其整个

---

① ［英］雷蒙·威廉斯：《乡村与城市》，韩子满、刘戈、徐珊珊译，商务印书馆 2013 年版，第 1 页。

国家工业化的现代性追求，又在不断消解这种'罪恶'的痕迹。"① 这也使得我们在阅读作品时既对不断涌现的进城故事中种种行为表示厌恶，但又不乏理解和同情。

四　"城市逍遥" 与困惑

张宇的作品也有着较为浓重的城乡二元对立情结。早期的《活鬼》等多是乡村题材，随着作家进城之后的生活体验和情感变化，对于城市题材的书写以及身份定位的自我探索成为作家新的思考方向。在《疼痛与抚摸》的结尾处，作家坦言："我这么来区别城市感情和乡村感情，明显表现了我的倾向性，也许这种倾向性非常偏颇，并不客观和准确，我坦白说这全是因为我生活在城市的缘故。因为离开了乡村，我才不断地思念那乡村感情，其实真要我返回乡村去生活，我肯定无法忍受。这不是虚伪。"② 融不进的城市，回不去的乡村成为一代作家特定时期的内心自白。

短篇小说《没有孤独》（《人民文学》1991 年第 5 期）中的医药专家鲁杰，本是享誉海内外的权威，平反后回到城市，但城市接纳他的只是名声，而非尊重其才华。体制内的敷衍、应付，利益至上的风气裹挟着每一个人，不管你居于何种位置。在故事结尾，鲁杰临死前打算实施一项最伟大的科学研究：从探索生命的外壳和灵魂的关系开始，到任意更换或选择生命的外壳而告一段落；通过第一阶段的研究，先解决外壳问题。《城市垃圾》则通过一个还算体面的家属院的琐事，表达虚伪、自私的城市人际关系。该文通过较为极端化的表述，传达初入城市遭遇的痛苦和烦恼。例如上城市户口，辗转多次却被推诿，只好请熟人帮忙。此外，还有天然气、装电话、搬家、水管、垃圾等生活问题，无不充满麻烦。这篇小说写出了城市的弊病，并将城市中人与人的关系处理为经济关系，以及通过个人体会对城市运营机制进行嘲讽，也反映出闯入者融入城市的精神困境。

《城市逍遥》发表在《小说家》1991 年第 1 期。作品通过盆景艺术家鲁风的故事，写出走入城市者如何寄寓自己的乡土经验和情感。进入城

---

① 徐刚：《"十七年文学"中的"乡下人进城"》，《文艺争鸣》2012 年第 8 期。
② 张宇：《疼痛与抚摸》，人民文学出版社 1995 年版，第 251 页。

市的鲁风百折不回地学习散步，就是要像个标准的城里人那样走路，滑稽而颇有几分荒诞，反映了现代人盲目趋同的心理。鲁风与妻子之间爆发的一次次家庭战争，小而言之是各自的经历、文化背景不同导致的文化心理隔阂，广而言之则是现代人（鲁风）带着某种觉醒意识试图反抗生活的虚幻感、不真实感。李春与张小波之间的"文明"对话，展示了现代人交流的典型风格，高雅，得体，而缺少的恰恰是坦诚。鲁风与张小波已是多年的老朋友，而在张小波眼里，鲁风充其量是一个傻瓜艺术家。从鲁风与李春、张小波的关系中，我们会发现在城市中，"人们相距很近很近却又十分遥远，哪怕是夫妻、朋友，也不过是读得更熟些的面孔，心灵与心灵之间找不到契合点，大家只能是熟悉的陌生人"①。该小说体现出张宇的幽默风格，以戏谑的方式呈现出初入城市的观察和体悟。

在这些作品中，作家逐渐开始触及都市人的生存状态和心灵状态，理解城市、表现城市，以及现代化的困惑，人们在商品时代的欲望、挣扎，价值与操守。然而，因作家本身也多处于融入城市的过程中，写作中会存在对城市的不理解或简单化处理，个人经验的表现方式也会影响形而上的哲学思考，这也说明"城市与人"的题材需要进一步开掘。

五　故事之外的本事

与城市文学蓬勃展开相对应的则是作家们的进城故事，随着城市化大幕的开启，一代又一代人被裹挟到这一时代洪流之中。在文学题材进城、作品进城的同时，伴随的是浩浩荡荡的作家进城故事。相比较十七年文学的传统，作家柳青从城市返回农村，深入黄埔村生活十多年，写出合作化运动的史诗性作品《创业史》，新时期以后，随着社会开放程度的提高，越来越多的作家涌入城市，成为城市的一分子。

就河南作家来说，进城一般通过几种路径：高考、参军、招工、写作等。通过高考进城，刘震云、李洱是其中的典型。刘震云在恢复高考之后率先考入北京大学中文系，1982 年本科毕业分配到《农民日报》工作。

①　陈玉立、查振科：《解嘲与关怀——评张宇的〈乡村情感〉和〈城市逍遥〉》，《广东社会科学》1992 年第 2 期。

他的中篇小说《塔铺》回顾了自己在部队没有提干，复员之后很是落魄，以及如何复读备考大学的辛酸日子。"我从部队复员，回到了家。用爹的话讲，在外四年，白混了：既没有入党，也没提干，除了腮帮上钻出些密麻的胡子，和走时没啥两样。""冬天了。教室四处透风，宿舍四处透风。一天到晚，冷得没个存身的地方。不巧又下了一场雪，雪后结冰，天气更冷，夜里睡觉，半夜常常被冻醒。""我相信我考得不错。我预感我能被录取。不能上重点大学，起码也能上普通大学。我把自己的感觉告诉了在考场警戒线外等了两天的爹，爹一下竟说不出话来。平生第一次，一个老农，象西方人一样，把儿子紧紧地拥抱在怀里，颠三倒四地说：'这怎么好，这怎么好。'"① 乡村生活的极度贫困也是很多人走上决绝高考等进城道路的主要动因，毕竟，在那个年代，恢复高考是很多人能够凭借自身努力而非外在条件改变命运的最大契机。程光炜的文章《〈塔铺〉的高考——1970年代末农村考生的政治经济学》，就谈及作品所揭示的与农村高考密切相关的社会问题。乡下人与城里人的高考本身就是被编织在截然不同的社会等级秩序中，乡下人参加高考是为了解决吃的问题，而城里人的高考则是为继承家族的社会阶层，被输入当代青年追求理想的价值内涵。

周大新、阎连科等则是通过参军入伍的方式走出乡村，周大新在后来的散文中回顾了自己走出中原的历程：

> 村里的大人一再教导我：你娃子只有考上大学才能当官，只有当官才能吃香的喝辣的，你只有吃香的喝辣的才能让你的爹娘跟着享福。我于是暗下了考大学当官的决心。我学得很刻苦，我的每门课业在班里都排在前列，我是班里的学习委员。冬天上早习时，我走六华里赶到学校，天还没有亮，点上煤油灯便开始读书；夏天下大雨，没有伞，蓑衣也会淋透，淋透就淋透，到学校把衣裤拧干了穿上就是。没料到的是，文化革命在我读初中时突然爆发了，我的大学梦只做了一小截。
>
> 我坐上了东去的运兵闷罐列车，我隔着列车门缝望着疾速后退的中原大地，心里有依恋，有不舍，但都很轻微，心里鼓荡着的，多是

---

① 刘震云：《塔铺》，《人民文学》1987年第7期。

欢喜。

> 我终于可以独自外出闯荡了……①

对于周大新来说，因为"文化大革命"期间高考的中断，使他的努力付之东流，而意外的参军入伍成为改变命运的转机。同样，对于阎连科来说，如何摆脱农村的贫困生活，一直是青年时期的他耿耿于怀的问题。在高考失利之后，阎连科有幸走入部队，但如何能留到部队、留到城里，又成为新问题，他的散文《改变命运的阅读》回顾了自己年轻时期渴望逃离农村、逃离土地的心路历程。

> 那时候，将近 30 年前，时代是 20 世纪的 70 年代中期，社会生活就像我家村头的沼气池样，又脏又乱……而我，那个时候，最大、最美好的愿望，就是高中毕业之后，离开农村，逃离土地，到城里找一份每到月底就可以到会计面前签字领工资的工作。
>
> 《分界线》是一本今天看来装帧都非常普通、陈旧的小说，但它的内容提要中有那么一句话（一个意思）：张抗抗是下乡到北大荒的知青，通过这部小说的创作和修改，已经调到省会哈尔滨工作。
>
> 原来，写一部小说，就可以从北大荒调到省会哈尔滨去。原来，从事写作，竟可以改变人的命运，决定人的另外的人生。
>
> 于是，我开始在高中毕业之前，便偷偷地学习写作小说了；开始把读书当作淘金的事情了。而事实上，如同写作改变了张抗抗的命运一样，我命运的一切变更，都与写作密不可分。②

作为从乡村走入城市的作家，以真诚的文字记录了自己年轻时期走过的道路，及迫切进入城市的心情。阎连科坦言最初学写小说时，就是为了逃离土地。为了离开贫穷、落后的乡村，和路遥笔下的高加林一样，为了到城里去，有一个"铁饭碗"端在手里……事实上，自己也的确是通过写作最终达到了逃离土地的目的。当兵、入党、立功、提干，那一段艰辛的登山路程，是通过发了那么几篇小说、独幕剧和几首顺口溜一样的诗歌

---

① 周大新：《长在中原十八年》，中国文史出版社 2012 年版，第 5—6 页。

② 阎连科：《改变命运的阅读》，《阎连科文论》，云南人民出版社 2012 年版，第 93—94 页。

走完的。在散文集《我与父辈》中，他多次提及城乡差异带给他的心理阴影："直到我小学毕业，那些住在乡村的几个'市民'户口的漂亮女孩，她们总是与我同班。她们的存在，时时提醒着我的一种自卑和城镇与乡村必然存在的贫富贵贱；让我想着那种与生俱来的城乡差别，其实正是一种我永远想要逃离土地的开始和永远超越了的那一分的人生差距。"①

同为 50 后的作家张宇是 1970 年通过招工进入洛阳城，继而在工作岗位上发现了文学世界，后又通过写作来到省城，专业从事文学创作。张宇曾坦言自己写小说的动机，更多是为了从农村真正变成城里人："刚参加工作当工人，总想找个吃商品粮的女人。因为政策规定，子女随母亲走户口。如果找到吃商品粮的女人，我的孩也能吃商品粮，孩子的孩子还能吃商品粮。这样子子孙孙才能牢牢地端公家的铁饭碗，和农村划清界限。这个问题解决以后，我还想把工人变成干部。因为虽然全家吃上了商品粮，与城里人相比，还不算正宗。例如，犯了错误开除公职，咱农村出身的要送回原籍劳动，再也回不到城里。而人家只是换个工作，就可以从头开始。因为人家是城里人，不能开除到农村，如果把工人变成干部，犯了错误，就可以到工厂当工人，就有了退路，有了很大的余地。"② 想从工人转为干部，张宇为自己选择的梯子，是从文。

在张宇看来，自己就是改革开放的产物，没有改革开放，就没有希望。其总结改革开放对自己创作的影响，将其归纳为"思想上的开放和教育，生活和文化上的营养"，"没有改革开放，像我这样的农民的孩子怎能当上作家呢？"张宇进一步阐释："在中国文艺史上，改革开放是一次大的思想运动，波澜壮阔地颠覆了传统思想观念，全方位地与世界文化接轨。如果没有改革开放，像我们这些农民的孩子，可能就进不了城，就是进了，到了工厂也是死死板板地干活，产生不了精神方面的追求，也就无所谓搞创作写小说了。"③

在很长一段时间里，"城里人"与"乡下人"似乎成了两个完全不同的族类。莫言在一次访谈中提及，自己得知在部队被提干的心情，是非常激动，比得诺贝尔奖还激动；完全觉得自己变成了另外一个人了，变成了一个吃国库粮的人了；意味着自己不要回农村了，不用回农村来面朝黄土

① 阎连科：《我与父辈》，人民文学出版社 2014 年版，第 16 页。
② 朱伟：《张宇札记》，《当代作家评论》1991 年第 6 期。
③ 《张宇：才子意气挥斥方遒》，《洛阳晚报》2008 年 9 月 17 日。

背朝天了，已经是军官了，干部待遇了。即便离开部队，到地方也安排到公社里当个助理员之类的。莫言父亲内心深处也非常高兴非常兴奋。因为像这样一个家庭，能够有一个儿子提成军官，这是一个历史性的突破。在村子里面可以直起腰来了。

可以说，因为共同的社会和历史境遇，"50后"作家大多有着相似的人生经历，童年、少年时期在农村的饥馑、贫困，成为挥之不去的伤痕和记忆，而逃离农村、脱离土地的决绝和进城之后的欣喜，成为人生转折期的主要动力，但时过境迁又会发现，自己还是无法摆脱乡土的桎梏。对他们来说，故乡永远像一条挥之不去的身影。即便进城二十年后，他们仍会在作品中眷恋乡村情感："我是乡下放进城里来的一只风筝，飘来飘去已经二十年，线绳儿还系在老家的房梁上。"① 因之，在他们的进城故事中，实则有着自身的经历烙印和情感维系，这也使得这一时期的写作尽管有着不成熟的一面，但可贵的是真诚传达对城市的不断认知与体悟。

---

① 张宇：《乡村情感》，《莽原》2019 年第 2 期。

第四章

现代性的生活与生存

20 世纪 90 年代以来，当代文学的城市书写日益丰富和成熟，也开始具备较为充分的"城市文学"品格。有学者指出，1949 年以前的城市文学传统，"也只有到了九十年代，才可以说得到了真正的恢复"[①]。王安忆的《长恨歌》是典型代表，城市书写也在传统复归的过程中有了更多的面向。就河南的城市书写而言，伴随着中原的城市化进程，关于城市的现代性书写成为更多作家着力的重心。城市化本身就是一个时代经济发展、社会进步的标志，无论东方还是西方，城市史与文明史都是互相依存的，而作家作品中的城市故事，也为我们打开了现代化进程中城市的多副面孔。

一 从《一地鸡毛》说起

90 年代的中国当代文学，随着商品经济、市场化对于文学的冲击，文学的审美形态、精神面貌也发生重要转变，小说开始走向世俗、回归日常生活，以及注重对于个体生命的关怀和物质精神需求的展现。作为"新写实"潮流的代表作家，刘震云在 20 世纪八九十年代发表的多篇作品，包括《单位》（《北京文学》1989 年第 2 期）、《一地鸡毛》（《小说家》1991 年第 1 期）等，被认为是 90 年代文学的起点。

《一地鸡毛》摆脱了宏大叙事，粉碎了道德理想，故事开篇就是从小林家的豆腐馊了写起。小林、小李都是大学毕业生，曾经颇有诗情与壮

---

① 王彬彬：《"城市文学"的消亡与再生——从〈我们夫妇之间〉到〈美食家〉》，《小说评论》2003 年第 3 期。

志，但投入社会生活没几年，小李就从一位安静的富有诗意的姑娘，变成一个爱唠叨、不梳头，还学会夜里偷水的家庭妇女，每天关心的世事无非是买豆腐、上班下班、吃饭睡觉洗衣服、对付保姆弄孩子。什么宏图大志，什么事业理想，都成了过眼烟云。小李也是如此，故事就是围绕着生活流和日常琐事展开。

曾经将《一地鸡毛》改编为连续剧的导演冯小刚谈及这部作品，认为刘震云写的虽然是日常生活，但作者并不希望写成流水账，尽管写的是生活琐事，工作与家庭的细节，但是通过它们讨论的却是更深层次的问题，即"大"与"小"的问题。为了突出这个主题，电影改编中"在片头专门设计了一些巨大的世界性历史事件与历史人物的照片，如苏联解体、曼德拉当选总统、克林顿入主白宫以及非洲难民潮等。这些似乎是无可怀疑的'大事'，但是对于小林这样的普通人来说却不见得比日常琐事大。对于老百姓来说，生活还是生活，分房子、孩子入托、爱人调动工作等等是更大的事"①。

在这个意义上，《一地鸡毛》就更具有了象征意义，一定程度上代表着80年代宏大叙事和理想主义的解体。很多人将80年代视为文学的黄金时代，作家和文学承载着民族的启蒙和立言使命，90年代文学才摆脱话语束缚，寻找个体意识、自由言说和美学实践的新状态。作品也似乎有意将之前的理想情结和现在的俗世生活作对比，文中隆重推出一位曾经舞文弄墨的诗人"小李白"。

　　　　"小李白"是小林的大学同学，当年在学校时，两人关系很好，都喜欢写诗，一块儿加入了学校的文学社。那时大家都讲奋斗，一股子开天辟地的劲头。"小李白"很有才，又勤奋，平均一天写三首诗，诗在一些报刊还发表过，豪放洒脱，上下五千年，秦皇汉武，唐宗宋祖，都不在话下，人称"小李白"。惹得许多女同学追他，毕业以后，大家烟消云散。②

这次意外重逢，竟是在"小李白"的小摊前。面对小林"你还写诗

①　冯小刚、陶东风：《寻求观众心理与艺术品位的结合点——冯小刚、陶东风对话录》，《南方文坛》1997年第6期。
②　刘震云：《一地鸡毛》，《小说家》1991年第1期。

吗?"的追问,"小李白"说:"那是年轻时不懂事! 诗是什么,诗是搔首弄姿混扯淡! 如果现在还写诗,不得饿死! 混呗。""还说写诗,写姥姥! 我可算看透了,不要异想天开,不要总想着出人头地,就在人堆里混,什么都不想,最舒服。"于是,交谈之后,小林迅速认清现实,下班后去帮"小李白"卖鸭子,每天收入 20 块钱。"九天挣了一百八,给老婆添了一件风衣,给女儿买了一个五斤重的大哈密瓜,大家都喜笑颜开",理想与世俗迅速和解。

马歇尔·伯曼提出:"今天,全世界的男女们都共享着一种重要的经验——一种关于时间和空间、自我和他人、生活的各种可能和危险的经验。我将把这种经验称作'现代性'。所谓现代性,就是发现我们自己身处一种环境之中,这种环境允许我们去历险,去获得权力、快乐和成长,去改变我们自己和世界,但与此同时它又威胁要摧毁我们拥有的一切,摧毁我们所知的一切,摧毁我们表现出来的一切……所谓现代性,也就是成为一个世界的一部分,在这个世界中,用马克思的话来说,'一切坚固的东西都烟消云散了'。"① 对小林来说,与金钱的实用价值相比,"面子和批评实在不算什么"。每天帮小李白卖鸭子的 20 元钱可以解决许多问题,远比面子更为重要。而曾经的出身、老家也成了一种负担,对他有恩的小学老师来北京治病,顺道来看他,还给他带了两桶香油,小林却并没有帮上什么忙,反而要忍受爱人的不耐烦。在老师走后,小林目送着远去的公交车,眼泪刷刷地涌了出来。第二天在办公室看报纸,看到一位大人物生前如何尊师爱教,曾把他过去少年时的两个老师接到北京,住在最好的地方,逛了整个北京。小林禁不住骂道:"谁不想尊师重教? 我也想让老师住最好的地方,逛整个北京,可得有这条件!"

这部作品一改以往英雄化的写作倾向,将着力点放在小人物的命运观照,也在一定程度上说明整个社会从宏大叙事回归凡俗人生。曾经,80 年代,老一辈作家关心的事儿是改革,中国向何处去,人民的疾苦,历史的反思。对刘震云来说,作为年轻作家要学着前辈去思考,一支笔会沉重得提不起来,"我每天发愁怎么改革,怎么反思,怎么思考历史的出路,最后写着写着写烦了,觉得要是文学这么写的话,对于我真是没有任何乐

---

① [美] 马歇尔·伯曼:《一切坚固的东西都烟消云散了——现代性体验》,徐大建、张辑译,商务印书馆 2013 年版,第 15 页。

趣"①。在这种情况下，他结合自己的人生故事写出了《塔铺》《单位》《一地鸡毛》等作品，伴随着写作史也是刘震云自己从部队转业、参加高考、进入城市、落户工作的人生经历和心灵史，所以小说写的格外温情、感伤、生动和富有细节，多被改编为电影、电视剧，得到精英与大众的普遍接受。

市民生活的真正回归，具体体现在文学作品中，主要表现在"立足于私人日常生活领域来表现市民生活，在日常生活中寻找并认可人生的价值，而不是以往立足于国家伦理或精英视角居高临下地表现市民生活，在国家政治伦理的层面确立个人价值"②。《一地鸡毛》的小林作为大学生和国家机关干部，也不再以社会或文化精英规训自己，只认定自己是一个必须养家糊口的人，即"谋生者"社会身份的自认，这也说明 90 年代市民社会的悄然到来。

二　报告文学之郑州商战

在向市场经济转型的过程中，商业文化成为重心，城市的消费功能也受到重视，大型商场的建立成为新型城市空间，为城市增添了亮色。郑州作为交通枢纽，在 80 年代，就确立"商贸带动战略"的发展规划，八九十年代兴建六大商场。作为内陆城市，在经济发展水平总体较低的情况下，商场在毫无准备的情况下陷入激烈的竞争，其中的亚细亚商场作为股份制企业，以先进的服务理念和灵活的用人制度、经营思路开风气之先，在全国有着广泛的影响力。紧接着，国营商场也开始多种改革举措，营造出郑州商业市场上的多彩文化。邢军纪、曹岩的《商战在郑州》（中华工商联合出版社 1994 年版），是关于郑州六大商场：紫金山商场、郑州市百货大楼、商城大厦、华联商厦、亚细亚商场和商业大厦的报告文学。该书重在宣传郑州的创业平台和创新意识，并书写了一批商品经济时代的企业家形象。

作品开篇，先是介绍了城市的历史，从一座巨大的商鼎谈起，其原型

---

① 徐梅：《刘震云：谁同我结伴去汴梁》，《南方人物周刊》2007 年第 30 期。

② 杜素娟：《市民之路：文学中的中国城市伦理》，北京大学出版社 2014 年版，第 115 页。

是在城市不远处的张寨南街杜岭土岗下发现的，文物界将其称为"杜岭一号铜鼎"。由雕塑家吴树华按原型放大五倍，矗立在郑州人民路和太康路交叉点的三角公园，这一地点正是 3500 年前商朝国都——殷都城墙的南端。因此，这一公园被视为通往历史的神秘出口。商被周所灭后，诸侯地被称为商邸。西周初年，武庚反周失败，商地遗民被周公旦迁至洛阳，只好重操旧业，叫卖为生，被称为"商人"，所从事的职业称为"商业"，所叫卖的货物为"商品"。

商战中的亚细亚商场无疑最为耀眼，在商都中如天外来客，一身洋味儿。"亚细亚"是古闪米特语，其意为"太阳升起的地方"（ASIA）。该商场设计了一个著名的"野太阳"徽章，是一团正隆隆驶来的紫色太阳，有 31 条火焰式的光芒，象征着立足中原，用火热和爱辐射全国 28 个省、自治区和 3 个直辖市。有时它也像 31 个触手，紧紧拽住人们的心。亚细亚也是郑州六大商场中唯一的股份制企业。

王遂舟是作品中塑造的改革英雄之一，他来到亚细亚商场后，要争"三气"。第一，争河南人之气。河南是农业文明发祥地之一，长期以来，由于自然经济的影响，普遍眼界偏狭封闭保守，土、脏、乱。因此，必须对外开放，将封闭和保守扔在后面，用大商业、大流通的眼光去追寻中国，追寻世界，重塑河南人的形象。第二，争"杂牌企业"之气。长期以来，由于计划经济下国营企业一直享受"浩荡皇恩"，其他成分的企业却被列入另册。因此，应该让人看到国营企业能做的，杂牌企业也能做到。第三，争年轻人之气。国有企业通常论资排辈，才干、能力并不重要，因此许多人不思进取，只求平安过渡到既定的位置上。而股份制企业可以冲破这些体制误区，并选了一首名为《心河》的歌作为亚细亚场歌。"这是心灵的选择，彼此不用诉说。我理解你你理解我，同样的心境中拥有同样的沉默。这是心灵的呼唤，度过多少艰难，手挽着手肩并着肩，清晰的世界仿佛刚刚出现……"

而在商战中，经历了价值观等恶性竞争的无序混乱状态后，各大商场纷纷找到自己的定位。如亚细亚培训女子仪仗队，奔赴北京去国旗班学习各项动作。要向人们说明：亚细亚一切都是美丽的，美丽的容颜，美丽的心灵，吸引着爱美的人们。有人称她们为"蓝色温柔"，有人说这是亚细亚的"蓝色月光行动"。并在郑州电车上打上广告："星期天到哪里去——亚细亚"。商业大厦另辟蹊径，打造"大篷车队"。大篷车上满载着琳琅满目的货物，载着悠扬的歌声和姑娘的笑颜。凡是有大的庙会集市，它便闻风而动，一边宣传，一边卖货，将阵地战改为运动战。而郑州百货大楼提倡抹布精神，让职工人手一块抹布，随手抹，随手擦。虽然物质条件不如人，但精神却光彩照人。小小抹布体现一个商场的形象。据说江泽民同志看郑百人人手一块抹布，在追赶豪华的时尚中独立操守，十分感动，连声称赞一块抹布精神好。紫金山商场推出一系列便民措施，推广实施了加工定做、邮购函购、电话预约、上门服务等，并增设了便民椅、便民钟、针线包、代售邮票、代发信函等服务项目。为解决顾客维修商品难的问题，还开设了洗衣机、电冰箱、电视机、自行车、钟表、缝纫机、复印机、鞋类、皮包、玩具等十几种商品维修项目，极大地方便了顾客。对于大件家电商品，搬运不便的，还设立了预约登门维修，对于电视机、录音机还设立了备用周转机，解决顾客因修理机器而影响收看、收听节目的问题。

商战也带动了市场的繁荣。市商业系统组织六大商场总经理先后出国考察发达国家的商业情况，关注和参与国际竞争中去。竞争也促进市场由买方向卖方的转换，消费者真正成为"上帝"。商品林林总总，价格封顶不保底，购销经营放开，"到哪里去买"成为消费者的选择。花钱买满意，也包括服务环境、设施、态度等。亚细亚商场成为省会商业舞台的形象代言人。走进亚细亚，展现给人们的是整洁雅致的花园式商场：灯光柔和，地板明净，布局精巧，花木葱郁，喷泉瀑泻，声乐悠扬，人们购物、观景、听音乐，其颜欢悦，其乐融融。

商战的激烈竞争使得郑州成为购物天堂，让"享受"了多年柜台式购物环境的消费者心旷神怡。这场商战也极大地推动了河南乃至全国的商业改革与发展，成为中国零售商业改革的一座里程碑。"商战"所形成的商业理念与文化至今影响着郑州乃至中国的商业。1996年6月，江泽民在郑州视察工作时题词："把郑州建设成为社会主义现代化商贸城市"。"1997年，国家五部委正式批准郑州为我国商贸中心改革试点城市。1998年，国务院正式批准郑州市城市建设总体规划，明确把郑州建设成中原地区有特色的现代化商贸城市。"①

这部报告文学的出现带有邓小平时代，以及南方谈话所彰显的改革精神和开拓勇气。新时期以来，从搞活、开放到改革开放，随着经济体制改

---

① 赵立伟：《郑州商战起硝烟　城市改革波浪涌》，《党的生活》2011年第9期。

革的深入，郑州的商战成为全国的缩影。亚细亚的人事、用工、分配三项制度改革，以及灵活多变的经营管理模式，都具有鲜明的时代特征和突破性的经济意义。郑州地处中原，交通发达，有计划地将其建成为现代化的全国性商贸重心，是市场经济时代的新战略。同时，各种改革激活了企业管理，提升了企业形象，在经济增强活力的同时也提升了城市的影响力，而报告文学也忠实地记录了这一时代风采和企业活力。

三　《软弱》的大多数

在城市空间之外，关于城市中的人性书写成为作家思考的对象。张宇是河南作家中成名较早的一位，他早期的小说也多是乡土题材，中篇小说《活鬼》中塑造的侯七被认为是凝练出中原农民的性格。此后，作者又写出了"河洛人"系列短篇，开始将中原民间历史文化融入城市现代文明思考。首部长篇小说《晒太阳》更是在民族文化背景下塑造了世俗化的政治人物杨润生，作为受过高等教育的知识分子，既有儒家文化、现代文明的滋养，又能敏感地触摸与感受变革的时代精神。长篇小说《软弱》（人民文学出版社 2000 年版），是倾注作者城市思考和城市意识的一部作品。通过两名普通警察的故事，展开作者对人性与城市的双重审视。文中通过春花对路的纠结，来发现城与乡的区别。

在乡下，春花从来不迷路。在城里，春花老是记不住路。乡下的路再多，每条路都不一样，经过的山坡不同，经过的河道不同，经过的庄稼地不同，路边的树木也不同，没有一条路是重复的，只要你走一次，就能够牢记在心里了。城里的路不行，许多路都一样，经过的楼房一样，经过的路口一样，甚至路边的树木也一样哩，你要记不住是几个几个口，在第几个口处向左或者向右，你就迷糊了。后来，春花想明白了，在乡下人们是依靠形象记忆哩，而在城里，人们得费脑子死记硬背哩。①

___

① 张宇：《软弱》，人民文学出版社 2000 年版，第 73 页。

　　春花关于路的困境来自作者对于城市陌生感的困顿，在随笔《枯树的诞生》中，张宇坦言："不知为什么，我一直害怕城市的道路。一看见十字路口就紧张，一紧张就不知东南西北。我不会看太阳辨认方向。并且认为这和许多的本事一样，是不能够凭学习就可以掌握的。我的家在山区，看山看沟看水看树看石头看习惯了，依靠形象记忆来认路。一进城市房子和路口都差不多，我的记忆的手就抓不住形象，于是就记不住路。城里人依靠逻辑思维记路，我学不来。"① 这种城与乡的差异性使得作者很难快速适应城市生活，因为之前的生活记忆和行为习惯是如此深刻，以至于许多"50后"作家在进城数十年，早已成为成功人士之后，仍然喊出"我是农民"！如贾平凹强调自己爱吃面条、蹲下吃饭等农民习性，阎连科在《我与父辈》中书写与家族亲人的血脉联系，莫言《我永远知道自己是从哪里来的》对自己人生的追溯。这些都能使得他们保持自我的清醒意识以及选择文学道路的初心，但作家在城乡的夹缝中如何表达自己的城市思考呢？也许他们的作品能告诉我们答案。

　　《软弱》后记中，张宇讲述这部作品是在郑州生活了十多年后，已经感到自己不再是乡下人，道德意识慢慢加强起来，于是通过文学虚构来表达对这座城市的感情。可以说，这是一部书写作者城市经验、表现城市意识的作品。作品主角是两位普通警察，因为是反扒警察，每天需要和小偷打交道，在一线维持城市的平安和秩序。于富贵是一位有着深厚经验的警察，业务能力突出受到局长赏识，却在支队中备受排挤，在家庭生活中也一贯弱势和困顿。因为他的工资根本不够养家，妻子下岗后靠推三轮卖布维持家里的开销。另一个主要人物王海，是一位优秀青年，却因读大学时的历史问题无法入党和升迁，只好和于富贵成为搭档。他们都是安贫乐道之人，工作上兢兢业业，但也有很多烦恼。作为标准的好青年，他们也要生活、生存，也需要养家糊口，他们和城市中的所有人一样无时无刻不面临着金钱的苦恼和诱惑。即便工作再高大上、再光辉正义，他们也渐渐意识到"啥要紧？钱要紧"。"市场经济活像兔子，人都像狗一样追着它跑，市场经济像天空，人都像断了线的风筝一样无依无靠到处飘零。"②

　　两个警察的故事以及他们勾连起的社会现状，如女性堕落的故事、小

　　① 张宇：《枯树的诞生》，《莽原》1992年第1期。
　　② 张宇：《软弱》，人民文学出版社2000年版，第161页。

混混欺行霸市的故事、公安局长在"官位"和"自我"之间分裂的故事。当然，作品也有着作家的一贯幽默，小偷也有江湖道义甚至还有庄重的代表大会。即便是外人看来最为老实的于富贵，也有着不为人知的过往，他曾禁不住诱惑和小姨子发生关系。他所面临的困境，也很好地展现了城市中小人物的生存状况与精神状态。作者有意设置一个理想的人物王海，他可以为了自己的职业信仰拒绝第一任女友调到上海工作结婚的诱惑，又能够在第二任富家女的面前摆正位置不迷失自己，但面对父亲为了自己结婚卖掉多年的根雕，还是有几分难过。在很多细节处理上，这部作品都比较真实深刻。如王海的父母是普通工人，父亲爱好盆景，为此分房时宁愿选择小户型的一楼，方便自己的爱好。对于盆景学养很深，也倾注很多感情，但为了儿子，父亲还是选择售出自己多年培养的珍品。文中普通人的生活和情感表现得很是真切，既有作家的生活经历，也寄寓了其城市观察和理想。

作品有着真实的地名、场景和事件，如郑州东明路、金水河、花园商厦、河南影院、龙祥宾馆、建设中的团省委大楼等，以及郑州的特色小吃烩面、三大公园的"透绿工程"、出租车罢工都是真实事件。于富贵、王海也有生活原型，书中于富贵的工作原型关福昌是郑州市公安局副局长，而王海的工作原型是郑州市防暴大队的一名警察。对作者来说，"把这个虚构的故事放在郑州来讲，请我的人物到郑州来，和我一起生活。说白了，也算是表达自己对这个城市的感情吧"。

而在《软弱》的后记中，一向在城市容易迷失的作家却有了明确的城市归属感，他写道："在郑州生活了十多年后，我已经感到自己不再是乡下人，郑州人的意识慢慢强起来。出门在外，人家一问，我就说我是郑州人，自然而然的，连想都不想。虽然我们郑州还不是世界上最完美的城市，但是已经是我自己最热爱的城市了。"① 这也显示出张宇在历经多年城市生活之后，从"乡村情感"到"城市意识"的转换，及对城市身份的自觉身份认同。

---

① 张宇：《软弱》，人民文学出版社 2000 年版，第 385 页。

四　“我的生活质量”问题

邵丽的长篇小说《我的生活质量》（人民文学出版社 2004 年版），写一位从农村来到城市的青年王祈隆的奋斗史。这部进城史背负了家族的期待，作家有意在故事开头设置一个引子：奶奶的故事。奶奶是大家闺秀、城市女儿，因战乱受辱流落农村，奶奶将全部人生希望寄托在王祈隆身上，从小自己带着，言传身教，生怕沾染农村习气，一心盼着王祈隆离开农村，到城市去。王祈隆也不负期望，考上了重点大学，这本是改变命运的契机，但城市并没有很好地接纳他，他的城市生活的开篇是备受压抑的。

> 王祈隆穿了奶奶缝制的、多年被乡下孩子艳羡的白衬衣和蓝斜纹布的裤子，领子和袖口都扣得严严的。脚上是他娘为他绞尽脑汁借鞋样子，下了功夫做的千层底的黑灯心绒布鞋。他从家里背了行李走的时候，全村的人都出来看，他们敬羡的目光把他抬了起来。他觉得自己是那般的自信，步子跨得那样从容自在，简直可以用身轻如燕来形容。
>
> 奶奶现在可以站在人前，从从容容地看着他，像一个艺术家看着自己得意的作品。现在他走在武汉的大学校园里，站在新生报到的队伍里，望着那些来来往往像鱼一样快活地滑行在校园里、穿着花花绿绿的短袖衫和宽腿裤子、穿着锃亮的皮鞋的校友们，他一下子感觉到了问题的严重性。
>
> 长到二十岁，他第一次有了一种找不到自信的感觉。①

在大学，王祈隆因自己的豫西口音，不会讲普通话备受嘲笑，被迫成为一个沉默寡言的人。他不敢谈恋爱，始终孤独；尽管成绩好，分配时还是因为农村身份被派遣到小城。多少年后，王祈隆通过奋斗成为阳城的父母官儿，具有了成功人士的一切要素，却仍带着出身的烙印，那脚踝骨内

---

① 邵丽：《我的生活质量》，人民文学出版社 2004 年版，第 35 页。

侧的一点拐骨，在面对城市女儿安妮那双光滑的小脚，内心仍是充满自卑。作为农村来的孩子，王祈隆一直在与自己的身份搏斗，对他来说，成为城里人，成为官员，获得新的身份、新的意识，但是，原来的身份一直纠缠他，他生活在多重身份和多重意识的变乱和分裂之中。

作者一直在处理城乡差异的深层次存在，物质差异给人带来的心理压迫感。对王祈隆而言，尽管他是乡村出来的优秀青年，但出身农村的烙印始终使他自卑、怯懦。尽管故事最后过于将人对城市的征服安置在王祈隆对来自北京的安妮所代表的城市文明的征服和暧昧上，一定程度上削弱了作品的社会空间。在骄傲的城市人安妮面前，王祈隆失去了男性的能力；而在同样是农村出身的许彩霞身上，他却像是泄恨似的发泄着自己的欲望。邵丽尝试探讨生存状态，即在城与乡不同文化的熏染下人的选择与困惑。即使王祈隆在官场上成就斐然，但他始终对自己的文化身份存在疑问。他在奶奶的"推动"之下走进了城市，从一开始的被城市排斥，然后逐渐被接纳，甚至"征服"城市，"都是在一种无意识的状态下进行。他甚至不知道什么是真正的城市，同时也对自己的'小王庄'出身感到迷惑。作者期望展现的是在社会转型期，人们对城乡文明的复杂心理"[1]。正如作品打动人心的一句："我们虽然都是努力活着的人，我们的生命却是如此的无依无靠。"很是沉重地道出现代人的漂泊无依感。

在评论家李敬泽看来，这部小说中震撼人心之处是王祈隆身上那块与生俱来的"耻骨"。小说的真正力量是把"官员"当成了"人"，揭开了"官员"这个身份在城市和乡村之间、在现代化进程和穷困的乡土之间难以安顿的复杂处境。王祈隆是现代化最热切的推动者，但在他的身上、在他内部顽强地隐藏着难以泯灭的乡村，对这个"市长"来说，城市是"我"的，但在骨子里、本质上却是"他们"的，他对"他们"又爱又恨，就像他强大的自我同时也无比虚弱……所以，"'我的生活质量'注定不高。这也是宿命，一个古老农业国家在现代化进程中必然遭遇的宿命"[2]。

中篇小说《明惠的圣诞》讲述一个在城市中沉沦的女性故事。明慧是村里的人尖子，在乡上念了三年初中，明惠又在县上念了三年高中。明

---

① 李祎：《何为日常，怎样生活——从邵丽的长篇小说创作谈起》，《长江丛刊》2014年第7期。

② 李敬泽：《注定不高的生活质量》，《全国新书目》2004年第4期。

惠在村子里矜持得像个公主。高考的意外落榜，使一向优越的明惠首次出现人生危机。周围人的含沙射影、冷针毒箭使她无法忍受，尤其是看到同村人桃子进城之后的光鲜靓丽更是深深刺激了她，于是明惠选择进城。明惠的目的性很强，就是要赚钱，在城里买房，安家落户："要把我的孩子生在城里！我要他们做城里人，我圆圆要做城里人的妈!"赚快钱，成为城市人，这一人生目标起始于从"明惠"到"圆圆"的转变，她给自己起个假名字，在按摩院里靠卖淫迅速积累金钱。

在这个过程中，明惠遇到了城市离异青年李羊群，李羊群是她的顾客，也是个优秀的男人，两人有一定的精神契合度。后来明惠搬进了李羊群的家，过上了自己梦寐以求的城市生活。

> 圆圆是那年的圣诞夜住进李羊群家里去的。
>
> 圆圆把李羊群的家打理得井井有条。
>
> 圆圆每日都在家里养着，一日比一日地懒散起来。什么都由工人做，连喂喂金鱼，浇浇花这样的活她都懒得做了。她睡睡觉，看看电视。有时一个人出去逛逛街，有时还出去洗洗桑拿，做做美容。曾经是她伺候人家，现在是人家伺候她。姑娘们赶着嘘寒问暖，巴结着除去她的外套，称赞她又白了漂亮了，称赞她的衣服首饰好看。短短的一年多的时间里，沧海已经变作桑田。圆圆开始穿上价格一件比一件更贵的衣服，本来就生得银盆大脸的饱满，两只肉耳垂厚厚地坠着。任谁家的女人还不都夸她是个有福气的命。
>
> 这样的日子，也许正是圆圆梦寐以求的。但真过上这样的日子，她心里又空得像一座被废弃的仓库。①

第二年圣诞节，明惠满心欢喜地和李羊群一起外出庆祝节日。但当明惠遇到李羊群的同伴，发现李羊群和她们在一起才像羊入了羊群，"神态与这帮人在一起才是合辙押韵的"。而那些"女孩子戴了很酷的首饰，翘了兰花指擎着杯子。她们也抽烟，样子极为优雅，就那么光明正大地在男人堆里抽。圆圆的那些女伴们也有抽烟的，可她们是在没有客人的时候，偷偷地抽，样子放荡而懒散。圆圆放松了一些，她因为不再被他们注意而

---

① 邵丽：《明惠的圣诞》，《十月》2004 年第 6 期。

放松。他们吐出的烟雾像一条河流，但她觉得自己被他们隔在了河的对岸。他们喝酒，圆圆就喝自己那瓶加柠檬的科罗那。女士们是那么的优越、放肆而又尊贵"。明惠这才意识到城市永远是城市人的城市，发现自己无法融入城市之后，失落感驱使圆圆选择了自杀。而令李羊群百思不解的是：她为什么要自杀呢？《明惠的圣诞》后来获得第四届鲁迅文学奖，授奖词为：用具有控制力的语言叙述乡村女孩在城市中间的故事，以道德批判的深度揭示渴望尊严的人性内涵。

在《马兰花的等待》中，极力想融入城市的马兰花购买化妆品、流行套裙、白金项链等外在物品装饰自己，当意识到尊严才是城市人身份的特征，通过读报学习来充实自己。经过六年的城市生活后，她才选择与自我和解，放弃了昂贵的龙井茶，选择廉价但适宜的红茶。《寂寞的汤丹》与《迷离》关注现代人的婚姻问题，展示出婚姻的复杂性。这些小说，关注的多是城市化大背景中的小人物，以及城市人的精神如何安放。人们在城市里可以通过奋斗、追求或其他获得物质财富的积累，但心灵的漂泊感和无所皈依如何调适，这种深层次问题更为重要。"外来人"概念最早由格奥尔格·齐美尔提出，他认为"外来人""不是今天来明天去的漫游者，而是今天到来并且明天留下的人，或者可以称为潜在的漫游者，即尽管没有再走，但尚未完全忘却来去的自由"①。而这些异乡者漂泊在城市，他们的命运谁来关注，尊严如何安放，成为作者持续追问的问题。邵丽曾说："我更倾向于在苦难里发现美好，在荆棘里发现花朵，在阴霾里学会看到阳光。文学的神圣在于，它始终使我们的精神挣脱沉重的肉体，以独立和自由的姿态，存活在另一个可以抵达永恒的世界里。"② 作者通过对世风世相的描绘，对女性心理、情感和命运的体察，建构起丰富的文学世界，也打开了城市人生活的多重棱镜。

五 《我是真的热爱你》与《紫蔷薇影楼》

乔叶的首部长篇小说《我是真的热爱你》（发表于《中国作家》2003

---

① 成伯清：《格奥尔格·齐美尔：现代性的诊断》，杭州大学出版社 1999 年版，第 132 页。

② 孟繁华：《世风世相、女性与家园——评邵丽的小说创作》，《中国作家》2013 年第 11 期。

年第 10 期，原名《守口如瓶》；2004 年长江文艺出版社出版单行本，更名为《我是真的热爱你》），写一对双胞胎姐妹，进入城市之后迅速被金钱吞噬而堕落的故事。姐姐冷红一开始是因为家贫，为了赚钱给妹妹冷紫读书，后来在城市生活中逐渐改变，完全被物化，并尝试用金钱的力量教育妹妹：

> 有了钱，能干的事情太多了。
>
> 有了钱，我不用再去面朝黄土背朝天地种庄稼，不用再在土坷垃里刨那几个柴米油盐钱，不用再去受杨守泉那种东西的腌臜气。
>
> 有了钱，我可以在最高级的住宅小区买房子，我可以在最繁华的路段开水果店或是鲜花店，我可以做轻松自在的女老板。总之，只有有了钱，我们才可以真正善待自己。

在这种价值观和逻辑论的指引下，妹妹也迅速沦陷，和姐姐一起卖淫，向着姐姐一百万的目标前进。乔叶谈起自己写作这个故事源于家乡村庄里发生的变化，一些年轻女子外出打工去赚钱，钱来得很快，迅速改观自己和家人的物质生活。可以说，当那段大潮来临时，忽然把人的道德底线冲刷掉了。这也是《我是真的热爱你》中的冷红甚至不惜破坏妹妹的爱情，也要捆绑她和自己一起赚钱。在金钱的诱惑之下，"她们一步步地让自己的精神走向了苟且"。尽管乔叶在首部长篇中就表现出对于人性的追问，对生活的热爱，但也没有避免将城市塑造成欲望的黑洞。作者试图在寻找一个问题，如果说之前的堕落是迫于生活，那么之后为什么还一再自我放纵，是不是有什么惯性的牵引或是人性的扭曲，这也是作家留下的深层思考。

作品为冷紫设置一个爱情至上的男友张朝晖，即便知道冷紫的堕落，仍试图解救他。他的出现使冷紫暂时找回了生活的幸福和温暖，她离开洗浴中心，来到张朝晖的医院做临时工，开始新的生活。但事情又发生新的变化，冷紫还是为了救姐姐死去了。在给姐姐的遗书中，冷紫提出"相信地狱，还是相信天堂"的问题，也最终触动了姐姐，使她重新开始新的生活。

2004 年，乔叶在《人民文学》"新浪潮"栏目发表中篇小说《紫蔷薇影楼》。写的是曾做过玩具厂的女工刘小丫，因无法忍受流水线工作和低廉的薪水，开始了做小姐的堕落生涯。后返乡重新开始生活，有了家庭，还开办了影楼。不想再次遭遇旧识——遇到了曾嫖娼的当地公务员，二人相互钳制，既有担心，又在刺激中渴望从日常生活中逃脱。乔叶的小说很注重书写在社会转型期，底层女性为改变命运被金钱欲望侵蚀的故事，并指出其间的复杂性。刘小丫在故事结尾，即便将客人的妻子制伏，却没有胜利者的心情，反而感到疲惫，想起了深圳和姐妹们在一起的日子，不乏一种单纯和快乐。这篇小说被王安忆的写作课推荐，她认为乔叶"作为女性写作者，因历史身份的遗存，处于边缘的位置，先天与社会主流保持距离，心理上就拥有更大自由度，所体察的世态人情也有可能更加切入肤表，进入核心"。"这一代的写作，因是在新时期文学拆除层层藩篱、开拓道路之下，便越过关隘，而与五四启蒙文学衔接上"[1]。

可以看出，邵丽、乔叶作为女性作家都选择通过城市新兴者的命运，书写他们的奋斗史、堕落史，进而发现个体融入城市的心路历程。拉韦尔指出："艺术是社会的表现，当它遨游于至高境界时，它传达出最先进的社会趋向；它是前驱者和启示者。因而要想知道艺术是否恰当地实现了其作为创始者的功能，艺术家是否确实属于先锋派，我们就必须知道人性去向何方，必须知道我们人类的命运为何。"[2] 从这些进城者的心路历程中，我们也可以发现文学作为社会记录所留下的复杂心态、辛酸往事和百态人生。

① 王安忆：《生活是小说最丰富的写作资源》，《小说选刊》2016年第11期。
② ［美］马泰·卡林内斯库：《现代性的五副面孔：现代主义、先锋派、颓废、媚俗艺术、后现代主义》，顾爱彬、李瑞华译，商务印书馆2002年版，第114页。

第五章

城市历史的记忆与认同

在城市书写中，对于历史的文化发现和文学考古也成为写作的重要元素。河南有着诸多历史悠久的城市，洛阳、开封、安阳都是千古繁华所在，诸多学者、作家也通过史料钩沉的方式打捞城市记忆，并在文学作品中接续久远的城市传统。对于城市文学来说，城市符号既是保存历史记忆以及标识城市精神的重要组成部分，也是城市意识的重要载体。城市亦是碎片拼贴的，包含了街道的迷宫、建筑物、商品世界等，城市风物、建筑、民俗都是历史记忆的景观呈现，可以作为城市文本进行阅读，亦承载城市意蕴的诗性表达。

一 开封城的文学考古

开封是宋朝都城，与盛唐文化的开放、多元相比，宋代文化的民族本位文化理学产生，文化精神亦趋向雅致、委婉，被陈寅恪称为"华夏民族之文化，历数千载之演进，而造极于赵宋之世"。《清明上河图》记录了汴京的繁华，《东京梦华录》曾有"节物风流、人情和美"之语。李梦阳的《汴京元夕》更是写出："细雨春灯夜色新，酒楼花市不胜春。和风欲动千门月，醉杀东西南北人。"此后，虽然历经黄河泛滥，汴梁也风光不再，但仍是《水浒》中英雄演艺的舞台。现存的汴河、大相国寺、龙亭、开封府等城市地标，都彰显着古都气象。对于当代文学来说，很多城市风物随着旧城改造化为乌有，历史的遗迹也荡然无存，而通过城市风物的打捞来重新发现城市，进而诠释城市历史风貌和气韵。

屈春山的散文集《开封画卷录》（中国旅游出版社 1983 年版），该书汇集描写开封名胜古迹的散文三十余篇。任访秋在序言中写到，该书有些像地志，读来令人不禁想起杨衒之的《洛阳伽蓝记》和李格非的《洛阳名园记》。在《春游相国寺》中，作者追忆了唐代诗人刘商游览相国寺的诗作：晴日登临好，春风各望家。垂杨夹城路，客思逐杨花。以及宋白《大相国寺碑》中的描写：龙华春日，燃灯月夕。都人士女，百亿如云。绮罗缤纷，花鬘璎珞。……千乘万骑，流人如龙。旌旗慧空，歌吹沸渭。凭栏四望，佳气荣光。俯而望之，疑蕊珠阆风，神话于海上。然后是作者的所观所感，八角琉璃殿的建筑风貌，悬钟楼的遥远钟声，跃然纸上。此外，还有宋城风味食品小记，负有盛名的紫苏鱼、烧臆子、入炉羊、假蛤蜊、鹅鸭排蒸、荔枝腰子、王楼包子、万家馒头、曹婆肉饼、薛家羊饭等。北宋词人周邦彦曾在《汴都赋》中写道：竭五都之瑰宝，备九州之货赂。《菊城赋》则记述了开封的市花和菊花花会。

金聚泰选编的《开封寻梦》（河南人民出版社1988年版），以38篇散文梦回开封。作者系河南省内教授、作家、编辑、记者等，以深沉的笔触，追忆开封时期的学习生涯、挚友情谊、风土人情等。程民生的《汴京风情录》记叙单是市区的地名，就是一部方志：古吹台、游梁祠，可见开封的古老；双龙巷、卧龙街，可见帝都的传奇；教经胡同、延寿寺街，可见古城的宗教斑痣；文庙街，书店街，可见开封的文明气息。在《续汴京风情录》中，又凝练出开封的神韵：朴雅。铁塔有挺拔之高雅，龙亭有庄重之雍雅，汴绣之淡雅，古烙画之古雅，以及更能代表开封之雅的市花：菊花。菊之灿烂而不妖，俏丽而不弱，其神其形，谓乃典雅。郑克西的《书店街感怀》，则追忆了学步文坛之初，对书店街的情感记忆。据"老开封"介绍，在抗日战争之前，上海商务印书馆、中华书局和世界书局纷纷在书店街开设分店，同时经营"五四"以来京沪等地出版的新文学书刊，从而将新文化的思潮推向河南全省。沿街还有经营古旧书籍、文房四宝、金石字画、碑帖拓片、装裱治印等专业性店铺，书店街实则文化街。

开封作为古都，在历史上有着无限光彩，现在却成为一个发展相对落后的城市，而这些年轰轰烈烈的城市改造，也使得旧貌很难保存。越来越高的楼房建筑、现代化的印迹标志，以及不停追赶的城市发展反而使得古都的面貌模糊不清。而通过文字记载，我们会发现这座古城的独有魅力。历史的辉煌与当下的没落，形成鲜明对照，很多作家也在笔下追寻遥远的余晖。如写出《东京九流人物系列》的阎连科，在《横活》中塑造出鲁耀这个人物形象。从清光绪中叶至民国八年，他是汴京城著名的光棍，独霸杠局的杠头：

> 是时的士大夫阶级褒其豪爽豁达、肝胆照人，称之为名士，尊之为先生；一般骚人墨客，赞其倜傥不羁、滑稽风流，誉之为诙谐家；城市贫民，因其常解义囊，时受赈助，呼之为鲁善人；而走江湖的，更以其有求必应，讲江湖义气，公认为众望所归的把子，三百六十行的"点穴师"。因之声震中州，誉满梁苑。①

作品充满着民间侠义色彩，关于江湖侠客的故事在以往的流传中并不少见，最著名的是《水浒传》中的英雄故事，而活灵活现地展现民国往事也是开封历史记忆的留存。小说《斗鸡》与开封百年历史沧桑结合来写。春秋之后，季郈爱鸡，鸡就昌盛；汉末三国时，魏明帝曹睿喜斗鸡，在邺都筑了斗鸡台，全国斗鸡风行；唐玄宗李隆基，为了清明斗鸡而设斗场于两宫之间，养雄鸡千余，选六军小儿五百人为鸡奴，使斗鸡又远传普及。到了宋代，京都盛况空前，百业俱兴，朝政喜文宽阔，斗鸡又远传四川等地。清末时，民间斗鸡如狂，朝上顾不及过问。袁四少爷爱斗鸡，又使东京斗鸡起了高潮。"文化大革命"中斗鸡断绝了，姥爷也因斗鸡的经历在"文化大革命"中被批斗。一直到姥爷的百岁生日，借机组织一场大鸡斗。二百四十个斗家同时松手，后退三尺，蹲下静观，一百二十个榜首，这时成了一百二十个鸡头家。可谓有史以来，东京最隆重、最辉煌的斗鸡比赛，重新恢复了往日的盛况和传统。

在阎连科的开封系列作品中，除了历史往事、民间风流人物，还有关于开封街巷的历史考古：

> 这马道街本是东京的繁华去处，商业中心。原名叫寺东门大街，因为坐落在大相国寺的东门前，这么叫了数百年。可到了明代中叶万历年间，坐镇东京的周王六世康王勤熄，笃信佛教，又酷爱骑马，时常驾临大相国寺拜佛听经课，他和他的随从就把坐骑拴在这条街上。日月久了，为了方便，就在街南建下马房一座，有专人为其照料

---

① 阎连科：《东京九流人物系列》，云南人民出版社 2012 年版，第 1 页。

马匹，寺东门大街也遂被他改名为马道街。到了明末时期，黄河一次泛滥，马道街也随之荡然无存，留下的只是空空的一片阔野水洼。水息后，大相国寺西面的铁佛寺以东，迁徙来了二百多户人家，多半是陕甘的回族难民，他们中间有一批伊斯兰教马贩子，在此做起贩马生意。马道街成了试马场。到光绪十五年前后，有位南方富商，姓王，在铁佛寺南开了个百货铺子，字号为"洋货大商店"。随后，马道街两侧就多了许多店铺。到清光绪中叶，这儿已经是店铺林立，商人熙攘的好去处。窄窄一条街上，店铺门前的镀金字号牌，长的，短的，宽的，窄的，竖的，横的，一街两行，满满悬挂，极为醒目照人。这些字号，异常讲究，文章大都做在"吉利"二字上。如福、祥、乾、盛、仁、利、泰、丰、昌等，最有名的是老字号中兴楼、乾坤堂、马豫兴、元隆、老宝泰、义丰厚。[1]

据作者回忆，1988年，他在古都开封的旧书市场上偶然翻到几本《开封地方志》，带回家里读后，竟激动不已。于是，依志写了一组"东京九风流人物"系列小说。阎连科《东京九流人物系列》的文学考古复活了马道街、杠局、茶园、刺绣铺、斗鸡场等，为读者提供形象的画面、具体可感的状态，营造出身临其境的现场感，还原了开封独具韵味的历史风景，展现了诸多市井民间的生活场景。同时也寄寓了作家的民间生活理想，即贫穷而不贫贱，闪耀着生命光芒和有尊严的生活状态。

二 《老杂拌儿》的郑州往事

《老杂拌儿》是陈铁军的小说集，由河南文艺出版社1999年出版。作者祖辈就在郑州生活，作品写的就是曾经担任河务局长的祖父讲述的故事。故事开头讲述郑州西门外有个地方叫老坟岗，最早曾是个邱冢麇集魂吟鬼唱之处，后来随着陇海和平汉铁路的相继通车，郑州工商各业日渐繁荣兴旺，由昔日风沙小城壮大成为新兴商业城市。《老杂拌儿》汇聚了郑州的民间记忆，融市井生活、奇人异事、风俗人情为一体。

---

[1] 阎连科：《东京九流人物系列》，云南人民出版社2012年版，第3—4页。

　　作品描写了郑州老坟岗的三教九流人物和市井生活。故事开头讲述的陈大炮就是市井说书人。他的独具一格在于："在内容上则一反传统的帝王将相才子佳人，动不动就拿忠孝礼义廉耻教训人那一套，而是关注现实关注社会，信手拈取发生在人们身边的真人真事，即兴编排成含沙射影、指桑骂槐的段子，冷嘲热讽、嬉笑怒骂现实社会种种黑暗丑陋现象，传统礼教、鄙俗陋习、军阀显贵、贪官污吏、势利小人、市井无赖无不是他骂骂咧咧的对象。正是他的这种独树一帜和别开生面，使得他在老坟岗那么多江湖人物里卓尔不群，一点儿也不像个靠卖狗皮膏药维持生计的人，而更像是个冯梦龙、蒲松龄那样的民间文学家。"①

　　然而，这样桀骜不驯、不识时务的民间艺术家也为自己的性格付出了代价。"先是老坟岗的保长以伤风败俗为由不由分说非要将他从这一片儿撵出去，之后被他骂得抬不起头来的黑社会又老鹰捉小鸡般将他捉去打了个体无完肤，接着吴姓和冯姓军阀的警察局又不问青红皂白先后拘押他共达数月之久，后来日军宪兵队又上过他不知多少回老虎凳灌过他不知多少回辣椒水。"② 即便在 1949 年后，新政府给他安排了工作，成为在曲艺团拿工资的人民演员，他还是难逃厄运，被扣上"右派"帽子，一直到粉碎"四人帮"之后才得以平反回到郑州，后来还是在骂人中结束了漫长苦难的一生，小说将人物的鲜活性格和社会历史勾连起来。

　　作品写到郑州进入工商业社会之后的城市变迁史。《怄气》就写到郑州出现的第一位外国人。一位被郑州人叫作施大鼻子的美国牧师，远渡重洋，又跋山涉水辗转来到河南郑州，在一条叫作衙门前街的街道租赁了两间民房，向人们宣传基督教义。至此，郑州这地方才算有了第一个真正意义的外国人。在他的帮助下，郑州出现了第一家教会医院——华美医院。这所医院发展到鼎盛时期，拥有外籍医护人员数十人，他们以忘我的敬业精神和先进的医疗技术，很快赢得了人们的尊重和信赖，使得教会势力迅速扩大影响了整个郑州。后来，随着陇海和平汉铁路的建成通车，郑州成为南来北往的交通中心，各地货物的吞吐集散之地，很多外国人接踵而来，纷纷在这个新兴商城开办银行、商行、纱厂、游乐场和西菜馆，洋面孔在整个城市几乎随处可见。后随着日军入侵，郑州沦陷。

①　陈铁军：《老杂拌儿》，河南文艺出版社 1999 年版，第 2 页。
②　陈铁军：《老杂拌儿》，河南文艺出版社 1999 年版，第 5—6 页。

　　就是在这种国际大交融的背景下，也出现了人们不同心理的暗战，以及国人对外国人的敌视，开始不管某国人叫某国人，而是改口统称洋鬼子。邵老板作为郑州有名的商人就做了一件大事，专门选了一位在郑州混得不好的外国人弗雷德，给他重金，让他在郑州街巷为邵老板拉一天黄包车，果然引起了轰动效应。这场盛事使国人出了一口气，无不扬眉吐气拍手称快，觉得大长了中国人的志气，大灭了外国人的威风。而外国人早已经成了中国通，拿了钱在妓院迅速从乞丐变为大爷，还暗笑遇到的郑州人是一个傻子。这段历史的打捞丰富了郑州的城市记忆，在以往的印象中，民国郑州既不是省会，也不是工商业中心，只是一个落寞凋敝的饱受饥荒和战乱的小城，而陈铁军的书写充盈了这段历史，它也是伴随着中国工商业社会和现代化进程发展起来的，也有着新兴产业和外来事物，和人所不知的城市文化形态，只不过以往被压抑在既有的叙述话语结构中。

　　作品还描写了郑州的方言土语、奇人异事和街巷旧迹。《野仙儿》是一篇别具特色的小说。"野仙儿"本是郑州方言，"一般用来呼唤两种人，一是民间郎中，一是江湖术士。'野仙儿'则专指这两种人中那部分没有正当出处和办事儿离谱儿太远的人。换言之，凡被呼为野仙儿的，差不多都是些不良不莠和旁门左道之徒"[1]。故事中的野仙儿姓胡，挂张儿的地方在南大街。

　　　　那时南大街是名闻退迩的药材大会，沿街药行不下百家，除本地药商，连有几百年历史的禹州药商都在这儿扎的有摊儿。旧时候的仙儿大多都是开药行兼着行医，药行栉比说明名医济济。其中最有名的当属熊儿河德济桥旁的"万盛公"药行，门首贴着对子，左联儿："是乃仁术也"，右联："岂曰小补哉"，横批："济世活人"，光听口气就不寻常。掌柜高仙儿积祖行医，幼年从塾，读完四书五经即随父学医就业。活没活过人很难说，心怀济世之仁却是真的。对于贫寒人家，常常舍药相赠，而对于赊欠药账无力偿还者，索性慨然废账，每当疫病流行，还将成麻包的药物倾入井中，以供汲水之家减灾，医名远扬，问医求药者络绎不绝。这个胡仙儿却特别的与众不同。这是南大街惟一只行医不卖药的仙儿。不卖药的原因是他治人根本就不用

---

① 陈铁军：《老杂拌儿》，河南文艺出版社 1999 年版，第 157 页。

药，而全用些歪门邪道、骇人听闻的野法儿。①

　　接下来就是胡仙儿种种奇闻逸事，比如治疗小孩痘疹不发，他任凭蚊虫叮咬小孩，令孩儿吃咬不过奋力号叫，促使痘疹发出。对付产妇难产，是用寻常缝衣针照产妇肚子就是一针，很顺当地生下来。胡仙儿在南大街出了名，也招来了祸患，因给日军头目治好了伤腿，被反扑来的国军暗算，反正是莫名其妙地失踪了，到底是作为汉奸被处决了，还是被国军俘虏后当军医了，众人只是猜测。这个故事既有传统医者的妙手仁心，也有江湖术士（野仙儿）的神奇陆离，把民国那段杂乱时光里的奇人异事作了很好的概括和呈现。

　　这本故事集都是关于民间的记忆，《神裁》《巨贼》《羊丐》《保镖》《轿夫》《草民》《瘸人》，都蕴含着民间生生不息的力量，也是那段历史的钩沉。既有德化街老蔡记的往事，也有轿夫的百态人生，同时，对各色街巷、婚丧嫁娶等民间习俗的描摹，城隍野仙儿等神鬼叙述，以及活灵活现的郑州方言的运用，使得这部作品成为一部展现都市民俗风情的小说，也在细致的叙述中展现了旧日郑州尘封已久的历史细节。

三　洛阳的历史风情

　　洛阳是我国六大古都之一。西周初年，周公旦称赞这里"天下之中，四方入贡道里均"，认为是郡王建都立业的理想之地。史书记载，洛阳河山拱戴、形势甲于天下，素有九州腹地、十省通衢之称。西晋左思在《三都赋》中称"河洛为王者之里"。历史上，有九个王朝在此建都，被称为九朝古都。仅就文学而言，洛阳人贾谊，有代表作《过秦论》。东汉时洛阳文学发达，许慎的《说文解字》、班氏兄妹的《汉书》皆著于此。曹魏文学以洛阳为中心，曹植的《洛神赋》构思于洛阳，竹林七贤中左思的《三都赋》，一时洛阳纸贵。洛阳更是唐代诗歌之城，卢照邻所说"洛阳留才雄"就是真实的历史状况。李白一生八次来洛阳，写下诸多诗篇，如《秋叶宿龙门香山寺》《大王十二夜独酌有怀》等。白居易晚年定

---

① 陈铁军：《老杂拌儿》，河南文艺出版社 1999 年版，第 157—158 页。

居洛阳，葬于龙门东山琵琶峰。刘禹锡、元稹、李贺、司马光等，或生活在洛阳，或在洛阳留下诸多名篇。

洛阳以牡丹名世，王象晋《群芳谱》云："唐宋时，洛阳花冠天下，故牡丹竟名洛阳花。"欧阳修在任上三年中，他常与朋友结伴赏花。他在一首《浪淘沙》词中回忆当年"垂杨紫陌洛城东，总是当时携手处，游遍芳丛"。多年之后对洛阳的回忆仍是"关心只为牡丹红"（《玉楼春》）。可以说，常忆洛阳风景媚，牡丹花是他们友谊的见证，并寄托着他们深厚的友情。观花思人，恰似人在眼前，可以排遣春风所带来的相思之苦。

新中国成立后，白桦的散文《洛阳灯火》发表于《人民日报》1956年8月1日，被选入中国作家协会选编、人民文学出版社出版的《1956年散文小品选》。该文是战争叙事，以将军追忆洛阳的战斗故事追溯历史细节。评论家林淡秋在选本序言中特意提到该文"让你通过小小的一个镜头窥见今天的耀眼灯火同昨天的庄严斗争的联系而不由得感到激动"。

李准的长篇小说《黄河东流去》也涉及洛阳书写。李准本是洛阳人，1949年后曾写出《不能走那条路》《李双双小传》，编剧《老兵新传》《李双双》《牧马人》，成为河南最具代表性的作家。长篇小说《黄河东流去》获得第一届茅盾文学奖。在这部作品中，李准随着黄泛区流民的脚步，也写出了他熟悉的洛阳城，既有贫民区吉庆里的书寓妓院、郊区的窑院，以及白马寺、关帝庙、龙门、洛阳桥等名胜，甚至糕点酱肉等，对洛阳风物进行了全方位的呈现。

随着洛阳文学界在新时期之后的复兴，洛阳以牡丹为纽带再续文学盛事。1983年，洛阳首次举行了牡丹花会（中国洛阳牡丹文化节前身），王城公园、牡丹公园、西苑公园等成为中外游客观赏牡丹的主要场所。第一届洛阳牡丹花会共接待国内外游客250万人次，展出不同品种的牡丹近20万株。自此，牡丹花会成为洛阳每年繁花似锦时节的城市名片。花会期间，中国作家协会河南分会和洛阳市文联在洛举办牡丹诗会。来自全国各地的著名诗人骆文、郭风、蔡其矫、流沙河、公刘、曾卓、牛汉、青勃、沈毅等，到王城公园赏牡丹，即兴创作诗篇。并游览了龙门石窟、白马寺等，举行座谈会，就新诗的创作问题进行交流，洛阳地市的诗歌爱好者千余人参与。此后，牡丹诗会也成为洛阳的文化品牌，在国内产生重要影响。包括1984年的河南省作协创作座谈会，1987年郑汴洛作家笔会，

1995 年全国著名作家笔会等，也留下诸多文人雅集。

王怀让的《记诗与牡丹的会见》记述了 1983 年牡丹花会的盛事。"流沙河和夫人何洁来了，他们卷来了岷江的惊涛。郭风和蔡其矫来了，他们吹来了东海的热风。严辰、邹荻帆、牛汉来了，他们的风衣飘拂着，哗哗作响，莫非金水河在向洛河问候？骆文、沈毅、曾卓来了，他们的脚步叩问着，踏踏有声，可是长江在同黄河谈心？""诗会期间，诗人们三赏牡丹，留连于花丛之中，徜徉在香径之间，尚没有来得及促膝谈心，把手叙情。最后一天，他们围坐一堂，聚首论诗，品茶话旧。"① 邹荻帆提醒要坚持创作的习惯，天天写。正如龙门石窟，不是每天都挥动斧凿，绝不会有如此动人的艺术。牛汉说洛阳的土地孕育了那么多动人的牡丹，河南有创造的传统，创造的潜力。

1986 年，在第四届洛阳牡丹花会期间，四十余位著名作家来到洛阳，包括汪曾祺、林斤澜。洛阳水席中的名品"牡丹燕菜"让汪老直言了不得："我算会做菜的，可这萝卜能做成国宴，真是想不到!"听闻洛阳民间办席依然有"吃整桌"的传统，几盘几碗，上菜有序，规矩甚严，二老接连称妙：此乃帝都遗韵，这源自宫廷的"官席"，果是大手笔。

郑彦英的随笔《洛阳识豫》考古洛阳风水，许多重要朝代都在此建都。而洛阳的水席、浆面条，年代可上溯至周。洛阳牡丹则是从隋炀帝时开始栽培，武则天定神都洛阳后，牡丹因雍容华贵更为兴盛。后欧阳修写出的《洛阳牡丹记》更是写出洛阳人的特性："洛阳之俗，大抵好花，春时，城中无论贵贱者皆插花，虽负担者亦然。"《函谷问道》实地寻访太初宫，站在花园中，凝望观象台，思考尹喜与老子应为同道中人，老子讲究天人合一，做学问隐而不宣。而尹喜并未以名关之令而陶醉，反而潜心研究天象，并能分清浮关之气中的颜色变化，所以只有他，才能强留老子著书。老子当年著书，用的是竹简，伏的是石头，写就《道德经》五千言。

郑彦英本是陕西礼泉人，1981 年从部队转业到河南，此后一直在河南从事文学创作。他的文化考古系列，追溯河南的历史与文明。其间，所采用的外省人的视角，将秦人与豫人的风格气质进行比较，使得豫文化和豫人特质更为突显。作家自言："自从我 1981 年转业到河南以

① 王怀让：《记诗与牡丹的会见》，《奔流》1983 年第 7 期。

后，我深深地热爱上了这片土地，特别是我到灵宝市代职担任副市长，后来又到三门峡日报担任书记、社长、总编辑以后，我所熟悉的当代生活完全是河南的，不但发自内心地想写河南，而且一下笔，熟悉的生活已经全在河南，就是说，河南，已经走进了我写作的下意识。"① 因之，有了《在河之南》系列作品的问世。在他的笔下，弥漫着对河南的深厚情感。

大概是洛阳的历史题材太过丰富，关于洛阳的多部长篇小说都是从历史故事展开。包括王度庐的长篇小说《洛阳豪客》（人民文学出版社 1988 年版）、李来顺等《洛阳春梦》（作家出版社 2002 年版）、蒋胜男《洛阳淑》（克孜勒苏柯尔克孜文出版社 2004 年版）、辰龙《洛阳乱》（天津人民出版社 2006 年版）、司卫平《洛阳铲》（甘肃人民出版社 2011 年版）、西微《洛阳十月》（国际文化出版公司 2011 年版）等。

四　图文记忆与文化怀旧

90 年代以来，随着文化怀旧热走红了"老城市"系列书籍，通过介绍许多城市的标志物及其历史文化的内涵意蕴，如南京的秦淮河，广州的骑楼，西安的碑林和大雁塔，武汉的黄鹤楼，重新发现城市历史与文化，而图文记忆更成为价值观念的积淀，城市市民的心理文化符号，留存了与过去相连的城市空间。

就河南城市记忆来说，孟宪明主编的《图文老郑州》系列 2004 年由中州古籍出版社出版，有着重要的代表意义。编者有感于郑州有 3600 多年的建都史，称过府，称过州，称过县，都集中在老管城的这块地方。今天的市中心二七纪念塔，曾是大文豪苏东坡兄弟送别之处，"登高回首坡垅隔，但见乌帽出复没"。就是北宋时的管城郊外。为了留住老城记忆，编者们不辞劳苦，编纂这套丛书。包括《老城隍》，详尽介绍了各季庙会。火神庙会是郑州的传统民俗，为每年正月初七，在书院街与博爱街路口一带。原来路口东北角有三间庙，庙里供有神像，墙上画有神主。火神庙会源于远古时期的火神崇拜。此外，还有牛王庙会、三官庙会、七夕庙

① 郑彦英：《在文学路上一直没有停歇》，《中华读书报》2008 年 4 月 23 日。

会、黄岗寺佛祖庙会等。书里将庙会的历史、故事、祭拜特色、禁忌等呈现出来。

《老街道》记忆了郑州的千年老街、古城老街、文化老街、商埠老街等三十条古色古香的城市街巷。管城街在殷商时代，公元前 1610 年已经存在，商汤王的亳都城里就覆盖了老郑州城区。此后，周朝郑子产，唐代卢群，宋代曾公亮、王若虚，清朝王知州等都曾活跃在管城街。这条街道自古以来，都是郑州商城的政治中心。曾经的鼓楼是砖石木瓦结构的楼式建筑，八柱三间，斗拱飞檐，暮鼓晨钟，终年如一。民国时期，冯玉祥将其改为图书阅览室，方便百姓阅览书籍和报刊，博文增智。可惜如今这些文化标记已经不复存在。

《老店铺》记载了郑州的饮食服务业，包括：老蔡记、葛记焖饼、合记烩面馆、马豫兴、利兴面包房等，它们现在还活跃在郑州的大街小巷，成为郑州的特色，也是外地人来郑必尝的美食。书中记载，京都老蔡记的创始人蔡士俊，来自河南厨师名乡长垣，清末宣统年间，被选入宫中做御厨。清廷瓦解后流落民间，在郑州老坟岗西二街路东创办"京都蔡记馄饨馆"的牌子，后来又传予其子蔡永泉。蔡记蒸饺 1958 年曾吸引京剧大师梅兰芳品尝，2001 年香港美食家蔡澜慕名而来，并在香港《壹周刊》之《大食中原》中为老蔡记写下这样一段话：

> 大蒸笼上铺着长长的针松，叫马尾松，事先已用高汤炮制，再上油。马尾松的上面才是饺子，皮薄像我们的云吞，折了十二个摺，也叫叶子摺，里面的馅充满汤，久放不破，躺在松叶上，扁扁平平，用筷子去挟，不必担心汤流出来。送进口。啊！那味道错综复杂，又加上松叶的香，的确是我这一生六十年尝所未尝的最佳饺子。任何人做的，和他们一比，都要走开一边。古人逐鹿中原，我没有打仗的欲望，但是为了这笼饺子，争个你死我活，也是值得！①

同样，郑州老字号葛记焖饼，创办于 1926 年，在全国首届中华名小吃认定活动中，被认定为"中华名小吃"，现在仍是市民喜爱的就餐场

---

① 孟宪明主编：《图文老郑州：老店铺》，中州古籍出版社 2004 年版，第 12 页。

所，也备受外地人青睐。这些基于地方志、寻找古迹风貌的历史记载和文学作品的记忆形成互文关系，也进一步丰富了城市记忆。

《老匠作》整理了郑州的木匠、泥瓦匠、油漆匠、皮匠等，以及粉坊、油坊、豆腐坊等。《老风物》记载了大河村文化遗址、老城墙、西山黄帝古城、文庙、城隍庙、贾鲁河等城市风物。《老话题》编纂了郑州的老歌谣，穷富歌、九九歌、过年歌、祭龙歌，以及俗语谚语等。《老吃食》更是细密记录了郑州的日常吃食、时令吃食、节日吃食、地方名吃等。《老诗篇》收录了历代文人书写商城的诗作。有商汤的《桑林祷辞》、吕夷简的《郑州浮波亭》，祖咏的《过郑州》、王维的《宿郑州》、苏轼的《马上赋诗一篇寄之》、韩愈的《过鸿沟》、沈荃的《登广武山》、李商隐的《夕阳楼》等名家诗作。

2005 年，孙荪主编，由河南人民出版社出版"河南老城系列丛书"。包括殷德杰《老南阳：旧事苍茫》，赵富海《老郑州：商都遗梦》《老郑州：民俗圣地老坟岗》，屈春山、张鸿声《老开封：汴梁旧事》。该丛书重在挖掘城市文化精神，在主编看来，城市是人类文明的载体和人类活动的缩影。一个地区乃至一个民族和一个国家，起落兴衰的历史经验，形成和变化的生存状态、生活方式、精神性格，乃至人类的较量斗争、功过善恶等，都层层叠叠、或显或隐地写在城市的宫阙、楼台、广场、城墙、寺庙、道观、勾栏瓦肆中。司马光坦言："若问古今兴废事，请君只看洛阳城"。当时，洛阳城建的历史已有 2000 余年。河南的老城还有郑州、安阳、开封、商丘、南阳等。因此，该丛书从开发历史资源、弘扬传统文化入手，依据现有的历史遗迹、图片、口头资料和典籍资料，力求深入老城社会生活的各个层面，寻绎这些城市的历史脉络，挖掘其文化内涵，概括其精神特征，以朴实、简练而又生动、风趣的语言，使读者感受其风貌、风情与韵味。

《老南阳：旧事苍茫》，追忆了南阳城的悠久与辉煌，历史可追溯到虞舜封的吕国。地方风物如白水、城墙、汉画像等，以及南阳的历史名人，包括张衡、陈胜、刘秀、百里奚、范蠡，现代的冯友兰、董作宾等。古迹东大寺、武侯祠，城市风情之八十一巷、七十二坑，民间曲艺、南阳丝绸、商业文化等。屈春山、张鸿声《老开封：汴梁旧事》，溯源了开封城的历史，城墙与城门、神秘的城摞城，以及历史深处的街巷，佛道与寺观，老字号，民国时期的新旧文化及代表知识分子。

赵富海的《老郑州：商都遗梦》，从追寻商城起，溯源其 3600 年的历史，及历代文人墨客在郑或途经郑州的诗作。其中，明薛暄的《重过郑州》最有代表性："自古中州胜迹多，管城风物喜重过。西来驿路临京水，东去人烟接汴河。仆射旧陂今寂寞，世宗遗冢尚嵯峨。穹碑谁似唐裴度，千载勋名耿不磨。" 1928 年，冯玉祥驻豫任河南省主席，将郑县改为郑州市，拆除老城古墙 700 万块砖，修建德化街，铺装大同路。在这条商业街上，装路灯，铺水泥板路，开设南洋百货店、各种老字号，商业繁华。大同路最早开设郑州第一家旅馆——迎宾旅馆，最早开设第一家西药房、照相馆等。河南标志性吃食烩面、建筑二七纪念塔，古迹开元寺舍利塔等。《老郑州：民俗圣地老坟岗》，讲述旧中国三大江湖民俗圣地之一的郑州老坟岗，百年的老坟岗孕育出市民社会，既是地理概念，又是这座城市的文化符号。

《文化开封丛书》是河南大学宋文化研究院主编，2015 年由河南人民出版社出版。时任院长吉炳伟担任编委会主任，高树田担任主编，安洪海担任图片主编。丛书包括府衙文化、饮食文化、城市文化、美术文化、民俗文化、宫廷文化、戏曲文化、名人文化、宗教文化、园林文化共 10 册，合计近 500 万字，插图近 500 张，图文并茂地展示了八朝古都开封建城至今的历史文化。该丛书系首次对以宋文化为特色的开封文化资源进行系统分类、理论阐述和文化描写，以历史文化散文的形式，全方位诠释传播开封文化。

相较 "老城" 系列的知识性、史料性，记忆开封的《老开封：都市想象与文化记忆》（北京大学出版社 2013 年版）是一部学术型专著。该书由陈平原、王德威、关爱和编选，是《都市想象与文化记忆丛书》之一。收有赵园《开封：水，民风，人物》、曾永义《北宋汴京杂剧考述》、陈平原《不忍远去成绝响——张长弓、张一弓父子的 "开封书写"》、梅家玲《城市，空空如也？——开封与当代都市女性成长小说》等文章。在编选者看来，"无言的建筑、遥远的记忆、严谨的实录、夸饰的漫画、怪诞的传说、歧义的诠释……所有这些，都值得我们珍惜，并努力去寻幽探微深入辨析。相对于诗人的感伤、客子的怀旧或者斗士的抗争，学院派对于曾流光溢彩的'都市生活'的描述与阐释，细针密缝，冷静而客观，或许不太热闹，也不太好看，但却是我们进入历史乃至畅想未来的重要通道，必须给予足够的理解与欣赏"①。这也说明，随着全球化和城市化的不断拓展，使得城市空间面临巨大的同质化危机，众多学者开始从城市文化记忆出发，寻求地方精神和历史文化的传承，延续着城市的文脉。

---

① 陈平原、王德威、关爱和编：《开封：都市想象与文化记忆》，北京大学出版社 2013 年版，第 2 页。

第六章

家族小说的世纪回望

在 20 世纪 90 年代，随着国家的倡导和出版业走入市场，许多作家开始民族化的自觉实践，长篇小说热与家族故事的兴起成为新的写作面向。历史叙事可以丰富创作的题材，而在 90 年代的密集出现也说明新千年之际，作家尝试以家族的兴衰变迁打开历史，以史为鉴，在社会转型中重建文化秩序的写作雄心。钱穆提出家族是中国文化的一个最主要的柱石，中国文化，全部都从家族观念上筑起，先有家族观念乃有人道观念，先有人道观念乃有其他的一切。中国作为家国同构的社会，家族文化在民族传统文学的重要性不言而喻，家族题材小说亦承载了民族文化的丰厚内涵。周大新的《第二十幕》、李佩甫的《李氏家族》《河洛图》、张一弓的《远去的驿站》、南飞雁的《大瓷商》等，都涉及广阔的社会历史生活，具有浓郁的地方文化底蕴，并从历史文化中反思民族国家命运，构筑起中原文化精神和心灵变迁史。

一 《第二十幕》与南阳织造

《第二十幕》是周大新书写 20 世纪中国百年史的三卷本长篇小说，历时八年创作，长达百万字，由人民文学出版社 1998 年出版。1991 年 2 月，周大新开始构思三卷本长篇小说，第一卷暂定为《前面还有多远》，并在日记本中划出#字符，表达自己对世界的哲思。他觉得世间万物都是纵横线条组成，如阡陌、沟渠、道轮、经纬线、电线、表格等。当然，这和作家的早期经历不无关系。1970 年参军入伍，周大新成为一名测地兵，每天扛着经纬仪测地绘图，线条成为他最直观的认知。之后在不断经历的人间世事中，他也理解到其间蕴含着平衡法则，看到了平衡规律，人就会镇静，冷静地看待纷繁世事。

作品写南阳织造，尚家恢复家族企业"霸王绸"的雄心，钩沉了民族精神中被漠视的工商文化传统。故事从 1900 年的一个清晨，写到 1999 年的最后一个黄昏，以尚吉利织丝厂五代人振兴祖业为主线，写出了百年中国史。其间历经义和团运动、八国联军、辛亥革命、抗日战争、开国大典和改革开放，以及天安门事件、海湾战争等，全方位展现百年历史变幻，呈现出作家在世纪末对民族历史、文化进行盘点的写作雄心。

早在 80 年代中后期，身为军旅作家的周大新已经在陈骏涛的指点下开始围绕"豫西南的小盆地"进行了文化的寻根，写出了《风水塔》《家族》《紫雾》《香魂塘畔的香油坊》等系列小说。1991 年《长城》第 1 期发表他写南阳汉画像的中篇小说《左朱雀右白虎》，更是引起冯牧的极大兴趣，不仅亲自来到济南参加作品研讨，还在《人民日报》撰文评论《浓郁的地域特色和社会风貌——读周大新小说近作》（1991 年 4 月 18 日）。会后，冯牧告诫周大新：《左朱雀右白虎》只是创作上走出的一步，不要不能也不值得满足，要争取写出大作品。所谓大作品，就是要给人一种沉实雄浑的感觉，就像汉画像石刻给人的那种感觉。你们这一代还是幸运的，要珍惜历史给你们的机会。

1991 年 4 月济南军区文化部举办的周大新作品讨论会，主要讨论他的中篇小说《左朱雀右白虎》和首部长篇小说《走出盆地》。与会者虽然对其作品进行较高的评价，但他还是在日记本中认真总结了各种不足和建议。如雷达提出的要写民族精神中变的问题，也要写民族精神中不变的问题，写好小盆地也就写好了中国与世界；冯牧提出的一定要坚持自己的创作路子，要开掘一种丰富的矿藏，要发展一片广阔的天地，托尔斯泰主要写俄罗斯中部地区，南阳体现了华夏文化的性格，挖掘传统文化，古代的和现代的，多阅读一些各种流派的作品，写得更加多样一些，轻灵一些等。

在这种背景下，周大新吸收了评论家的建议，开始了长篇小说的构思与写作。小说更多具有文化风味，充分地发掘了南阳的地域文化和历史风情。如诸葛亮的卧龙岗，名医张仲景的医圣祠，以及汉画像砖等历史文物，都构成了作品丰厚的文化底蕴。故事的核心是南阳织造。在创作之初，周大新读了很多南阳的地方史志，以及中外许多关于丝织的书籍，也到南阳县区、江浙一带去实地考察，访谈了一些从事丝织的老人。南阳的丝绸历史悠久，唐开元年间，已有"绢"和"丝布白菊之贡"（《元和郡县志·九城志》）。明嘉靖年间，南阳府在宛县设有"染织局"。清代中叶"居民纺织，汴绸及春绸，行销邻省各地，由来已久"。清光绪二十八年，南阳县令潘守廉派人赴山东，湖州、苏杭等地，引进良种，招雇蚕师和丝匹至宛，辅导养蚕、缫丝、织造，印染新工艺，培植槲蚕、柞蚕、湖蚕、椿蚕。南阳近山之处养山蚕，近城之处养家蚕，渐为普遍。当时宛城各主要街道及近郊农村，到处是织绸绉的手工业作坊。"迩时匠心精巧，几与苏杭争胜，每年销售价约数十万金。"（《河南宛报》丙午三十一期)① 作品中写到1915年南阳丝绸参加美国旧金山举办的万国博览会，也是来自真实的历史记载。

在1992年1月13日的日记中，周大新还专门剪贴《方城拐河绸》的新闻报道：从宣统年间到1929年，是拐河绸的空前兴盛时期，年销售量达到34万匹，远销苏联、英国、美国等国。当时被誉为"日进斗金的金钱窝、小上海"。后来由于兵匪骚扰、资本家倾轧、日寇侵略等原因，拐河绸的生产渐趋于衰败。1949年后，又迅速恢复，出口到瑞士印染后成为俏销的"波斯绸"，远销世界各地。

南阳是历史文化名城，夏设九州，南阳为豫州之城。秦置南阳郡，汉代南阳为五大都市之一，号称"帝乡"。南阳人杰地灵，有政治家范蠡、光武帝刘秀、科学家张衡、医圣张仲景、政治家诸葛亮、哲学家冯友兰等。唐代诗人李白、散文家韩愈，宋代的苏轼、范仲淹，金代的元好问等，都写下吟咏南阳的名篇佳作。南阳自古以来农业兴旺、工商业繁荣。汉代的南阳"商遍天下，富冠海外"。范仲淹也是在南阳期间写下《岳阳楼记》。

《第二十幕》集中展现了周大新对于中国历史的思考。早在西安政治学院读书期间，他开始系统地读史书，看到了失败、低头、反抗的不断循环，发现民族的力量，以及民族内核中韧性的成分。这些记忆一直堆积在心里，当他决定写作长篇小说时，想起"韧性"这个词，就选择绸缎作为叙述的道具。后来才有了《第二十幕》，将"韧性"作为民族精神的恒定元素。作品的精神气象、结构秩序，包括作家的写作抱负等，使其具有一种"史诗性"，在历史的回望中，融文化、历史、哲学为一体。

---

① 《河南土特产资料选编》，河南人民出版社1986年版，第454页。

通过版本细读，我们会发现《第二十幕》还是做出了一定修改。尤其是在第一卷开篇，直接引入方志等记载，历代宫廷采购尚家吉利绸缎的历史。同时引入南阳重要的地域文化：血脉。尚家的兴旺也来源于一位赘婿。尚家无子，阴阳先生绕着宅子叹息：尚族血脉中阳气走失，恐怕要另有一股气来填才行。尚家招来赘婿小木匠赵田景，正是血脉的汇入，一连让尚家女儿生下了四个儿子两个女儿，木匠还用自己的巧手改装了尚家原有的织机，可以织绸织缎，后成为南阳府城中有名的绸缎织户。历史资料和地方文化的融入增强了作品的厚重感，也有意删掉《有梦不觉夜长》开篇对尚安业不愿出赎金，导致云纬和达志爱情悲剧的枝枝蔓蔓，直接切入尚家的百年奋斗史和民族工商业的百年发展史。

在这部百万字鸿篇巨制中，作者对时间和空间都进行细致规划，时间线索根据政治时间分为义和团运动、八国联军侵华、庚子赔款、中华民国、日寇侵略、社会主义改造、"文化大革命"、改革开放等历史图景。纵线则是尚家在不同时期与官府、军阀、政府所代表的权力结构的纠葛。在任何时期，尚家刚有复兴，就会受到权力的压制，直至毁于一旦，然后是再发展的历史循环。

其间，最为突出的特质就是中原的权力文化结构，这在阎连科、刘震云等河南作家的作品中多有表述。在《第二十幕》中，清末，尚家备受南阳府通判晋金存的欺压，抢走达志的未婚妻云纬；面对五十大寿的索贿邀请，痛惜地奉上一个金锭。辛丑赔款的摊派，更是夺去全部家当，机房被迫关闭。民国时期，因拒绝宛城新的统治者栗温保合伙办厂的敲诈，厂房被劫掠烧毁。日军侵占时期，生产停顿，为了保护织机，儿媳容容被糟蹋丧命。新中国成立后，丝织厂赢来好时光，随国家去苏联展销，但达志很快就成了"革命对象"，随后厂房机器又在武斗中毁于一旦。改革开放后，工厂恢复生产，再度打开国际市场，但却遭遇权力的欺压，失去了美国资本的投资和发展机会，又陷入新的生产困顿与历史循环，写尽了历史的无意义。"沧桑感""命运感"和"兴亡感"，被认为是区别于西方文学的、千古中国文学的"母题"。中国传统儒家哲学重视世俗、重视现世人伦关系的"实践理性"特质，使得古往今来的中国都特别重视现实和现世的"改变"。而从"沧桑之变"到"命运之变"再到"兴亡之变"①，

---

① 《在我们的时代里，如何写出史诗性作品?》（中），苏炜发言，《文学报》2017年6月1日。

则是中国文学千古不易的核心主题。《第二十幕》不断借尚家织业发展、毁灭、再发展的悲剧故事，体现民族不屈的倔强性格和精神意志。

此外，作品也不断延展写作空间，借丝绸的外销不断打开外部视野：民国时期来到开封参加"筹备巴拿马赛会河南出口协会"，后参加"美国旧金山万国商品赛会"，以及去北平参加丝绸产品展销会。抗日战争时期，丝绸被送往重庆，换取美大使的武器支持。秉正也辗转台湾后来到美国纽约的唐人街，经销绸缎。从开封、重庆、莫斯科、香港、纽约、北京，不断的商品展销也打开了时空距离，提升了作品的写作宽度。

作品中的卓远则是知识分子的代表，兼具中国传统知识分子家事国事天下事事事关心的人间情怀，又有现代知识分子对大众的启蒙意识和社会责任感。他从书院到师范传习所学监，为抗议官府的苛捐杂税写出公开信，被砍去手指。"二十一条"之后，他对学生救亡图存的呼喊和讲演，再次遭受人身伤害。"九一八"之后，卓远办起《宛南时报》，发表社论帮助南阳人了解时局。"文化大革命"中，他所精心保存的古书被烧毁。从卓远对国事、天下事的关注和思考中，既写出了不断变动的政治秩序，又有着从南阳盆地看中国、看世界的宏阔视野和哲理思辨。

《第二十幕》充满哲思，"格子网"代表对民族历史和精神意义的思考，及对人生、宇宙空间、历史纵深的遥望。在云纬看来，它好像是一个棋盘。在开封研究古文字的教师看来，它可能是一种原始文字，世界上的事情都是互相交织有联系的。抗日战争时期，卓远在山洞中发现了格子网符号，认为横线代表人本性中的善，竖线代表人本性的恶。由于善恶相交叉，因此和平与战争在历史上总会交替出现。国共内战时期，被通货膨胀和女儿惨死双重打击的达志，意识到这个符号是告诉自己和子孙，我们是被粘在这张由苦和难纵横交叉构成的蛛网上的苍蝇，尽管蛛网的四周是欢乐是畅快是幸福，但尚家人注定要在这张网上挣扎，根本无可能抵达蛛网四周那些美好的地方。

在作品中，格子网图案的出现和思考始终是和当时的时代进展、人生境遇同步的。从图案的哲理深思以及卓远所代表的知识分子自我意识呈现，对于历史循环的韧性精神，也反映出历史书写中如何建构民族寓言：既要审视自身文化，又以代言者的身份讲述民族的故事和处境。按照黑格尔的说法，既然历史的演进充满了"理性的狡黠"，既然推动历史的是各派势力的"合力"，知识精英就应该告别乌托邦之梦，放弃浪漫主义的狂想，认清中国的国情，认清中国历史大起大落于循环轮回中渐进的规律，脚踏实地地做好自己的事情，同时相信：千百万人做实事的努力也会悄悄汇成改造社会、改造历史的"合力"。

作品在历史的多声部交响之外，还有着大量的地方风物描写。包括对于地方志的摘录，对于婚礼习俗、百日婴儿测志、民谣等文化的书写。如写南阳著名的医圣祠：

> 医圣祠坐落在南阳城东关的温凉河畔，是为纪念东汉末年的医家张仲景而修的。张仲景，名机，南阳郡人。曾拜师于同郡名医张伯祖，尽得其传。汉灵帝时，举孝廉，官至长沙太守。其所著《伤寒杂病论》，集医家之大成，为立方之鼻祖，被后世医者奉为经典，推崇他为"医圣"。祠大约建于东晋咸和五年，顺治、康熙、乾隆、嘉庆年间，屡有修葺。祠坐北朝南，以仲景墓为中心，前有供奉伏羲、神农、黄帝塑像的三皇殿，后有中殿、正殿和两庑。整个建筑，既无崇楼高阁之雄，亦无雕梁画栋之丽。①

此外，还有山川、风物、建筑、特产、民俗等书写，也增强了小说的文化气质，展示出南阳地区独特的景观和氛围，即丹纳所说的自然气候和精神气候。在主要人物尚达志的性格特征塑造中，更是将其放在民族文化积淀的整体结构中凝练和展现。作品颇为厚重，实现了冯牧希望作品达到汉画像石刻般沉实雄浑的寄语，也受到评论界的认可。小说被张鹰誉为"二十世纪中国的史诗"，所展示的不仅仅是民族资本主义的兴衰史，而是具有广泛的社会背景与文化内涵的社会史、风俗画。后人将会从《第二十幕》中了解到东方一个古老的民族在即将成为过去的 20 世纪所演示的一幕又一幕的人生壮剧，体悟到一个古老的民族在迈向现代化的进程中那痛苦而又艰难的嬗变。胡平认为，同《白鹿原》《古船》相比，这部作品更具有史诗的意味，是第一部具体细致地描写 20 世纪民族工商业历史的长篇小说。白烨指出，《第二十幕》是当代长篇小说不可多得的佳作，作品厚重的历史观，巨大的社会容量为新生代作家的作品所不及。这些肯定让周大新很是感动，坦言自己历经八年的写作就是为 20 世纪的中国提

---

① 周大新：《第二十幕》（上），人民文学出版社 1998 年版，第 135 页。

供了一个观察维度。以后的人们想知道这百年发生了什么，可以从书中找到线索和认知。从这个意义上讲，《第二十幕》既是南阳丝织业的发展史，也是动荡世纪所蕴含的民族韧性精神。

二　《李氏家族》与《河洛图》

1986 年，李佩甫发表《李氏家族的第十七代玄孙》（《小说家》第 5 期），被认为是新时期文学史上的第一篇家族小说。家族是维系民族生存的重要纽带，也成为新文学中桎梏人性的封建堡垒。在现代作家笔下，"家"大多是腐朽的、愚昧落后的，是青年需要逃离的。新时期之后的文学写作，则摆脱了对于家族的封建性及阶级性批判，更多的是从文化层面进行审视。《李氏家族的第十七代玄孙》通过追溯李氏家族的历史，探寻生存之本与生命的活力之根。李佩甫也是较早注重开掘豫中平原的"许"地文化，在自己的文学根据地上自觉寻根。

许昌位于河南省中部，也是历史悠久的城市。曹操迎汉献帝于许昌，是当时北方的政治、经济、文化中心，目前有着众多的三国遗址，包括曹丞相府、春秋楼、灞陵桥等。此外，还有法家韩非子、西汉留侯张良、画圣吴道子等诸多名士来此，被誉为"华夏之源""华夏第一都"。1918 年，自长沙北上的毛泽东在许昌停留期间，与罗章龙联句作《过魏都》："横槊赋诗意飞扬，自明本志好文章，萧条异代西田墓，铜雀荒伦落夕阳。""曹魏文化"是许地文化的主要特点，建安文学更是流芳千古，许地文化有着中华文化精神的要义，即献身国家的英雄文化、经世安邦的谋略文化、重情尚义的忠义文化、慷慨刚健的建安文化。

李佩甫是许昌作家，他在早期小说多写乡村与工厂生活。1984 年 9 月，在许昌文联召开的其作品分析会上，有评论者指出，"李佩甫的作品风骨气韵内蕴未臻深邃，秀润稍嫌拘谨。现实的画面感较强，历史的纵深感稍差。对具体生活题材还不善于作历史学的纵向比较和社会学的横向剖析，在艺术表现上未能写出人情世相的微妙理路"[1]。

在《李氏家族的第十七代玄孙》中，李佩甫开始了家族小说的艺术

---

① 杜田材：《深情地咏叹生活的变革》，《莽原》1984 年第 4 期。

探索。以历史和现实交叉进行的方式通过奶奶的"瞎话"讲述家族的传奇故事，以及第十七代子孙的现实困境。祖辈的苦难、血性，与现实的人生百态形成对比。第十七代人所面对的社会环境有隐显两个层面：一是滚滚涌来的时代新潮，二是几千年来形成的习惯风俗和伦理道德。祖上曾历经蝗虫灾难、官司的磨难，而李发祥"告御状"，则惊动万历皇帝和元辅张居正，震动朝野，从县官到府台有九位官员被革去乌纱帽，他返乡后被族人用八抬大轿敲锣打鼓迎回，并送上四字金匾：有胆有识。可谓族谱中最辉煌的一笔，也触动了兴学的志向。

　　小说亦写出许多哀伤的现实故事，如春生和晓霞的爱情，春生全力筹钱支持晓霞读大学，却因日渐"差异"被抛弃。伤心过后他来到省城想见刘晓霞一面，却被她的大学生同学羞辱："现在你们不属于一个层次了。层次，懂吗？没有共同的语言。""你想想，一个在省城当干部，一个在乡下当农民，这日子怎么过呢？也不会有幸福啊？""你给了她钱，给了她条件和机会，让她见识了世界。现在，在她的观念发生变化之后，你又想重新把她拉回去，这不是折磨她吗？""感情是相互的，是不欠账的。八十年代了，你不应该再有这种思想。"结果是春生在见到刘晓霞之后，引爆了自制雷管。

　　子孙中的李二狗因成为贸易开发公司总经理身价倍增，在描述的时候，作家用了四五页文字，完全不用标点符号，来突出其"暴发户"的浮华生活：

　　烤羊烤鸭烤鹅烤乳猪烧海参烧鱿鱼烧对虾烧猴头烧燕窝炸牛排炸羊排炸猪排炸他妈鸡排咖喱沙司奶汁沙司核桃沙司芥末沙司鞑靼沙司红烧鱼清蒸鱼锅贴鱼黄焖鱼糖醋鲤鱼三鲜汤木樨汤锅巴汤豆花汤鱼头汤八宝汤十全大补汤凉面糊面焖面刀削面猫耳面伊府面鲅鱼面羊肉烩面水煎包小笼包三丁包五仁包豆沙包荷叶包提花包水晶包还有他妈天津狗不理包咱他妈喝过法国白兰地英国威士忌贵州茅台桂林三花山西汾酒四川五粮液安徽古井贡什么郎酒董酒杜康酒皇村御酒什么头曲大曲二曲三曲什么罐装盒装大瓶小瓶装老子尝个遍咱他妈吸过五五牌良友牌万宝路牌大中华大重九大前门凤凰牌牡丹牌蝴蝶牌恒大牌许昌牌

晒烟烤烟混合烟可可烟人参烟咱他妈都抽过来……①

小说通过几段故事写尽人生的偶然与沉浮，祖上李家出了状元郎，本以为是天大的喜事，每天洒扫庭院，盼着状元郎回乡祭祖，却迎来满门抄斩的圣旨；现实中，晚玉因为有去广州看看的念想，失身怀孕改变了一生。也写出具有韧性品格的中原人的爱情与生活，李连升是吹唢呐的好把式，却遇到了对手玲，玲为了战胜她，不惜袒胸吹唢呐吸引观众，但也被其才情吸引，主动要求嫁给他。李连升性格懦弱，因母亲不同意拒绝了玲，在玲嫁人之后，他娶了两次亲，却不能做男人。奶奶的"瞎话"和玄孙们的生活呼应，家族就这样一代代延续，所经历的，仍是"纷乱的年代，纷乱的心"。

李佩甫的长篇小说《羊的门》1999年出版，被杨匡汉评价为"中原人文大地上光彩的根性果实、一部大气盘旋的奇书"。故事开篇就对河南许地的历史进行追溯。长年的战乱之苦，儒家文化的濡染，形成了忠孝的话语体制。正如小说中写到"生的气息和死的气息杂合中一起，揉构成了令人昏昏欲睡的老酒的气息"，"这就是平原的气息"，"平原的气息是叫人慢慢醉的"。作品对中原人的自然环境、文化习俗、语言方式、韧性品格都进行了概括和阐释，尤其是对于权力结构的呈现和批判，使得作品在家族人物命运的观照中，指向更为久远的历史文化因袭及反思。王富仁曾评价这部作品摸索的是中国文化的根部，是中国人内在的灵魂，是那些埋在土里不容易被人看到的东西。小说在当时引起广泛争议，后入选"中国改革开放40周年最有影响力小说"。

对于作家来说，中原是最代表中国的一块土地，中原是一块绵羊地，它受儒家文化影响太深了。他走上写作道路后，随着生活面扩大，走的地方也多，见识过三教九流的人物，和工农商学兵各个阶层都有过交道。无论是乡村，还是城市，都有了解。年岁渐长以后，他越来越觉得，中原是被儒家文化驯服最深的一块地方。历朝历代，中原都遭遇过各种劫难。经历过漫长的时间以后，世世代代的老百姓就养成了一种骨头被打断，但又能粘起来的生命状态。它还有个最大的特点就是百折不挠、生生不息。

李佩甫写作豫商精神"康百万庄园"的长篇小说《河洛图》，由河南

---

① 李佩甫：《李氏家族的第十七代玄孙》，《小说家》1986年第5期。

文艺出版社 2019 年出版，书写的是 300 年前河洛康家百年财富神话的兴衰起伏。故事取自康百万家族，即巩义康应魁家族，从第六世康绍敬，到十八世康庭兰，一直兴盛了十二代，跨越明、清、民国三个历史时期，历时四百多年。其中最具代表性的是康应魁。他以家临洛水、黄河之利，靠漕运在山东、河南、陕西一带做生意，船行六河（洛河、黄河、运河、泾河、渭河、沂河），日进千金，家资百万，土地达 18 万亩。民间称其"头枕泾阳、西安，脚踏临沂、济南；马跑千里不吃别家草，人行千里尽是康家田"[①]。康百万家族地处洛河与黄河交汇处，西接九朝古都洛阳，东望八朝古都开封，坐拥地利之优势，又因所处"乾康盛世"，而尽享天时之恩赐，康百万家族因此日益兴盛。1900 年八国联军攻战北京期间，康家曾为慈禧太后、光绪皇帝在黑石关修建行宫、架设浮桥、铺设御道，还向朝廷奉献百万银两，被慈禧赐封"康百万"，从而名扬天下。民间百姓还将康百万与巨富沈万三、阮子兰并称为"三大活财神"，印成年画张贴，祈致财富。

该书的问世也说明李佩甫对中原文化精神思考的推进，对于这位中原作家群中最具代表性的人物，王富仁曾评价李佩甫摸索的是中国文化的根部，是中国人内在的灵魂，后者也一直坚持探索中原文化的精神生态。在《河洛图》中，将一个兴盛四百年的家族所凝练的文化精神进行文学思考。河洛文化，即以洛阳为中心的黄河和洛水交汇地区的古代物质与精神文化，以河图洛书为标志，以古都的文化积淀为基础，形成中原文化与华夏文明。在作品中我们会发现大量的文化元素：典籍、算盘、测字、石窟佛像、中医药方、豫剧、易学风水等，还有儒家文化。康秀才为康悔文开馆授课，就是仁、义、礼、智、信五个字。康悔文悟到之后，长辈才稍感欣慰，"只要他凡事知进退、懂留余，就能在长长远远的日月里，行得久，走得稳"。

康百万庄园又名河洛康家，位于河南省巩义市康店镇，始建于明末清初，被誉为豫商精神家园，中原古建典范。"留余"的经营理念，也是契合中华传统文化中的仁义思想。也正是这一理念，使得康家得以做大做强。文中借康秀才谈"留余"：

---

① 康文：《康百万：传延十二世的财富神话》，《协商论坛》2007 年第 8 期。

幼学先生的《四留铭》曰，留有余不尽之巧，以还造化；留有余不尽之禄，以还朝廷；留有余不尽之财，以还百姓；留有余不尽之福，以还子孙。

大凡世间，立志不难，穷其志也不难，难在"留余"。东林学士高攀龙也是在痛定思痛之后叹道，临事让人一步，自有余地；临财放宽一分，自有余味。撒钱之道，就是"留余"①。

在小说中，世代相传的"留余"祖训所体现的"尚中庸、积荫德、重家教"思想正是传统豫商精神的精髓。崇尚中庸，低调内敛，康家对儒家文化的推崇备至，其中"忠、孝、节、义"，在处处悬挂的匾额、楹联上多有体现，比如"致中和"（《中庸》）、"居贵敬"（《论语》）、"行贵简"（《论语》）、"端洁退让"（《礼记》）等不一而足，一种处变不惊，博大宽容的气魄自然而成。康家家训更加充分诠释了这种精神："留有余，不尽之财以还百姓；留有余，不尽之福以还子孙。""临事让人一步，自有余地；临财放宽一分，自有余味。""若辈知昌家之道乎？留余忌尽而已。"康家处处恪守"留余忌尽"的家训，"传承了传统的儒家中庸之道"②。河南因其辖境大部位于黄河以南而得名，因古为"豫州"，简称"豫"。《周礼·职方》及《尔雅·释地》曰："河南曰豫州。"《读史方舆纪要》曰："河南阃域中夏，道里辐辏"，又因古时豫州位于九州中心，因此又有"中州""中原"之称，中庸、调和亦成为文化的底色。

作品借康悔文的从商经历和传承之道写出了豫商精神，其世代相传的"留余"二字所体现的"尚中庸、积荫德、重家教"思想正是豫商精神的精髓。康悔文经商诚信让利、坚持一夫一妻制，对乡邻乐善好施，积极助力公益。如作品中写到他在少年时买下一面可食的甜墙（柿穰墙）以济灾民，在被迫赌玉而赢得暴利时，却选择让利等。康家还捐资助学造福乡里，康无逸、康应魁和康鸿猷都曾有慷慨助学的美名。在康百万庄园住宅区南寨墙内树立着一块"诰授朝议大夫孝廉方正碑"，记录了康无逸及其子捐资助学的事迹。

作品融入大量地方风情，如对于婚庆习俗、豫剧、祭祀、民间侠义精神

---

① 李佩甫：《河洛图》，河南文艺出版社 2019 年版，第 188 页。
② 刘斐：《豫商精神与晋商、徽商之比较》，《读书》2010 年第 9 期。

等的刻画。豫剧是我国最大的地方剧种，发源于河南开封，与京剧、越剧、黄梅戏、评剧并称中国五大剧种。豫剧以唱腔铿锵大气、抑扬有度、行腔酣畅、吐字清晰、韵味醇美著称。因其音乐伴奏用枣木梆子打拍，故早期得名河南梆子。且因河南方言与普通话较为接近，而且河南人的四处迁徙，因之豫剧的传播范围较为广泛。在《河洛图》中，作者对于豫剧文化、美食文化、婚丧嫁娶等民俗进行了细致的考察，如曾到一个地方剧团采访一个多月。作品多次通过名伶"一品红"的戏，呈现出豫剧的多姿多彩和轰动效应，以及通过豫剧与秦腔的唱式比较，来发现秦人与豫人的区别。

> 两地一为中、一为西，原本都曾是首善之区、繁华之地；又同在朝代更替时，遭刀兵多次戕伐。坡上的草原已被鲜血染过，骨头也曾被砍断过多次。所以，两地人也都是以气做骨，那咽喉处自然就是命门了。
>
> 不同的是，秦人终究是要喊出来的。秦人走出家门，八百里秦川，一荡荡峁峁梁梁，起起伏伏。塬和塬之间，看着离得不远，却又隔着深沟大壑。人心也就有了起伏，当硬则硬，当软则软。越是人烟稀少处，越要野野地、长长地喊上两嗓子。那是给自己壮胆呢。于是这里就成了一处歌地。一代代传下去，则为秦腔。
>
> 而豫人呢，大多居一马平川，鸡犬相闻，人烟稠密。人多言杂，言多有失，则只好咽下去。那吼声在九曲回肠里闷着，一个个修成了金刚不坏的躯壳，内里却是柔软的。分明在等着一个牵象的人，而后就厮跟着他走。因那吼久闷在心里，喊出来就炸了。一代一代地传下去，则为豫剧。
>
> 秦人的厉害，是让人看不出来的。那模样敦厚极了，就像那八百里秦川，那塬那坡，看似钝钝吞吞，宽宽壤壤，一览无余，却又是沟壑纵横，气象万千，分明是外柔内坚、先礼后兵的。①

此外，还有诸多地方建筑的文学考证，如大相国寺、康百万庄园等。写大相国寺"地处开封府闹市，是一座有名的古刹。北齐年间初建，天保六年改为寺院，更名'建国寺'。岁月更替，多年战乱，古刹多次毁于

---

① 李佩甫：《河洛图》，河南文艺出版社 2019 年版，第 192—193 页。

战火，后经唐睿宗更名为'大相国寺'。北宋年间，大相国寺一度成为皇家寺院，僧人众多，香火日盛。论起来，这里的天王殿、八角琉璃殿、藏经楼，加上重达万斤的'相国霜钟'，均堪称镇寺之宝"。虽贵为名寺，但这里却不同于别处的寺院，平日里烟火气极重。寺前日日都是庙会，小贩与香客混杂，终日川流不息。扛串卖糖蘸山里红的，扩篮子卖烧饼的，卖糖人儿的，卖膏药的，斗鸡的，扯幡占卜的，玩杂耍的，卖烧纸香表的……他们各自圈出一个个场子，高声叫卖，寺院周围一片嘈杂的市井之声。每到金秋十月，这里还要举办一年一度的菊花观赏大会，每年都会选出菊王。到了正月十五，这里还要举办元宵灯会。那时候，寺前的街道挂满花灯，人头攒动，摩肩接踵。康百万庄园在修筑时更是用糯米水浇灌，并选址风水宝地。

还有北魏的石窟寺，"石窟中，佛像或坐或立，或拈花微笑，或手握法器，无不法相庄严。头顶有浮雕藻井，飞天造型妙曼，衣带当风。特别是雕刻于石壁上的'帝后礼佛图'，其间有帝后，有供养人，有侍从，各个人物丰肌秀骨，神态雍容。那高耸的发髻，那典丽的服饰，那衣带的褶子柔曼地沉沉垂下，清雅高贵的气息呼之欲出"。石窟寺历史悠久，被认为是唐玄奘出家之地，唐太宗李世民等皇帝曾在此礼佛，保有大量珍贵的造像、碑刻等。石窟寺的十五幅"帝后礼佛图"雕刻的是北魏孝文帝和文昭皇后的供养情形，构图严谨，技法娴熟，人物性格鲜明，可谓佛教艺苑中的珍品。

关于地方习俗的描写，多涉及婚俗、祭祀等活动，合婚需要请媒人出面请星相家、算命先生等，在《河洛图》中，则免去这些习俗，重女子的思想品格。如故事开篇，康秀才本来不满意与周家的亲事，但见到周家孙女才学伶俐，就改变了念头，主动求婚。娶亲花轿进门的习俗，周家极尽铺张，送嫁妆的队伍逶迤前行，排出了一条镇街。迎嫁的康家，因是新科进士，县太爷亲自贺喜保媒，特意派出八个管家衙役在前头鸣锣开道。跟着的是八杆龙凤大旗，八个火铳手，八个扩着喜饼篮子沿路撒柿饼的"全活人"，接着是八人抬的大花轿，跟在后边是抬食盒、送嫁妆的一众人等。

神秘文化是当代文学的重要写作资源，在作品中，除了祭神大典中康大人显灵之外，还有多处关于风水的书写。中国的"风水"观源于晋代郭璞的葬法原理中"藏风得水"之说，也是一种宇宙论的解释。风和水的内容涉及山川形势等。这种观念体现了对自然力的应用，以达到建筑与环境的协调和平衡。中原地区因"河图、洛书"发展为周易哲学的心理框架，建立了中国古代包括建筑学在内的一整套观念体系。这些阴阳二元论的周易思想反映在建筑上，形成了中原古代的堪舆学和风水理论，对村落选址、宅基定位、建筑布局、坟茔选穴等产生了影响，河南民间认为一村的"风脉"优劣关系全村居民的凶吉祸福，如"向阳近水""风水树""风水井"等观念甚至影响到堡寨聚落。在《河洛图》中，康悔文请邵先生选一处吉地，用于康家造新宅。邵先生看中一块宝地，并讲出因由。"河洛之地，利水。""这是一块上好的风水宝地，叫'金龟探水'。""况且这河洛之地，贵为东都门户，两京锁钥。这洛河东灌齐鲁，南通梁楚，本就是宝地。尤其是这块地，更是宝中之宝也。你看，前边临着洛河，可作码头；其后，岭前的朝阳之地，可建一处大宅院；再往后，有大山为依托，以山为凭，周围坡地呈拱卫之状，其势连绵不绝矣。"[①] 而据此修筑的康百万庄园得以"靠山筑窑洞，临街建楼房，濒河设码头，据险垒寨墙"，绵延数百年。现在为全国重点文物保护单位。

在凸显儒家文化的留余思想的同时，作品也刻画了民间的侠义精神。马从龙，本为武术世家，从小练易筋经，后又练心、意、气、功法，也曾跟随父亲到武当山、青城山、泰山、少林寺等拜访名师。因偶然介入父亲的血案，被迫离乡逃亡，来到河洛镇。在周亭兰的多次邀请下，教周悔文习武。在康家被宋海平逼得走投无路之时，为回报康家的知遇之恩，马从龙潜入宋府，将其杀掉，并留下"杀赃官者马从龙也"的纸条。顾颉刚在其《武士与文士之蜕化》一文中则认为侠源于先秦"文士与武士的分途，文士名为儒，武士则为侠"。明代大儒方孝孺赞扬豫让之举犹如为"士君子"之德，凸显了那个时代已经稀缺的先秦特质的士君子道义之美："士君子立身事主，既名知己，则当竭尽智谋，忠告善道……生为名臣，死为上鬼，垂光百世，照耀简策，斯为美也。"阐明侠义精神的忠义之美。在《河洛图》中，我们同样可以发现侠义精神的美学品格。此外，还有诸多民间奇人，如仓爷的算盘、朱十四的雕工等，都为作品增添了诸多文化色彩。

李佩甫坦言，中原地区是受儒家文化浸润最深的区域，也是历史上灾

---

① 李佩甫：《河洛图》，河南文艺出版社 2019 年版，第 262 页。

难深重的区域。宋代以前，这里是首善之区，也是最繁华、最适于人类生存的地方。但宋以后，中原地区一直战乱频繁，中原百姓的生活饱受困扰，并缺乏建设意识。长年的战乱加上匪患、水患的侵扰，就连号称康百万这样的大商贾也不得不采取守势。因之，"写《河洛图》有两个主题：一，解读一个特定地域的生存法则。二，写时间。就是说在大时间的概念里，任何聪明算计都是不起作用的"①。《河洛图》也寄寓了作者对中原文化精神的理解和体悟。

三　《大瓷商》与豫商精神

　　南飞雁的长篇小说《大瓷商》，河南文艺出版社 2007 年出版。作品以清末为历史背景，从洋务运动到戊戌政变，再到日寇入袭的 20 世纪上半叶，书写卢家与董家两代人的恩怨故事。故事发生地神垕镇，被誉为"北方瓷都"和"钧瓷之都"，明清民谣中可见其昔日的繁华，"进入神垕山，七里长街观；七十二座窑，烟火遮住天；客商遍地走，日进斗金钱"。

　　钧瓷作为古老的艺术，带有中原文化的诸多印记。作品中的卢家祖传《宋钧烧造技法要略》《陶朱公经商十八法·补遗篇》，而每年的点火仪式地点在窑神庙。窑神庙也叫伯灵仙翁庙，坐落在神垕镇老街上，始建于宋代，在明弘治八年和清乾隆五十六年两次重建。随着镇上钧瓷生意蒸蒸日上，窑神庙也得到了多次修缮，建得气势恢宏，成了神垕镇一景。现在的神垕镇还有保存完好的"伯灵翁庙"，位于老街西侧路北，为典型的中轴对称式布局，依次分布的花戏楼、戏台院、窑神殿、后庭院构成了坐北朝南的地理空间；又称"窑神庙""火神庙"，供奉司窑之神孙伯灵（孙膑）、司土之神后土娘娘和司火之神金火圣母三尊神祇。门旁两边石柱上镌刻着一副对联：灵丹宝箓传千古，坤德离功利万商。每逢入窑前后或黄道吉日，镇民们均会来此祭拜。

　　作品中反复书写的禹王九鼎更是寓意深远。

---

　　①　舒晋瑜：《李佩甫：绵羊地里的寻根人》，《中华读书报》2020 年 11 月 25 日。

禹王九鼎传自宋代，自古是中华版图的象征，也是皇族的象征。禹王治水功垂千载，又是家天下的第一位，皇家气度若上溯起来，非禹王莫属。这九字，乃数之极限，也蕴涵了九州之意。鼎乃传国重器，禹王曾收九牧之金铸九鼎于荆山之下，以象征九州。①

钧瓷神奇的是窑变艺术。其他瓷器上的釉色及花纹、图案全是人工着色描绘的，而钧瓷釉色则靠自然窑变而来，因此有"入窑一色，出窑万彩""钧瓷无对，窑变无双"之说。钧瓷色彩非常丰富，素有"红为贵，紫为最，天青月白胜翡翠"的说法。而作品中的董、卢两家，虽屡有争斗，却在民族大义面前共同捍卫家国尊严。因被迫为日本国烧制禹王九鼎，卢家故意让其经不起海浪波动，董家也有意助之。董克温甚至不惜牺牲个人性命，留下绝笔信，要求两家在家国大义面前尽释前嫌，让钧瓷技艺发扬光大。

克温醉心于大宋官窑宋钧技法之恢复，三十又九年矣。某深知天青之于董家，玫瑰紫之于卢家，正如禹王九鼎之于朝廷，岂有旁落他人他国之理乎？

今时局动荡，外敌犯边，朝廷懦弱，民心已散，非宋钧技法公之于世之际。然日后玉宇呈祥，河清海晏，克温斗胆请大东家将卢家与董家宋钧烧造秘法重现天日！如大东家果悟宋钧之道，须知宋钧乃天赐神技，岂有一家一族，一门一姓所能占也？②

在卢豫海看来，"宋钧烧造技法理应是天下人共有，一旦神垕各大窑场都能烧造宋钧，不但能富了神垕一镇，更能让天下人得利！民安则国泰，民富则国强"。在民族大义面前，选择抛却门户之见，诠释出工匠精神的真谛。而作品中始终以"豫商文化"作为创作主旨，开篇即出现河洛康家的家训："留有余，不尽之巧以还造化；留有余，不尽之禄以还朝廷；留有余，不尽之财以还百姓；留有余，不尽之福以还子孙。""官之所求，商无所退。""自不概之人概之，人不概之天概之。"将其作为豫商

---

① 南飞雁：《大瓷商》，河南文艺出版社 2007 年版，第 36 页。

② 南飞雁：《大瓷商》，河南文艺出版社 2007 年版，第 389 页。

文化的精髓。作品中的瓷商，神垕堂的故事也和康鸿酞同时。故事伊始，康鸿酞邀约聊时局。恰值朝廷变数，开始千年未有之大变局，期待大清的中兴。小说以家国叙事的方式，展开"长 20 世纪"的中国史。并且通过卢豫海的经商之路，拉开故事的地理空间，展开了作品的外部视野。光绪九年春天，卢豫海来到江西景德镇。此时的两江总督是一代名臣左宗棠。左氏与前任两江总督刘坤一、彭玉麟等都是清末中兴重臣，洋务派主将，二十多年经营下来，江苏、安徽、江西三省大兴"求富、自强"之风，成为洋务运动的重镇。自门户开放以后，洋行买办纷至沓来，景德镇瓷业生意欣欣向荣，又学了不少洋人建场经营的手法，面貌为之一新。豫海还通过魏源的《海国图志》，了解到世界各国的概况、山川地形、民风民情，并烧制出供应不同国家需要的瓷器，打开了世界市场。他又来到大连，这里受俄国管辖，名义上采用的是欧洲规范的管理章程，却还是海关官员说了算，也在卢豫海的努力下，开拓了远东市场。但商人的努力仍敌不过大历史的颓败，结尾处的戊戌政变，革命派失势。康、董、卢相聚康百万庄园，讨论豫商发展大计。然时局动荡，票号等事物前程不明，也只得顺势而为，无奈接受山河破碎、商业凋敝的现实。

作品中出现的康家宅院，也是古代庄园典范，"靠山筑窑洞，临街建楼房，濒河设码头，据险垒寨墙"。显示出康家四百年长盛不衰的生命力，以及卢豫海所代表的豫商之道，"瑕疵不出窑"；豫商之法，"结交官场，不即不离"；豫商之德，处事外圆内方，持家忠孝两全，品行君子之商。以及豫商古训："每逢大事有静气，一逢恶战自壮然。"卢家的传家宝是《陶朱公经商十八法》，也是商业文化宝典，豫商精神的体现，细致强调：生意要勤紧，切勿懒惰，懒惰则百事废；议价要订明，切勿含糊，含糊则争执多；用度要节俭，切勿奢华，奢华则银财竭；赊欠要识人，切勿滥出，滥出则血本亏；货物要面验，切勿滥入，滥入则质价减；出入要谨慎，切勿潦草，潦草则错误多。

作品中更是充盈着河南风俗民情的书写，如形神并茂地写豫菜：

> 圆知堂的正厅里，此刻却是另一番景象。当中的一张枣木大桌，琳琅满目地摆着各式佳肴，全是豫菜的名品，什么鲤鱼焙面、方成烧麦、炒三不沾、开封小笼包子、马豫兴桶子鸡、道口烧鸡、洛阳燕菜、固始茶菱、息县油酥、陈留豆腐棍、鹿邑狗肉、内黄灌肠、安阳

燎花、商城葱烤鹌鹑、牛记空心挂面……

　　豫菜里的一绝——套四宝。这道菜，绝就绝在四只层层相套的全禽，个个通体完整又皮酥肉烂；绝就绝在从小鹌鹑到大鸭子相互包裹，却吃不出一根骨头来！①

　　作品中反复提及的河南话"得劲"，和"中"一样，就是爽、顺心。"钧兴堂"不管开到哪里，喊的号子就是"得劲"。《说文解字》中"得"为"行有所得也"，即"得到""获得"。"劲，彊也。"即"强劲、凶猛"。在河南话中"得劲"作为一个富有地方色彩且使用频率颇高的方言词，语义主要是舒服、得意、高兴、尽兴等。《现代汉语方言大词典》也将其解释为"舒服、合适"。而方言作为特定范围内人们沟通的工具，是身份识别的重要维度，也使得作品充满生活质感和地域特色。

　　家族小说被认为是以家族兴衰为透视焦点，以父子、母子、夫妻等人伦关系为描述中心，进而波及人情世态，通过家族社会生活的兴衰荣枯反映某一历史时期社会本质生活的小说。以上作品多通过 20 世纪河南的工商业文化展示地域文化精神，既有波澜壮阔的时代风云，又有凝聚其间的人格力量与家族伦理。通过日常生活的描写，反映特定时期婚恋、宗法、经济、伦理等社会现实，生动地还原一个真实的世俗世界。而对于地方语言、民风民俗、文化品格的共同展示中，诠释出中原文脉的历史记忆与律动。

四　《远去的驿站》的家族传奇

　　张一弓的长篇小说《远去的驿站》，2002 年作为"九头鸟长篇小说文库"由长江文艺出版社出版。这部家族小说以作者的家世经历为背景，通过叙述者"我"的家族故事，包括父亲的故事、大舅的故事、爷爷的故事、姨夫的故事，并将家族命运与时代命运结合。小说从"我"在开封胡同出生，到 1948 年父亲被飞机炸死，上溯到清末，后延到 90 年代，写出了 20 世纪的历史动荡以及人物命运。作品以充满诗意的笔法写出社

---

① 南飞雁：《大瓷商》，河南文艺出版社 2007 年版，第 13—14 页。

会变迁和历史进程，被认为是 20 世纪知识分子的一曲挽歌。

张一弓的父亲张长弓是河南大学教授，小说中关于 H 大学抗日战争中四处迁徙、辗转办学的经历，"父亲"在战乱中坚持治学，冒着生命危险收集民间艺术——鼓子曲，寻找明代流传下来现已失传的《劈破玉》的经历，基本就是历史事实，可与其父张长弓的著作相印证。张长弓曾出版多部学术专著《文学新论》（世界书局 1946 年版）、《中国文学史新编》（开明书店 1947 年版）、《鼓子曲言》（正中书局 1948 年版）、《唐宋传奇作者及其时代》（商务印书馆 1951 年版）等。陈平原的文章《不忍远去成绝响——张长弓、张一弓父子的"开封书写"》（《文学评论》2012 年第 2 期），即是对父子两代人探寻开封文化积淀的追忆。

在 80 年代，张一弓得风气之先，创作出大量反映社会现实的作品，《张铁匠的罗曼史》《黑娃照相》《流泪的红蜡烛》多写改革开放的时代气息，坚持做"同时代人的秘书"。此后，经历《热风》杂志的创办曲折和文艺的时代转型。晚年的张一弓将创作视角后移，转向自我家族史的追忆。《浪漫的薛姨》（《作家》2001 年第 8 期），写父辈到南阳逃难之际收集南阳大调曲，以及薛姨的爱情与牺牲。

长篇小说《远去的驿站》开篇就是"胡同里的开封"，古老胡同因父母爱情的阶层差异遭遇"小布尔乔亚"的荡涤，城市开始了动荡史。小说以"我"的视角进入父辈的故事，既有古老龙亭坐落在空旷的湖岸上，由北向南虎视眈眈地俯视着整座古城，又有宋代的城墙下父亲和一位年轻女人的身影。"姥爷家的杞国"则在古都开封的城楼外为少年营构出古老的杞国世外之地，从老姥爷中举的往事，文魁的匾额门第，到姥爷历经国共两党的对峙、大舅参与抗日斗争，讲述母系孟氏家族三代人的生命历程。

新中国成立后，齐楚担任了首届 H 省人民政府主席，"我"姥爷、二姥爷作为党外民主人士，被分别安排为省政治协商委员会委员、省人民代表大会代表。三姥爷作为爱国开明士绅，在土改时没有受到批斗，只是没收了所余四百多亩包括大同花园在内的土地和十四座院子中包括客房院在内的十三座院子，还没收了姥爷在省城沦陷前夕用骡马大车拉回老家的二十四车藏书。

对父亲来说，当年在燕大读书期间，看到郑振铎编选的《白雪遗音》上收集的明代著名曲目，竟是自己儿时听乡间艺人传唱的段子。因之立志在流亡南阳期间收集曲目，以免"广陵散"之叹。"我"和父亲来到故土桑园，也掀开尘封的家族故事。

> 老爷爷扛了四年长活，这就使他有了充分时间去营造一个庄稼把式的权威，同时去创作流传至今的风流故事。
>
> 老爷爷和老奶奶都由于较少地接受文明的教化而躁动着人类幼年时代的野性，昏暗狭小的长工屋似乎容纳不下他们的风流故事，要回到大自然的怀抱才更能点燃爱的欲望和燃烧欲望的激情。老爷爷从长工屋后墙上越窗而出，再抱着老奶奶穿过紫穗槐的绿荫，来到一个池塘旁边，那里有一块伸进池塘的楔形小岛，水杞柳在岛上擎起了一把绿伞，厚茸茸的草地上盛开着洁白和粉红的绿百合花，毛茸茸的野麦穗挂着晶莹的露珠，映着天上的星星。①

作品通过叙述几个家族不同类型的人物命运沉浮，写出在大动荡的历史面前不同的选择，既有知识分子文化操守，又有民间力量的自然形态。其间有接受西学的博士，有传统文化的举人，有职业革命者，也有致力于整理民间文化的大学教授。他们性格各异，命运不同，各自牵系着家族的历史和时代运动：外族入侵、国运兴衰、政党争斗、政权更迭，他们的身世和遭遇也展现出 20 世纪动荡历史中知识分子的飘零命运。

其间，父亲的形象更是与开封城血脉相融。从北平回到 H 大学任教后，父亲每当学校放假，就翻山越岭苦寻古曲《劈破玉》。而历尽艰辛完成名曲《劈破玉》合成曲谱的翻译之后，父亲以《鼓子曲谱》为书名自费出版，并开始进行理论阐释的《鼓子曲言》的写作。父亲之所以历尽艰辛，四处寻访鼓子曲，除了个人爱好，更重要的是文化传承的责任感。曲子与曲谱，同为五百年来无名作者不断创造与修改的结晶，是中华文化瑰宝，不能任其在战火中陨落。《鼓子曲言》的"题记"中谈及为何拼命追寻《劈破玉》，就因为担心其如嵇康的《广陵散》，永远消失于人间。陈平原在阅读作品中发现小说将父亲的去世时间比事实推前 8 年，"让'父亲'在解放军攻打开封的战火中丧生，是为了表彰他治学勤勉，乃至为学问而殉职，还是另有隐情——比如像我一样认定张长弓学术上的高峰

---

① 张一弓：《远去的驿站》，长江文艺出版社 2002 年版，第 136—137 页。

是《鼓子曲言》，解放后接受思想改造，紧跟形势，其著述乏善可陈？起码穿上军装的堂舅劝慰母亲的那番话，我不觉得是作家的主旨：'他们的父亲在黎明前离去，你要站起来迎接黎明。'这里不想强作解人，多费心思去猜测作家的'原意'，我只谈阅读印象：这是一位以《鼓子曲言》为学术生命、与开封城的毁灭与新生有着密切联系的文学史家"①。

小说书写三个家庭三代知识分子忧国忧民、追求光明、报效国家的艰难历程，无论是作为中国共产党职业革命家的姨父、激进的爱国民主人士大舅、潜心治学的教授父亲，都在抗日战争的历史背景下，在各自的生命历程中诠释出民族家国大义精神。这些家族的传奇故事和心灵秘史，呈现出中国传统文化造就并接受外来文化影响的最初一批人，既有早期的革命家和接受西学的士绅，又有教授、留洋博士和私塾先生，以诗性的叙述在家族史中融入了中原的历史传说和民俗风情，展现出独特、厚重的民族文化底蕴。

---

① 陈平原：《不忍远去成绝响——张长弓、张一弓父子的"开封书写"》，《文学评论》2012 年第 2 期。

第七章

欲望化的城市景观

消费社会是文学艺术等文化形式世俗化的基础，物的"丰盛"是消费社会形成的物质前提，商品化是消费社会的基本逻辑，符号操纵是消费逻辑的核心，盲目拜物的逻辑形成了消费的意识形态。"消费文化的实质就是在人类生存的基本物质需要之外不断地增加符号的、表象的、幻象的产品，从而推动着文化活动从生存、繁衍和安全向交往、体验和幻想扩张。"[①] 在消费社会的大背景下，书写生存困境、生活欲望是如何侵占人们的心灵成为重要问题，而作家根据自己的感受方式和想象图景也描绘出多样化的城市景观。

一 房子的问题

焦述的长篇小说《房子，房子》（作家出版社 2011 年版），直逼近年来现实生活中因房价暴涨带给普通人的生存困扰。小说将开发商、政府联结起来，以小视角打开大问题，追问房价暴涨这一风潮的因由。小说通过讲述一名小人物、有着优秀品质的有为青年，因为房子耽误结婚，带来的各种人生困惑，甚至导致个人奋斗都失去目标和方向，感到茫然、不知所措。期待通过自我奋斗实现人生价值的优秀青年遭遇到房价暴涨的时代难题，进而陷入人生困境。然而，在时代浪潮中，个体的力量如此微弱，最终也只有寻求自我解脱，以不买房的方式退出这场疲惫的、无望的奔跑。

任宁是 2000 年从一所名牌大学毕业的，在土木工程和道路桥梁

---

① 高小康：《当代审美文化的消费本质与时代特征》，《学术研究》2006 年第 3 期。

专业中，这所大学当属全国一流。也是这个缘故，他顺利地被平原一家建筑设计院录用了，干起他攻读的土木工程专业。参加工作第三年，任宁被破格评定为工程师，这期间，他的同仁同窗，不少人忙起买房，筹资金、跑贷款。

任宁是一个很自信的人，想，怕什么，房子只会愈来愈好，无论户型设计，还是施工质量，甭听炒房人胡诌，房价要涨、还要猛涨的鬼话。任宁相信政府，更相信国家，这种可贵的信任感是日积月累积成的，无论是他出生的家庭，还是他就读的学校，都是理想的。在这种环境熏陶长大的任宁，怎么能不信政府而被旁门左道的歪风忽悠呢。①

就是这样一个有理想、自信、生机勃勃的青年，在买房问题上面对攀升的房价被弄得灰头土脸、垂头丧气。即便如此努力前行，他也追逐不上房价暴涨的大趋势。

自任宁赌气不再买房，卖房子的主儿并没有因为不计其数的任宁气不过而压低房价，反而，房价一路攀升，一发而不可收了，也怪依然有那么些人，对与日增高的房价面不改色心不跳，大把大把地掏出票子购房，真不知这些人从哪里弄来这么多票子，有人一出手竟买下一幢楼，听说那都是大老板，票子多得没地方放，就押到房子上了。至于买三套两套的主，也大有人在，更多的是小打小弄的买主，像舞台上跑龙套的小二，东拼西凑弄够一套房的首付，已累得精疲力尽了，再与银行按揭一番，后期房费要挤上三十年二十年的节衣缩食生活，为了住上一套房子，浑身的油水已被榨干了，且透支了大半生的精气神，未来的生涯，从精神到物质，都被房子和票子这俩魔鬼吸干了啊！②

其实，书中描写的房价怪现状就是令很多人垂头丧气的社会现实。新世纪以来，房地产的脱缰狂奔牵动所有人的神经。据国家统计局统计，

---

① 焦述：《房子，房子》，作家出版社 2011 年版，第 1—2 页。
② 焦述：《房子，房子》，作家出版社 2011 年版，第 87 页。

2003 年 1—11 月，全国商品房价格比上年同期上涨了 4.6%，但北京的涨幅要高近一个百分点。随着全国楼市的变化，郑州的房价也在高歌猛进，网上有言："在 2007 年至 2017 年十年之间，房价从 2007 年每平 4863 元，到 2017 年，涨到了 13218 元。以一套 100 平方米的房子为例，10 年总价的涨幅是 84 万元，每年涨 8.4 万元，每月涨 7000 元，每天涨 233 元，每小时涨 10 元！"冰冷的数据背后是很多刚需族望房兴叹的无奈人生故事，尤其是对于年轻人来说，跑不赢的房价更成为生活的重负。

焦述的创作一直紧跟社会现实，他之前曾挂职副市长多年，创作出《市长日记》《市长后院》等系列小说。写作房子问题，是在 2002 年回郑州后，来到一家房地产公司体验生活，两年多的时间中，他开始审视这一切发生的原因和未来的走向，试图以作家的责任感让政府意识到这一社会现状和问题，并找出对策，能够惠及普通人。作品描述了房地产商、政府官员、媒体及炒房者，全方位地剖析房市现状。

不可否认，自 1998 年住房制度改革之后，我国房地产市场迅猛发展，既带动了经济增长，也改善了人民群众的居住条件。但与之伴随的是房地产市场的非理性发展，在房地产商、地方政府、银行、购房者等实现自身利益最大化的过程中，也导致房价的暴涨。购房压力和大额房贷使得普通居民背着沉重的负担，房地产市场的膨胀增长也会加剧金融风险，影响实体经济和社会有序发展。

在《房子，房子》中，焦述触及敏感的社会问题，即房价上涨对普通青年奋斗信心的伤害，以及上涨过程中房市的失控，造成的社会不良影响，作者也对这一问题做出反思。在作品出版时，更是持续几年的愈演愈烈之风，"蜗居""蚁族"等字眼频频出现在大众传媒及社会舆论中。因为高房价无法安放理想与现实，越来越多青年选择"躺平"，房子问题也引起政府和社会的重视，稳房价成为亟待解决的问题。

无独有偶，乔叶的非虚构小说《拆楼记》，也在关注城市化进程中极为敏感的房子问题和拆迁乱象。小说通过追踪采访，还原事件真相，将其写成"一个纤毫毕现的人性标本，一部独特鲜活的社会档案"。故事发生在"我"姐姐家所在的张庄，即将成为市高新区的组成部分，姐姐和同村人想趁着土地被征用之前抢先盖楼，以获得更多的政府赔偿。为了帮助姐姐脱贫致富，"我"也参与其中，成为幕后军师。楼盖好之后，政府部门采取措施，使村民组织的统一战线很快瓦解。作者反思了在现实诱惑和利益胁迫面前，人们何去何从的问题。

故事开篇是"盖楼记"：

> 几年前，市政的规划图一下来，未来路主道一通，张庄就要被整体搬迁的传闻一出，有先见之明的姐姐立马便用上了所有的积蓄，又朝我借了 3 万块钱，把自己的主房掉了个 180 度的方向，将它翻成了坐北朝南的两层新楼房。一楼自住，二楼出租。后来，她又一点点地在房前空地上加盖起了储藏室、厕所和厨房，最终形成了一个 16 米宽、6 米长的院子。自此，原来那座简陋旧小的阴宅瓦房就连蹦带跳地升级为一栋完美的阳宅楼房。每当走进姐姐家，看到院子里种的各色茵茵蔬菜，我就不由自主想篡改海子的诗句：面朝大海，春暖花开。①

但盖这么美的房子不是为了自住，而是为了拆掉，为了拆掉的时候多要些政府补偿，试图以六七万的成本换取二十四五万的纯利润。故事下半部是政府和村民斗智斗勇的拆楼记，而在这个过程中，胜利者却是 GDP。"别的不说，拆迁给咱地方经济增长了多少？老厉害了！拆拆盖盖的，那么多人都有事干了。铺地板砖的工人一天都能挣 500 块！俺这饭店的生意也都托了拆迁的福，多挣了不少。"②

伴随着城市化进程的，也是一部部拆迁史。长期以来，我国经济活动主要靠政府主导的投资特别是房地产投资推动，各级政府官员为增长而竞争的政治锦标赛自然引发更大规模的城镇化和旧城改造运动，征地、改造导致的住房拆迁甚至强拆现象不可避免地产生。拆迁另一方面可能源于各级政府对国有土地的需求，而需求国有土地是为了通过"招拍挂"形式出售给房地产商获取高额土地出让金等预算外财政收入，进而填补地方财政亏损。而对于拆迁户来说，赖以生存的家园土地被征收，也存在情感割舍的问题，因此，觉得多要多占是属于合理诉求，符合有便宜就要占的国民心理。"城市拆迁中钉子户出现的原因，多是他们对拆迁补偿不满所致。'钉子户'的抗争，一方面是心理学意义上的'被剥夺感'；另一方

---

① 乔叶：《拆楼记》，河南文艺出版社 2012 年版，第 13—14 页。
② 乔叶：《拆楼记》，河南文艺出版社 2012 年版，第 226 页。

面是基于利益的诉求，他们的行动多是以更多的经济补偿为目的。'钉子户'敢于利用各种策略进行利益表达，而他们只是无数拆迁户中的极少数，更多的人是'沉默的大多数'。"① 这也是乔叶《拆楼记》中斗智斗勇、合纵连横企图占据更多利益却最终斗争失败的故事。

自 1998 年开始住宅商品化之后，房子一直成为社会焦点问题。显著的变化发生在 1998 年，住房正式实行货币化，住宅类商品房销售面积首超 1 亿平方米，并且之后增幅也明显扩大，仅仅 4 年时间就实现 1 亿平方米量级的飞跃，在 2002 年实现 2.37 亿平方米。在 2008 年底"四万亿"的刺激之下，2009 年住宅类商品房销售出现大幅反弹，直上 8.62 亿平方米。商品房销售面积，2013 年一举突破 10 亿平方米大关，达 11.57 亿平方米。作家们关注此领域也表现出与城市化进程的同构性，以文学视角进行观察与反思，同时呈现出一部部鲜活的社会发展史。

从《拆楼记》开始，乔叶自觉参与了"非虚构"的创作潮流。《人民文学》自 2010 年第 2 期开设"非虚构"栏目被认为是一个标志性事件②，意味着向来以"纯文学"写作为主的"国刊"对"走进生活现场"的推动，以及对于文学多元格局的渴望。"非虚构写作计划"呼吁作家走出书斋，走向民间和生活现场："借助于社会学和人类学'田野考察'的方法，力图通过'客观叙述'，从不同的侧面向读者呈现底层生活的真相。警惕价值观念和审美观念上的'先入为主'，直接进入生活现场去发现生存的秘密。"③ 非虚构文学被认为是在"文学和现实、读者建构关系的重要通道。孤芳自赏的文学可以存在，'小众文学'也自有其价值。但是，在社会发生巨大转型的时代，我们有义务和责任关心国家和民族的发展及命运，从而使文学再度得到民众的信任和关心"④。据乔叶回忆，在与李敬泽关于非虚构写作的聊天时，谈到自己姐姐家村庄拆迁的故事，并在对方的鼓励下将之写出来。

---

① 陈绍军、刘玉珍：《城市房屋拆迁中"钉子户"的博弈逻辑——以 N 市被拆迁户为例》，《东疆学刊》2011 年第 1 期。

② 龚举善：《"非虚构"叙事的文学伦理及限度》，《文艺研究》2013 年第 5 期。

③ 张柠、徐珊珊：《当代"非虚构"叙事作品的文学意义》，《中国现代文学研究丛刊》2011 年第 2 期。

④ 孟繁华：《非虚构文学：走进当下中国社会的深处》，《中国社会科学报》2011 年 4 月 12 日。

所以，乔叶笔下的《拆楼记》有图有真相，甚至在故事开始前就绘制一张地图，关于姐姐家张庄的地理位置以及拆迁的必要性、可能性以及争斗的砝码。拆迁是近些年来新闻、文学不断涌现的题材。从 1984 年城市化改革以来，拆迁就成为一代又一代人的成长记忆。1991 年国家颁布《城市房屋拆迁管理条例》，强调 "为加强城市房屋拆迁管理，保障城市建设顺利进行，保护拆迁当事人的合法权益，制定本条例"，并于当年 6 月 1 日实施。在 1993 年出版的贾平凹长篇小说《废都》中，我们就读到庄之蝶看到老宅院就要变为体育场，以及各种有历史的老房子在推土机面前成为废墟，而他所能做到就是一遍又一遍在推土机的轰鸣声中重温那些古老的城市记忆，或者捡两块砖雕搬回自己家。此后，随着城市建设的广泛推进，拆旧城、建新城的你追我赶，拆迁史伴随着一代又一代人的成长体验。而暴力拆迁、不法拆迁也成为新闻争相报道的主题。余华的长篇小说《第七天》就写到暴力拆迁的故事，小女孩的父母被野蛮拆迁埋于废墟之中，同时故事的真相也被掩埋了，没有人知道他们是拆迁的牺牲品，而失去父母的小女孩只能在废墟之上哭泣……

这样的故事告诉我们现实的荒诞，回应了时代的热点问题。相较而言，乔叶把别人的故事写成自己的故事，"我" 成为拆迁的参与者。而整个张庄面对拆迁首先是选择盖楼，整个张庄在密谋加盖楼房，有 "我" 当年的老师，"我" 的亲姨、姐姐，"大家亲密地团结在以攻破王强为核心的盖楼计划周围，声东击西、外松内紧，形散而神不散"。"我不得不承认"，"农民有农民的狡猾；农民有农民的智慧，农民有农民的情理，农民有农民的逻辑"①。在历经公开上访、私下打探、找领导等各种操作之后，张庄还是被拆掉了。乔叶以一个复杂的抗拆故事，还原了作为主体的拆迁户，他们的内心对利益的盘算，对法律的蔑视以及自成一体的农民逻辑。

诚如乔叶所言，之前的故事多是关于爱与暖，《拆楼记》写个残酷生活的故事，她没有将 "我"，这位外来的知识分子形象高尚化，反而去成为对抗公序良俗者，包括 "我" 曾经的老师也因德高望重成为对抗拆迁的主要力量。《认罪书》《黄金时间》都是如此。乔叶曾在访谈中提及，她的写作起因是作为个体，不应该去将所有的错误、罪恶置于他人，而应

---

① 乔叶：《拆楼记》，河南文艺出版社 2012 年版，第 55 页。

反思自我作为参与者应该承担的历史责任。然而，即便生活与现实本身都是非虚构，文学作品能代替作家完成人性的自我博弈与修复，也是一件有意义的尝试吧。

二 都市情感新状态

在河南作家中，关于城市人情感状态的书写，杨东明着墨较多。在城市生活背景下，以两性情感纠葛为主要叙述内容，表现都市人的情感生活和婚姻状态，世俗化的生存状态，传递出所蕴含的社会群体心理和文化价值观。

杨东明写过多部城市情感系列小说，被其称为性爱思辨系列，他也是较早关注城市人情感和心理状态的作家之一。《问题太大》一开头的楔子，就是物化的城市景观，故事背景被设定为潢阳市。

> 安雅小区的知名并非因为这里的商品楼档次高，与那些坐拥众多别墅式洋房的住宅区相比，安雅只不过是由二十几幢六层公寓楼组成的普通住宅区。安雅的知名是由于它的绿地，它的围栏。安雅是最早引进那种欧式草坪的，安雅的通透式围栏典雅而气派，栏尖犹如王宫卫队的长矛，栏上每隔一段距离就有一盏照明灯，颇似 18 世纪欧洲王公贵族们马车上的风雨灯。[1]

故事则是围绕一场婚外恋展开。乔果是一位颇有姿色的城市女子，在工作中备受骚扰，虽一直洁身自好，却不经意间卷入一场婚外情感；她既对丈夫、孩子心怀愧疚，同时又难以割舍情感：

> 想到不得不用谎言处处设防，欺骗丈夫，乔果就觉得自己很卑劣。惟一能让乔果聊以自慰的是，这欺骗是为了爱情。
> 是爱情吗？
> 是的，在每分每秒没有卢连璧的时光里，乔果都会思念他。既带

---

[1] 杨东明：《问题太大》，河南文艺出版社 2001 年版，第 1 页。

着兴奋和甜蜜，又带着涩涩的苦意。想见到他，却又怕见到他。每次
分手的时候，都在心里流着泪说，这是最后一次了，最后一次。

　　不，这不是爱情。乔果能够品味出来，在这种思念里蕴含的与其
说是幸福，毋宁说是压抑和忧郁。爱情不应该是这样的啊……①

在作品中，爱情更多的是人类游戏，是一种新鲜和刺激。

　　当初乔果与丈夫阮伟雄拍拖的时候，也经常约会，也经常看电
影。两人拉着手依偎在一起，感觉到的是一种平稳的温存和幸福，那
情形就像在风平浪静的内河里行船，心情恬淡而舒适。与卢连璧的约
会则风光迥异，不但有初涉情场的新鲜感，还有一种隐秘的偷偷摸摸
的刺激感。那种心情就像在弯弯拐拐的山道上飙车，颠颠荡荡跌跌撞
撞张张狂狂……

　　乔果觉得自己这样"很坏"，可是，她又无法控制自己，让自己
从那飙升的车子里脱出来。②

　　故事主线是一个女人和三个男人的故事，作者很是耐心地做着情感分
析。对于乔果来说，她对丈夫是有感情的，爱丈夫、爱孩子、爱这个家，
相濡以沫的依恋，割舍不断的亲情，无可推卸的责任和义务，紧紧地维系
着他们。然而，她却无法从丈夫那里得到性的快乐，和情夫卢连璧是性爱
的快乐，是人类的天性追求。而爱慕者刘仁杰则是提供一种精神上的吸
引，对方可以将其带入如诗如画般的意境里。但她也在情感纠葛中沉沦，
最终乔果阉割了情夫，自己也选择自杀。

　　《谁为谁憔悴》（作家出版社 2005 年版），写都市女性钟文欣年轻时
被包养、因出轨被遗弃，又被男友抛弃，却恋上一位男妓的故事。涉及都
市情感的虚拟网络聊天室，以及空虚寂寞的富婆对情感和性的需求。而男
主角石大川，出身乡下，毕业后做一个乡镇学校的老师，因见过世面，不
愿意像父辈那样重复贫瘠的人生。都市繁闹的商业大街告诉他什么是阔气
有钱，灯光变色的歌舞厅告诉他什么是轻松快乐，觥筹交错的酒楼饭店告

---

① 杨东明：《问题太大》，河南文艺出版社 2001 年版，第 120 页。
② 杨东明：《问题太大》，河南文艺出版社 2001 年版，第 139 页。

诉他什么是奢华享受,豪华的别墅群告诉他,什么是另一种生活……后因家庭重负和个人的爱慕虚荣选择做男妓,恪尽职守做着"陪"的本分。

而对于女主角钟文欣来说,她的人生同样是悲剧。年轻时被上司诱奸,又被台商包养,爱上了钢琴老师韩冰,却因感情败露导致韩冰遭台商的报复,被挖去一只眼睛。韩冰离开了她,台商抛弃了她,在最脆弱的时候,和家里的男佣有了孩子。女儿长大后一直在寻找父亲,招致台商家属的奚落以及韩冰的冷遇。而她的真实父亲却因钟文欣嫌其不够体面一直无法公开身份,女儿因此患上了心理疾病。钟文欣同样也因男妓石大川形象酷似韩冰,对其产生深深的依恋,并选择包养他,不惜伤害女儿的情感。

《拒绝浪漫》(作家出版社 1997 年版),主人公是青年企业家楚枫,外表光鲜,却有着难以道人的苦楚,父亲楚正人因母亲瘫痪而强暴在家做保姆的妻子侄女秀秀,后两人长期保持关系,秀秀婚后不堪其扰,选择用毒蛇杀死了楚正人。因担心丑闻败露影响自己的公众形象和事业,楚枫劝秀秀自杀隐瞒真相。妻子韦怡美因误会丈夫出轨而偷情,后两人离婚。楚枫后来遇到了情投意合的爱人——在电视台工作的孟娴,却因京城有背景的李雅雅看上他,而选择和后者结婚。两人就连接吻都像两个大公司的老总在握手,这种强强联合虽无爱情,却也算有着志同道合的默契感。在回答孟娴"作为一个企业家,你向往生活追求的是什么"时,楚枫清醒地回答:"我要的是成功,是一种人生的成就感。这个时代是不需要浪漫的,你必须拒绝浪漫,硬起心来一步一步朝前走,才能走向你的成功。"[①] 而故事又抛出一个意味深长的结尾,作为成功企业家的楚枫会在想,自己活得那么累,是不是该和情人一起轻松一下了。现代城市爱情的缥缈,对于事业人生的追求,以及婚姻的不可靠性,成为新的时代城市病。

对于杨东明来说,他一直试图剖析城市人的心理状态,并运用很多人性分析法,以他们的经历来反映出行为和心路历程。如《问题太大》中的蔡太太,作为一位独居老人,只因听到苟且的声音,出于对其他女性的嫉妒和个人的阴暗心理,三番两次去找卢连璧的太太揭发奸情。而《拒绝浪漫》中的楚正人,虽是个坏人,强奸并长期占有妻子侄女秀秀,但也是因为妻子的瘫痪,无法进行夫妻生活,因而对秀秀产生不轨行为。当

---

① 杨东明:《拒绝浪漫》,作家出版社 1997 年版,第 322 页。

秀秀嫁人逃离这个家之后，他又生出难以忍受的失落感。只要站在厨房，"就仿佛看到秀秀微微垂着头，附在水池边洗菜的样子"。"菜刀把上，留着秀秀的体温；菜盘边上，留着秀秀的指痕；炒菜的油香弥漫开来，楚正人又会隐隐地嗅到秀秀那略带油烟味的体香。"他几乎成了一个神志恍惚的梦游病人。在这种心理下，他一次次去骚扰秀秀。而对于秀秀来说，心里的恨意与日俱增，在"他要毁掉我，我就毁掉他"的心理暗示下，秀秀将其毒杀。这些细腻的描写、心理的剖析和离奇的情节揭开城市的另一面向，也使得人物行为符合逻辑。

与诸多作家有着乡土经验不同，杨东明自幼生长在城市，后工作在城市，因之，他的作品一直以城市和青年为书写对象。他通过情爱故事走入家庭，并尝试剖析都市社会，由家庭的复杂关系网络展示都市生活的众生相。《拒绝浪漫》中的楚枫是一位有着高素质的知识分子，他是一位企业家，也有着自己的思想，他穿梭在市场、官场、文场和情场之中，"显示出其作为企业家独特的生命姿态和人格精神，表现出其独特的存在价值，也可以说，成为这个时代的风流，或一种风流人物"①。市场经济是否要拒绝浪漫，小说通过概括市场经济时代人的精神情感状况，塑造了一个充满无限机遇的时代，一个文化观念重新建构的时代，杨东明也被认为是闯入时代生活中心捕捉时代主潮的典型。

三　《欲望》与突围的可能

墨白的长篇小说《欲望》2013 年出版，这部 57 万字的作品，故事时间跨越 30 年，分为红卷、黄卷、蓝卷，讲述谭渔、吴西玉、黄秋雨三个同年同月同日生、同乡同学的人生故事。设定这样的巧合，也是从不同角度阐释同一背景的人如何"沉溺"于欲望的汪洋大海。诚如作者在后记中讲述，对权力的欲望，对肉体的欲望，对生存的欲望，欲望像洪水一样冲击着我们，欲望的海洋淹没了人间无数的生命，有的人直到被欲望窒息的那一刻，自我和独立精神都没有觉醒。作品的写作始于 90 年代，也许

---

①　孙荪：《当代都市　孰为风流——杨东明的长篇新作及其小说中的人物考察》，《中州大学学报》1997 年第 2 期。

是因为那时欲望比性格更能代表一个人的存在价值，欲望书写成为90年代文学的重章华彩。从《废都》到《我爱美元》《私人生活》《一个人的战争》，对本能欲望书写成为摆脱意识形态压抑后的重要文学现象，也留下了许多具有代表性的历史横断面作品。但墨白的执着并不仅仅限于此，而是将欲望叙事与改革开放三十年的时代背景紧紧缠绕。解读这部作品，去剖析作者如何呈现一代人的欲望，可以发现作者对人生、人性的总体反思，这对于一代人的成长史、精神史也有着更为重要的意义。

　　墨白的写作更为关注人心、人性的幽暗之处，他在"欲望"三部曲中对自己的写作理念也做了很好的阐释，我们所有有着乡村背景的人，来到城市，做人的尊严都会受到挑战。在过去的城乡二元对立的国策里，农民失去了作为人应有的尊重和尊严，多年的不公形成了他们自卑的心理。现在他们来到了城里，他们的价值观、道德观都受到了强烈的冲击，他们会感到无所适从。在我们中国的历史上，从来没有像今天这样有这么多的农民离开自己的家乡和土地，这个社会是一个动荡的社会，面临着巨大的心理混乱。这个心理混乱，一方面是由于生存的困境带来的，另一方面是由精神的困惑所带来的。虽然墨白一再强调他的乡土联系，但作为知识分子"进城"与农民工的心理还是有着很大区别，这也使得他更为注重精神领域的挖掘。对于墨白来说，城市就是在这样的欲望之中无休止地膨胀着，空气中充满了铜臭的气味，但又是那样的冰冷，那样的缺少情感。同时和墨白走入城市的孙方友，用现实主义的笔法建构小镇人物，而墨白却执迷于先锋写作，"冰冷"也许是我们理解其写作的关键词，那就是无法找到温暖的力量。作品中，谭渔和"红颜"叶秋的交往是难有的温情细节，如叶秋品读他的作品，为他举办文学座谈会。

　　　在后来的许多日子里，那次有关文学座谈会上的许多细节都被谭渔淡忘了……但他却为自己成功的讲演暗自得意。那天他讲得很投入，讲他的身世，在讲述他苦难的经历时谭渔流下了真诚的泪水，以致使几个女孩子也都伴着他流泪，那天他们一起走出那幢教学楼的时候，叶秋激动地对他说，讲得好，讲得太好了。……叶秋说话的声音化成了一支曲子时常在我的感觉里响起来。在他们分别握手时，谭渔在夜色里拉住叶秋的手，他用了一下力，又用了一下力。那只手仿佛已经不存在，存在的只是一种情感，一种情感的相互传递，这是那天晚上留给谭渔最深的印象。①

但叶秋的身份是城市女人，她虽然被设定为一个脱俗的女人，曾因看不上丈夫的铜臭气而离婚，却有着现代城市的认同法则，她又会这样教育谭渔："看来只有你这样傻了，你知道现在是啥年代？谁还这样一心一意地做学问？你看人家都在干啥，都在捞钱。""你想成为大家，就得砍断你的根，你应该远走高飞，你身上的包袱太重了！"心灵之友也是如此的认知逻辑，谭渔唯有写诗表达自己的孤独，却又发现"没有文字能表达我的忧伤"，终于沉溺于欲望，和妻子离婚，和小慧、小红发生关系，放纵自己。作品中，越来越多的人在欲望中迷失，有金钱欲（汪洋、钱大用、谭渔）、名利欲（于天夫、吴西玉）、性欲（谭渔、小慧、小红、尹琳、吴西玉、五仙女、黄秋雨、米慧等）、表现欲（钱大用）、倾诉欲（赵静、尹琳）。

对于吴西玉来说，牛文藻这个十足的性冷淡者常常把他搁置在一种备受欲望煎熬的境地里。多年来，自己常常过着这种苦不堪言的日子。而黄秋雨的老婆不懂爱情，也为他的放纵和爱情缠绵寻找人性的理由。社会学家告诉我们："提高社会等级的欲望的受挫，不仅意味着必须放弃提高生活水平的希望，而且还意味着社会尊重也遭到破坏，以及随之而来的自尊的丧失。""拉斯威尔已经证明，一旦'成功的自我'以前的理想被搅乱以及以前的态度被弄得无目的，旧的冲动便向内转化，并采取自我惩罚形式，从而退化为受虐狂的，或心理上自我毁坏的放荡。"② 于是，谭渔和妻子离婚，在情人叶秋之外，他还在小慧、小红的诱惑中自我放纵，甚至自己都发生质疑，"是什么驱使我来这里呢？是爱情吗？我都快四十岁的人了，我为什么还会这样呢？我是一个灵魂肮脏的人吗？"吴西玉也会沉溺于肉欲的放纵和黄秋雨一段又一段的浪漫游戏。虽然墨白执着于"先锋"写作，先锋更多指向技巧，作家总是讲故事的人。我们不能不联想到他在作品后记中刻意表达的"人的尊严是我写作《欲望》时思考最多的一个问题"。

墨白是学习绘画出身，对色彩有着更为深刻的认知，作品分为三卷：

① 墨白：《欲望》，湖南文艺出版社 2013 年版，第 121 页。

② ［德］卡尔·曼海姆：《重建时代的人与社会：现代社会结构研究》，张旅平译，译林出版社 2011 年版，第 84 页。

红卷、黄卷、蓝卷。我们记得闻一多那首诗歌《色彩》：生命是张没价值的白纸，/自从绿给了我发展，/红给了我情热，/黄教我以忠义，/蓝教我以高洁，/粉红赐我以希望，/灰白赠我以悲哀，/再完成这帧彩图，/黑还要加我以死。/从此以后，/我便溺爱于我的生命，/因为我爱他的色彩。墨白在《欲望》中以三原色为主轴，调出形形色色的欲望。小说的精神是复杂性。每部小说都在告诉读者：事情要比你想象的复杂。作品中，种种欲望和放纵不仅没有改善烦恼人生，反而加速自我毁灭，在作品中，我们可以看到各种各样欲望导致的悲伤以及死亡。作品开篇，锦的姥姥死去，锦的自杀，锦的儿子小渔的死，汪炳贵的死，车祸撞死的女人，季春雨父亲的死，季春雨杀人及被抓，涂文庆强奸杀人，于天夫死于癌症，七仙女的儿子被绑架杀害，吴西玉的车祸，黄秋雨死于谋杀，粟楠因车祸成为植物人。形形色色的离婚与背叛：雷秀梅的夫妻争吵，小慧父母闹离婚，谭渔离婚，陈浩的离婚，叶秋离婚，汪洋离婚，吴西玉与尹琳的婚外情，牛文藻母亲的性丑闻，杨景环闹离婚，陈仙芝闹离婚。以及各种形式的疯狂，如锦的疯、七仙女的疯，牛文藻的疯狂行为等。

　　这种无关善恶、没有明确道德指向的压抑性叙事方式也被有的研究者视为"零度写作"，但这又无法涵盖作家对人生、对时代的发问，对历史的反思。在作品中，他会让小慧来质问谭渔："什么东西能代表我们的这个时代呢？"在关于历史的叙述中，又有意植入各种历史事件，尽管三部曲以明亮的红、黄、蓝开卷，作品的底色、基调总是灰暗、阴晦的，每个人都找不到自己的方向，只能在欲望中毁灭：如谭渔回不去的乡村，吴西玉的车祸与仕途终结，黄秋雨死于非命。

　　作家总是"讲故事的人"，不管他用何种方式。然而，90年代以来，30年来的中国故事在作家笔下并没有得到充分重建，也有批评家将其称为"介入现实的乏力"，尽管有各种因素，但30年来社会的缺乏同构性也是不争的事实，所以，余华才会说出"我们生活在巨大的差距里"，阎连科才讲"现实的荒诞正在和作家的想象力赛跑"。跳跃性、快速发展的社会形态也给更多的人带来不适之感，作家的自我人生都是断裂的，如何表达多种复杂经验成为令人困惑的命题。这使我们不得不想到墨白，前半生的坎坷经历，终于靠着写作走入城市，却面临着90年代的文学转型，当众多的先锋作家经过市场规训和自我调适重回现实主义的写作旅程中，墨白却坚守先锋写作，用梦幻、记忆来建构自己的文学世界。"孤独"一直是《欲望》三部曲中挥之不去的话题。墨白生于 1956 年，从出生到成年、青年都是高度一体化的共同社会，他和同代人莫言、阎连科有着相似的人生经历，饥饿、生存所带来的没有尊严，家庭成员的"历史问题"所带来的种种受挫，但却是最有责任意识的一代，因为他们的出生、成长是和共和国同构的，即便是被誉为"海派传人"、最擅长城市书写的王安忆，也自我强调是"共和国的女儿"，所以，他们的故事总是带着极强的社会意识。从这个角度，我们或许可以找到墨白在欲望化城市中，试图以"颍河镇"作为根据地，重建"精神原乡"的努力。

> 从 1980 年的 9 月到 1991 年的 12 月，整整十一年零三个月，这段时光我是在故乡的小学里度过的。……现在夏季的太阳还没有升起，城市如林的楼房如海的绿色树冠已经开始泛出热意，楼下穿梭的汽车和远处倾吐灰烟的烟囱，使我感觉到我离那段宁静的乡间生活越来越远了，我怎样才能在这个崇拜金钱和权势的社会里，抵达那段生活清贫而精神富足的时光的腹部呢?①

在这里，作者将外部世界诠释为金钱和权势，而试图抵达理想的内心，生活清贫而精神富足。现代化、城市化既是社会进步，也是资本逻辑、财富逻辑、发展逻辑、理性逻辑的同步建构。对于墨白来说，文学的问题首先应该是心灵的自省和自救。在作品中，灰暗、坚硬、冰冷的城市被欲望、恐惧包裹，只有遥远的故乡是温暖的腹地、理想的所在。因此，作者通过梦境、幻想和记忆来寻找精神自足的力量。正如马尔库塞在《艺术作为现实的形式》中提出的，真正的艺术作品，我们时代的真正的先锋派，完全不遮掩艺术与现实之间的这种疏远，完全不减弱两者之间的差异而是扩大差异，并且强化它们自己同所给予的现实之间的不可调和性。

所以，作者会用庞大而驳杂的《欲望》三部曲来诠释自己的写作理念，在城市欲望巨大的吞噬力中，谭渔从《裸奔的年代》中的主角，失去乡土身份却难以融入城市的挣扎者，到《欲望与恐惧》中的看客，再到《别人的房间》中黄秋雨的故事揭秘者，通过立体交叉的方式建构一

---

① 墨白：《鸟与梦飞行》，河南文艺出版社 2016 年版，第 173 页。

代人的生存困境。90 年代以来的中国社会给一代人带来极大的精神不适，也许是怀恋 80 年代的理想主义和人文情感，也许是精神世界坍塌之后重建努力的种种失效，也许是荒诞、碎片化的现实难以言说，更容易导致介入现实的困难。《欲望》如何来表达这个时代，作品并不明晰，那不断穿插、跳跃的历史，那灰暗、晦涩的梦境，都在有意模糊我们的阅读视野，但一个个灰暗的欲望故事却也暗合了作者对欲望的理解，所以，我们会看到欲望所招致的人的毁灭。从谭渔的精神坍塌，到吴西玉的不知所终，再到黄秋雨的死于非命，都是一个个黯然神伤、悲惨无比的欲望故事。

四　想象的共同体与特殊性

阎连科的长篇小说《炸裂志》，2014 年由上海文艺出版社出版。故事开篇简要介绍了炸裂村的古老历史以及新中国成立以来的革命史。革命史纠缠着宗族史，朱姓与孔姓的斗争，以孔东德以莫须有的反革命罪行被判入狱劳改。然后峰回路转，有一天，被判死刑的孔东德忽然出狱了，新的历史开篇了。变革元年成为历史新征程，新的时代已然告别革命，漫长的革命史瞬间在新时代面前不堪一击、一溃千里。

孔东德的二儿子孔明亮凭借扒途经火车的煤、焦炭率先存了一万元（虽然有原始积累的原罪，但却被忽略），他成了政府最为赏识的劳模万元户。

> 他去县城开了三天致富的标兵会。
> ……信誓旦旦朝着村人们说，到年底十二月，村里一百二十六户人——他如果当村长，不让一半六十三户村民家家成为万元户，他自愿在村里头下脚上走三圈；甘愿把自己的存款分给各户人家老百姓；甘愿从炸裂消失掉，从此再也不回炸裂来。
> 炸裂人就当场疯癫了，个个都兴奋得想要蹦起来，掌声和海潮一模样。……乡长当场宣布了撤去老村长朱庆方的职，让年轻的孔明亮，做了炸裂村变革元年的新村长。[1]

---

[1]　阎连科：《炸裂志》，上海文艺出版社 2013 年版，第 22、24 页。

　　自此，金钱的魔力开始在炸裂村显现。一个时代在一万元钱面前，迅速崩溃、坍塌，格外具有戏剧性和荒诞色彩。革命史土崩瓦解，发展史闪耀登场。此后，就是三十年的膨胀发展史，包括地理的膨胀，村改乡，乡改县，县改为城市，又改为超级大都市；同时还有数字的膨胀，从故事开篇轰动乡野的一万元钱，到数十万元，数百万元，数额在不断地炸裂，也延续着《受活》中在脱离贫困之后极度的金钱快感。

　　在《炸裂志》中，荒诞成为阎连科处理现实的有效手法，处处可见荒诞不经的奇观。为了突出权力的有效性，村改镇之后，只有十几行文字的《关于同意炸裂由村改镇的批复》以及不足三十个字的任命书《关于孔明亮同志为炸裂村改镇后第一任镇长的任命通知书》，具有非凡的魔力。

> 　　念到第九遍，他奇迹地看到桌子上已经干枯的文竹花草又活了过来了。……他对着文竹，又把文件朗诵一遍后，那文竹就在他面前一蓬云绿，散着淡淡翠色了。……把那两份文件在冬青枝上拂了拂，那冬青枝上就慢慢微开出豆粒似的小白花，让村委会这三间村长办公室，如了花房样。
>
> 　　把文件放在盆外的树根上，铁树开花了……明亮就又把文件在她眼前晃几下，她就又如被唤醒一模样，笑着把身上的衣服一股脑儿全都脱下去，一丝不挂，一袋水样把自己放倒在了沙发上，身上的白亮让整个房间都如露天透明在阳光下……鹅毛大雪里，村委会院里那两颗泡桐树，原来枯枝挂天，这一刻，却在雪天里开满了粉红艳烈的泡桐花，喇叭状地向着天空吹。①

　　同样为了突出金钱的魔力，作者还天马行空地为另一个"致富能手"朱颖设计了一件耀眼的、载入博物馆的"钱衣"。那是一件用红黄绿蓝几色钱币构成的披风衣，且那钱不是印制在布上的钱币印染图，而是真的钱币，粘在衣服上。为了显示金钱的所向披靡，朱颖的竞选演说只有一句话，前后不到二十秒。"我当上村长了——要让各家的钱都花不完，就像

---

①　阎连科：《炸裂志》，上海文艺出版社 2013 年版，第 107—110 页。

我这样从家里朝着门外撒。"① 为了创建超级大都市，一周之内在炸裂建出地铁线、亚洲最大的飞机场、数百栋摩天高楼等，作者荒诞的处理方法也成为压缩版的现实，映照了极度膨胀的发展乱象。

在种种奇观带来的阅读快感之后，我们不禁会思考，作品不断升腾、飞跃之后的落脚之处在哪里？作者如何来思考炸裂的不断膨胀所带来的问题。陈国战的文章总结了阎连科给出的四个方向："孔东德的四个儿子分别向东、西、南、北四个方向走去，他们的不同命运代表着四种话语力量在我们当前社会中的境遇——老大代表知识分子话语，老二代表发展主义话语，老三代表国家主义话语，而老四则经历了从人性话语向宿命论的撤退。"② 这段分析很是精辟，也显示了阎连科创作中的犹疑。他的作品向来并不过多注重细节，反而更多宏观的建构与思考。他一直在试图寻找，在整合话语，用不同方式去建构、去发现，解释不断发生的离奇现实，却总是很难给出一种明确的判断。这也是《炸裂志》提供东西南北四个方向，却仍找不到出路。其实早在《受活》中，就显示了阎连科对社会历史与现实的思考以及摆脱不掉的犹疑。

《受活》出版后，阎连科在与李陀的对话中讲，"对我个人来说，一是表达了劳苦人和现实社会之间的紧张的关系，二是表达了作家在现代化进程中那种焦灼不安、无所适从的内心"③，社会文明的发展会给人们带来灾难性的黑洞。这时候我们就怀念一种自然的生活，怀念被自然秩序所影响的生活方式。作品中，茅枝婆所代表的革命史在历经入社、红灾、铁灾之后，一直努力"脱社"，寻找挣脱的力量。而柳鹰雀所代表的发展话语一开始就充满戏谑、漫画的成分，最后是以上级认定为政治疯子来全盘否定，同时"圆全人"对残疾人的敲诈、勒索，虽然凸显了人性恶，但也削弱了作品前半部分对制度所带来历史伤害的反思力量。后来，受活人的委屈与不公被统统走向"圆全人"所带来的伤害（有学者指出"圆全人"即是代表制度，但的确有些牵强，如位于"圆全人"生存链末端的司机对受活人的金钱勒索和人身伤害就明显带有人性恶色彩）。因此受活人只好选择退守，退守到自己的那一片古老、与世无争的园地。阎连科曾

---

① 阎连科：《炸裂志》，上海文艺出版社 2013 年版，第 74 页。

② 陈国战：《〈炸裂志〉：碎裂的历史主体及其当代境遇》，《文艺研究》2015 年第 2 期。

③ 林建法主编：《阎连科研究》，云南人民出版社 2013 年版，第 610 页。

在一次接受访谈中提及："一直不赞成许多人说我的作品始终有'乌托邦'的思想，我赞成你说的'回家'的说法。回家，温暖而亲切，也更为深刻，更为吻合我日常的某种心理。当然，真正的精神是无家可归的，除非皈依宗教。因为我们——我自己又没有宗教，没有信仰，这就常常在作品中显示出精神的惶惑。"①

这种惶惑在《炸裂志》中越发明显，炸裂的人们（甚至更广大的范围，包括其他地方甚至来投资的美国人）在金钱、权力、美色面前纷纷溃败，在欲望面前逐渐自我毁灭。作者安排了一位"精神病患者"、不为世俗欲望所困的孔明辉，他试图回归传统，重建家庭，恪守孝道，甚至自觉解读、传承万年历这种古老而神秘的事物，把命运、人生交给不可知，通过寻回初心的方式寻求拯救的道路。因此，他辞去职务，回到老宅守着母亲尽孝，为了家族团圆，去接回大嫂、安抚二嫂、劝说三位哥哥。他醉心于"书上印着六十年一个轮回的阳历、阴历对照表。印着二十四节气的时间和气象。还在每隔几页的空白处，印着算命八卦的方法和说解"②。虽然这是一本天书，有很多命定的启示。但这种不可知的、神秘事物的觉悟似乎力量也很微弱，它似乎照亮了"顿悟"后的孔明辉的人生。但明辉的呐喊及行为并不具备有效性，最终也没有挽救炸裂市的整体崩溃。

对于写作者阎连科来说，他的前半生，一直在书写底层苦难与试图挣脱贫穷，《我与父辈》是其情感的真实展现，甚至被作者称为每句话、每个场景都是现实可考的。后来当他走出家门，来到城市，奋斗多年，却也经受着心灵的挣扎："一九八九年的某个深夜，我独自漫步在长安街上，内心对京城和都市的憧憬，还如朝阳对大地的贪婪。可是现在，我对北京膨胀、繁华、现代的大街小巷，都感到隐隐的厌恶和惶恐。"③ 于是，在作品中，我们就可以发现作者的这种思想分裂性。从离乡到返乡，在摆脱物质贫困之后，精神方面如何自足，成为挥之不去的困惑与问题。当然，这种困惑并不仅仅属于阎连科，应该是属于转型期的一代或数代人心灵无所皈依的迷惘与彷徨。因此，作者在《炸裂志》中，以荒诞的笔法写出

---

① 阎连科、梁鸿：《"发展主义"思维下的当代中国：阎连科访谈录》，《文化纵横》2010年第 1 期。

② 阎连科：《炸裂志》，上海文艺出版社 2013 年版，第 284 页。

③ 阎连科：《魂灵淌血的声响——〈阎连科作品集·总序〉》，《当代作家评论》2008年第 1 期。

数十年来在发家致富、先富带后富、共同富裕，在对金钱、财富无尽追求的驱动下，一切旧有的事物被粉碎，宗族、家庭、伦理、道德等传统乡土中国元素被迅速瓦解。作者试图通过孔明辉发现的"传统性"寻找拯救的力量，但精神世界仍然无法建构，所谓的命定也无法改变历史车轮的滚滚前行，因此他只能在作品中以停滞的时间作为缓解的可能。

绝对的权力导致绝对的崩溃，革命英雄演绎成金钱英雄，不受约束的权力看似力大无比，无往不利却显得越发脆弱。许纪霖曾总结："德国、日本现代崛起的历史表明，倘若国家理性缺乏宗教、人文和启蒙价值的制约，任凭其内在的权势扩张蔓延，国家理性便会从霍布斯式的功利主义走向保守的浪漫主义，蜕变为缺乏道德取向的价值虚无主义，而最后催生出反人文、反人性的国家主义怪胎，国家能力愈是强大，国家理性便愈自以为是，其坠落悬崖的危险性也就愈大。"① 我们看到，在故事结尾，炸裂市的人民因为市长签署的一份同意他们被借出的文件，就没有任何犹疑、没有任何思考和反抗，轻松地被带领出走，并遭遇集体毁灭，只落得白茫茫一片。

这种金钱导向的发展之路究竟会去往何处的困惑，不仅仅属于阎连科所代表的作家群体，也同样显现于社会学家的思考中。孙立平《在当前我国最急迫的三个问题》中坦言：现在我们处在一个空前的困惑的状态。最现实、最眼前、最急迫的是什么东西？第一是国家的发展方向，第二是精英和上层的安全感，第三是老百姓的希望感。在这个意义上，阎连科的写作就不能仅仅看作一种戏谑、一种荒诞、一种所谓的作家主观真实，它就是社会现实的映照，是我们当下社会发生的种种景观，用一种哈哈镜的方式，照亮了现代人内心的种种惶惑与不安。

尽管阎连科自称是现实主义的不孝之子，尽管他的作品似乎不那么注重人物、场景等巴尔扎克式的传统讲述故事的方法，却一如既往地表达对社会现状和走向的思考。"现代人的傲慢就表现在拒不承认有限性，坚持不断的扩张；现代世界也就为自己规定了一种永远超越的命运——超越道德，超越悲剧，超越文化。"② 炸裂的疯狂扩张很好地说明了这一点。与之同时，种种粗暴的现代化一方面使我们享受到前所未有的发展成果，可

① 许纪霖：《近十年来中国国家主义思潮之批判》，爱思想网站，www.aisixiang.com。

② ［美］丹尼尔·贝尔：《资本主义文化矛盾》，赵一凡等译，生活·读书·新知三联书店1989年版，第96页。

以拥有更好的空间、食物，更舒适的生活方式，但我们也在承受它的另一面，如持续恶化的空气、水和土壤。而炸裂的问题就在于不断地膨胀，并没有停下脚步反思种种乱象，进行调整和解决。这也是阎连科的犹疑，以及给不出方向的困惑。但他敏感地认识到，作家作为世道人心的维护者，也应自有一份观察与思考的责任。在这个意义上，我们才能理解作者的那段话："我像那个看见了皇帝没有穿衣的孩子，在阳光之下，我总是会发现大树的影子；在欢乐颂的戏剧中，我总是站在幕布的另一边。……我看到了人的灵魂中有不可思议的丑恶；看到了知识分子为了挺直脊梁和独立思考的屈辱与努力；看到了更多中国人的精神生活，正在金钱和歌声中被权力掏空和瓦解。"① 在这里，城市被诠释为充满多重意义指涉和欲望结构的文本空间，在看似荒诞的书写中传达出严肃的忧思。

---

① 阎连科：《上天和生活选定那个感受黑暗的人》，该文为阎连科 2014 年获得卡夫卡奖时的获奖演说。

第八章

寻找一种观看方法

对波德莱尔来说，游荡者是这样一个人：他进入城市和人群，以便为他自己建立一个意义的世界，通过观察，而不是成为他周围世界的一部分，他能建立一种反讽和超脱的态度，这种反讽和超脱的立场使游荡者成为现代生活的英雄。这一形象被李欧梵称为"漫游者的崇高偶像"。写城市生活是新生代作家比较熟悉的情境。在他们的成长环境中，城市化已然兴起和迅猛发展，他们的成长就是伴随着城市的成长同步进行的，关注城市人的生活状态和城市变迁成为作家作品的重要内容。全球化时代的到来一方面使人们更能适应多元化的世界，同时也能对现代城市的困境有着更为深刻的体察和反思。卡尔维诺在《看不见的城市》中用古代使者的口吻对城市进行了现代性的描述，连绵的城市无限地扩张，城市规模远远超出了人类的感受能力，这样的城市已经成为一个无法控制的怪物了。这就是后工业社会中异化了的城市状态，而这种状况会一直持续下去。就城市文学而言，如何寻找观看城市的方法也成为新的写作推动力。

一 《吃瓜时代的儿女们》

刘震云被认为是当代最具时代感和现实感的作家之一，从 1978 年的《塔铺》，到 1987 年《一地鸡毛》，目光所及，笔力所至，均为普通人的日常生活，以及其间折射出的世道人心。在长久的写作中，他一直坚持做时代的记录者，"是一位坚定的现实主义作家"①。《吃瓜时代的儿女们》通过描写不

---

① 孟繁华：《新资源 新视角 新人物——评近期长篇小说》，《长江文艺评论》2018 年第 4 期。

同阶层的人物命运及人际关系，以戏谑的方式勾画出一幅当下生活的浮世绘。

"吃瓜"是网络用语，和看热闹联系在一切。"吃瓜群众"被《咬文嚼字》列为"2016年十大流行语"之一。刘震云讲述从网络上看到一个笑话：发生了一件特别重要的事儿，大家去采访事情发生地不大远的一个大爷，大爷说我根本没看见，我在吃瓜。所以"吃瓜群众"也定义为不明真相的群众。在古代最著名的"吃瓜"语言是"眼看他起高楼，眼看他宴宾客，眼看他楼塌了"。《吃瓜时代的儿女们》写出四个阶层的人物：农村姑娘牛小丽、省长李安邦、县公路局长杨开拓、市环保局副局长马忠诚。细究起来，涉及近年的多个新闻热点事件。故事中的"表哥"，县公路局长杨开拓，负责开发的一座桥，因为一辆装满爆竹的车辆过桥时发生爆炸，桥塌了，他在紧张中被市长问得哑口无言，傻笑了一下，结果就被网友拍照截图并发布在网上，事件迅速发酵，他被称为"微笑哥"，彻底火了。群众很是愤怒：作为局长，重大事故当前，还在微笑？更可怕的是，大家随即开始搜索网暴，发现这家伙在不同场合带了七块表，还都是名表，加起来上百万了，一个小公务员月入三千多元工资，究竟凭什么买的？于是这位局长被双规了，查来查去自然死一万次都不为过……

这段素材来源于陕西安监局长杨达才，因陕西延安发生惨烈车祸，在新华社拍下的现场图片中，竟然一位官员在事故现场"傻笑"。网友很快核实该官员身份，发现他在出席不同活动时，经常更换手表，并且手表价值不菲。在一系列接力赛中，杨达才被网友发现的手表有11块，每块都万元以上，最高达20万—40万元。随后，又有网友扒出他戴的不同款眼镜也价值不菲。随着事件的发酵，"微笑局长"被撤职查办。这也说明全民狂欢的时代，从微笑哥到"表哥"，网络产生的舆论效应一定程度上影响了事件的进程和处理结果。

作品中写到的彩霞事件，牵涉副省长李安邦。牛小丽化名宋彩霞，与12名官员有染，官员旋即落马，宋彩霞成了网络红人。这个故事很容易让人联想到前几年网络名人赵红霞，系重庆不雅视频案女主角，化名周小雪，成为肖烨等人拍摄官员性爱视频最成功的诱饵。参与轰动一时的敲诈重庆区委书记雷致富300万元案件，引发重庆官场地震，后她因涉嫌敲诈勒索被捕入狱。

在多媒介快速传播的当下，新闻进入文学并不是新鲜事。余华的长篇小说《第七天》也曾因涉及热点新闻事件引发争议，被认为是一部当下社会新闻的大杂烩，是"新闻串串烧"，基本停留在浮光掠影的记录上，没有深入人性和社会阶层肌理的内部。但也有评论家强调现在整个时代本身就是一个新闻，而置身其中的我们都处在巨大新闻当中，作家所处理的只是日常生活而已，其实触及了我们这个时代的一些远远没有讲清楚、不愿意讲的东西。就文学来说，并不缺乏反映当代现实生活的作品，而是缺少成熟而理想的当代性写作，既能容纳当代生活内容和精神特点，又能艺术地处理好文学与现实关系、把文学性和当代性完美结合在一起面向未来的写作。

在《吃瓜时代的儿女们》的新书分享会上，刘震云坦言：一开始他也没有特别明白吃瓜为什么就跟看热闹和围观联系在了一起，后来揣度了一下，大概是因为吃在嘴里，甜在心里。古时候有一句话，眼看它起高楼，眼看它宴宾客，眼看它楼塌了，看热闹不嫌事大，说这个疮在哪个地方不疼？长在别人身上不疼。当事人痛不欲生，吃瓜群众乐不可支。生活中每天都发生着惊心动魄、让人乐不可支的大戏，每个人都是吃瓜群众，同时每个人也是被吃瓜群众围观的人，而作为小说家的他，就是要做一个吃瓜群众，将生活中的细节用奇妙的结构组织起来呈现给读者。《吃瓜时代的儿女们》其实一开始不是这个名字，是起了好几个名字，出版社最终选择了它，因为觉得这个标题有一些调皮、有些幽默，还有些未知数，大家会想书里是怎么概括吃瓜的，怎么概括吃瓜时代的，怎么描写吃瓜时代里的儿女们的。

作品中的四个人物：农村姑娘牛小丽、副省长李安邦、县公路局长杨开拓、市环保局副局长马忠诚，他们都不是故事的主角，真正的主角是吃瓜群众，但真正的主角始终都没有出场，而这正是"吃瓜时代"的本质：吃瓜群众并不在场，却又无处不在：你无事时，他们沉默；你出事时，他们可以在瞬间掀起狂欢的波澜，也许还会决定你的命运。刘震云称这也是他进行的一个新的写作实验，真正的主角不但是吃瓜群众，更重要的是这本书的读者，有一些记者读过这本书，一下子就扎到书里，对所有的人物品头论足，时刻在笑，但是笑了之后也想哭。如果是这样的话，写这本书的目的就达到了。

网络时代改变了当代人的生存环境，人们在网络中以虚拟的身份进行交流，有着极大的自由度和隐匿的快感，以及狂欢式的情感爆发。现代生存世界的巨大压力，充满焦躁和压抑，网络成为宣泄情绪的重要场所。网络狂欢隐匿了身份，人与人之间的平等沟通又有着极大的感性色彩，成为一种情绪的释放。帕特里奇认为，任何节制都会带来某种紧张状态，人总是处于一种矛盾的地位，在人的身上，既有文明倾向又有动物本性，人一般是通过节制动物本性而使两者相谐调，但这并不能解决不断增加的压力。于是各式各样的紧张状态就导致了一种释放，即狂欢。并演变为"共景监狱"，"是一种围观结构，是众人对个体展开的凝视和控制"①。现实社会中被监督的普通人，在网络狂欢的广场上摇身一变为"监督主体"。

生活提供了幽默和荒诞，作家则要写出灵魂的复杂性。这部小说和刘震云之前的小说不同之处在于，以前的小说主角是一个，如《一地鸡毛》中的小林，《我不是潘金莲》中的李雪莲。而《吃瓜时代的儿女们》不同，"吃瓜群众"是谁？就是读这本书的人，围观的人有不同的心情。就像有人跳楼时那些在下面围观的群众，有人喊快点往下跳，也有人捂着眼觉得太可怜。笑不起来的是思考深刻的人，看到了荒诞背后的惨不忍睹。

互联网所提供的狂欢广场，以及个人身份的隐匿，可以使网民在网络环境中体验无拘无束的快感。尤其是一些个体失德的消息，更使人迅速集结，空前团结地"替天行道"，在群体力量的掩护下"痛打落水狗"。勒庞《乌合之众》一书中描述过这种大众心理："群体中的个人不再是他自己，他变成了一个不受自己意志支配的玩偶。孤立的他可能是个有教养的个人，但在群体中他却变成了野蛮人——即一个行为受本能支配的动物，他表现得身不由己，残暴而狂热。"② 尤其是当下愈演愈烈的网暴事件也形成一种话语霸权，给许多人带来了生活困扰和精神伤害。

因之，小说也在对新闻事件、狂欢时代人生困境进行文学的反思。比如"微笑局长"杨开拓，当天因参加外甥的婚礼，喝了酒。之前他是不敢随便接触亲戚朋友的，因为会有许多啰唆麻烦的事。而大姐从小把他拉扯大，一岁的时候他生病奄奄一息，家里孩子多，母亲就把他扔到草屋里，让他自生自灭。九岁的大姐，每天跑过来给他喂水，救了他的命。小

---

① 喻国明：《媒体变革：从"全景监狱"到"共景监狱"》，《人民论坛》2009 年第15 期。

② ［法］古斯塔夫·勒庞：《乌合之众：大众心理研究》，冯克利译，广西师范大学出版社2007 年版，第52 页。

时候受欺负，也都是大姐替他出头。现在大姐的儿子结婚，杨开拓决定破例参加，给大姐出头，撑撑场面。因喝高了，手机也关机了。还是司机跑来接通了县长的电话，才知道当地的重点工程彩虹桥被炸塌了。本来是偶然事件，一辆邻省开来的卡车，拉着满满的烟花爆竹，没想到在桥中间烟花起火爆炸，车也爆炸了，桥瞬间被拦腰炸断。桥上邻近的六辆车也坠入江中，还有一辆旅游公司的大巴，也摔到桥下，当场死了22人。市长在现场追问：桥是不是豆腐渣工程，是谁建的？杨开拓被吓傻了，不知该怎样接市长的话，傻笑着点点头。市长看他傻笑，要求立即成立事故调查组。没想到网上已经传开了他在现场微笑的照片，并配上两行标题，大标题是：同胞死亡，你为何这么开心？副标题是：××省××县公路局局长在事故现场。

　　杨开拓的脑袋，"轰"的一声炸了。昨天自己在事故现场笑了吗？当时他着急还来不及，怎么会笑呢？这是昨天的自己吗？有人在网上搞恶作剧，把杨开拓过去笑容满面的照片，和昨天的事故现场，PS到一起了吧？从昨天到今天，大家都忙着抢险救人，杨开拓在医院待了一夜，怎么还有人搞这种恶作剧呢？但接着发现，这照片人景合一，没有拼凑的痕迹。这时杨开拓突然想起，昨天他到了现场，首先被现场的惨状吓傻了；接着又被杜县长骂了一顿，脑袋是空的；接着市长到了，怀疑大桥的质量，问这桥是谁建的，杜县长指着杨开拓："就是他！"杨开拓又一次被吓傻了；接着市长问杨开拓："是你吗？"正因为当时被吓傻了，不知怎么接市长的话，才傻笑了一下。当时傻笑过后，自己也觉得有些傻，还悔恨不已。但他接着到了医院，死亡数字不断上升，也就把傻笑的事忘了。没想到昨天的傻笑，被人拍了照，今天传到了网上。但网上对杨开拓的傻笑，通过两行标题，彻底改变了性质。本来是傻笑，现在成了开心；本来是六神无主，现在成了看风景。①

　　接着网友还搜索到他手腕上戴的手表，是瑞士名牌，价值十五万元。又搜索到前几年戴的手表，多价值不菲。于是又给他起了一个绰号"表

---

① 刘震云：《吃瓜时代的儿女们》，长江文艺出版社2017年版，第197页。

哥"。然而，自中央提倡反腐倡廉，杨开拓好几年不戴表了，只是那天早上，是私人场合，想着给姐姐家撑足面子，才翻出一块手表戴上。在舆论风暴之下，杨开拓从"微笑哥"变成了"表哥"，迅速被实施双规，隔离审查。

刘震云称《吃瓜时代的儿女们》是他最幽默的小说，故事像大海一样，看起来波澜不惊，但下面的涡流和潜流是自己以前小说里面不那么重点呈现的，呈现的效果是藏在幽默背后的另一重幽默，这就比以前的小说更幽默，因为空白越大，可能填进去的谎言和幽默的东西越多。刘震云的作品多表现浓郁的孤独感，从《一地鸡毛》中的小林，到《手机》中的费墨，《我是刘跃进》中的刘跃进皆如此。《一句顶一万句》被认为是"千年孤独"，书写普通人的日常生活，却写出了一种孤独的存在。如果说《一句顶一万句》讲的是：想在人群中说一句话，非常困难，不是说不出这句话，而是埋藏了很久，找不到听这句话的人。为了找到这个人，不惜跋涉千山万水，一定要找到他；《我不是潘金莲》讲的是，想在人群中纠正一句话，结果发现，这个比在人群中说一句话更困难。现代人的孤独在《吃瓜时代的儿女们》中更是无所不在，当李安邦遇到困境的时候，他才发现自己如此孤独。

> 自己想不出办法，他想找一个人商量；但他接受十八年前与朱玉臣的教训，十八年来，他已经没有朋友了；如今急手现抓，哪里找得来？毛主席曾经苦恼：国有疑难可问谁？现在李安邦就到了毛主席的地步。硬想想不出来，李安邦打开手机……但一个个看过去，都不是能说心腹话的人。平时通话可以，说工作上的事可以，说应酬的话可以，开玩笑也可以，但心里有疑难和烦恼，却无人可以诉说。李安邦这时理解鲁迅一句话：人生得一知己足矣。原来知己不是用来喝酒吃肉和风花雪月的，是用来排解疑难和烦恼的。①

孤独本身就是人对自身生存困境的哲学性把握，它来源于人们对自我局限性的清醒认识。从文学到哲学，对个体生命和尊严的思考中，总会透过孤独去寻求生命的意义。刘震云尝试寻找有力量的话语，来表达对世界

---

① 刘震云：《吃瓜时代的儿女们》，长江文艺出版社 2017 年版，第 158 页。

的哲思和对个体精神困境的呈现。作为作家，他也要面对互联网、视频时代，毕竟现代媒体的发展将小说空间压缩得越来越小，是人所共知的事实。在刘震云看来，这很正常。过去小说膨胀的太厉害，承担了太多非文学的东西，现在小说回到了应该具有的状态，但优秀的小说作品，从长远来看，它的影响应该更久远一些，这也是文学的持久力量所在。

二　游荡者与《雀儿问答》

在《柏林的童年》中，本雅明写道："在一个大都市里，找不到路固然讨厌，但你若想迷失在城市里，就像迷失在森林里一样，则需要练习。""巴黎教会了我迷失的艺术。"① 所以，在他笔下，出现众多游荡者形象。他们在城市游走，却有着心理距离，因而对城市的观察也更为明晰和透彻。在中短篇小说集《雀儿问答》（河南文艺出版社 2016 年版）中，奚同发也写出一幕幕透视城市青年生活的作品。

中篇小说《彼此》写城市中的青年人和他们的沉重人生。"如今城市被物欲左右，人的轻松和笑脸并不多见，尤其在街头彼此陌生相向而行。笑，对许多人来说，并不意味着快乐、轻松和开心，只是一种表情，或者必要的脸谱。"② 邹晓亮是一名实习记者，努力工作三个月，却被总编室主任辞退。对他来说，记者工作实在是枯燥：国庆时拍红旗，八月十五拍月饼，五月端午拍粽子。媒体人天天替别人维护合法权益，临到头，自己的权益被眼睁睁侵犯却无力维护。气愤之余，他来到距报社最近的一家大型商场。董震欧是一名派出所民警，干警察已过半年，派出所天天都那些破事，有时被借出勤，要么是领导来了在路上站班，要么是球赛或明星演唱会去当人墙。这样的生活他觉得实在是浪费青春，却是开小卖铺的父母千辛万苦求来的职业。在一次被所长放开嗓门几世仇似地骂娘之后，"一摔警帽，老子不干了，不伺候了！"脑子一片空白，也一拐弯来到常去的商场。

二黄在建筑工地打工，因为没多大力气，又是大专毕业，工友们照顾

---

① 转引自张新颖《迷恋记》，上海书店出版社 2010 年版，第 89 页。

② 奚同发：《雀儿问答》，河南文艺出版社 2016 年版，第 3 页。

他，总觉得没干啥活，心里感激大家，就把年底找老板索要拖欠工资的重任揽在自己身上。冯俊是包工头，却没有显露出的那般光鲜。"平民百姓还有点积蓄存款搁银行里，我们哪有存款啊，都扔工程里了，而且还要找银行或投资公司拆借、贷款。总之，从成为有钱人开始，一下子变成了穷人。"① 对他来说，每天在高级酒店里山吃海喝，真是吃怕了，"满脑子有事，要说事，要谈事，要办事"。工程款被拖欠，他甚至不敢像民工一样高喉咙大嗓门大吵大闹，只能躲起来，一边找工程方要钱，一边躲民工讨薪。经常半夜突然惊醒，一身虚汗。对于他的女儿冯晓霓来说，爸爸也是缺席者，每年生日总不在家。在八岁生日那天，爸爸终于带她来商场买礼物，却遇到在这里蹲守的二黄。

于是所有人、所有故事被聚焦到商场，二黄把小丫头捉住，试图以此要挟冯老板，在他看来，对付流氓，要比对方更流氓，这一幕被董震欧看到，本想离开的他，无意间身子倒翻，腾空砸向那青年，结果莫名成为解救人质的英雄。而正在闲逛用照相机拍照的记者拍下了这一幕，第二天用两个整版以视觉新闻的专栏，报道了解救人质的全过程。整个场景类似于一个荒诞剧，本来人物都在自己的生活里无力地打转转，却因一次偶然的聚焦改变了命运。民警立功了，从昨天的被辞职，到今天的英雄。那些悲惨的小人物命运可想而知，所有人的生活也在不经意间走入另一条轨道。整个故事构思精巧，城中人的话题，经常被物欲挤压到只有脸谱化。而这篇小说更多关注他们的心灵世界，每个人在城市生活、挣扎、沉沦、反抗，以及找不到出路的迷惘和无力，都被细致地道出来。每个人都有自己的故事、过去和苦衷，以及在城市光鲜亮丽的外表下越来越逼仄的内心世界，把人还原为人，写出城市背景下人们生存的尴尬。

《日子还将 GO ON》写一位都市大龄女青年的恋爱史。考研的时候，她也有一段美好的初恋，因男生处处谈钱，觉得很难走下去，提出分手。万万没想到的是，男生把一个小本子和一堆发票收据之类摆在她面前，在盛怒之下，她从自己的坤包里掏出了一把钱看都没看捭在桌上。男生则飞快地点数起钱来，然后说，"不够，还差着呢！"这些让人瞠目结舌、啼笑皆非的场景在作者笔下却有很强的真实感，如两人的经济学背景，男生对她所提出的情感支出认为属于经济学理论上的"沉没性成本，无法计

---

① 奚同发：《雀儿问答》，河南文艺出版社 2016 年版，第 31—32 页。

入"等高屋建瓴的理论阐释，以及理论与实践相结合的自圆其说。之后，也许是对爱情的失望，也许是在竞争的压力下，她选择倾情投入工作，几乎没有时间和精力来一场恋爱，乃至到了二十九岁已过半，在焦虑之下，来到"婚姻工厂"。在熟悉流程之后，发现学经济的她，在一次次的面对生活中的经济学时，竟然如此崩溃，如此毫无抵抗之力。沮丧，沮丧到极点。在生活面前，爱情也成了奢侈品。或者是可以计算的投入、产出的回报，或者是流水线式的相亲、婚姻工厂，一切看似有序的、可控的，情感的力量却微乎其微，确实让人沮丧。

《没时间，忙》写城市人的生活，以及他们如何在虚幻的网络空间里寻求慰藉。在各种压力面前，人会变得孤独无援欲说无言，于是网络成为最好的言说空间，而"网络最大的优点就在于两人都无法或不愿意真实地面对时，可以通过一个颇显生机的无所不能的电脑来实现沟通"[1]。城市人的生活现状，生活的压力、爱情的压力、做人的压力、亲情的压力、说话的压力、做事的压力、挣钱的压力、养家的压力、同事的压力、岗位的压力等诸多的社会压力和自身压力，一天天被压得疲惫不堪，而与压力伴随的则是每个人强烈的孤独感和无力挣扎。

孤独也来自社会价值观的断裂："在传统社会中，一切价值观都是有秩序的，善与恶的标准也是清晰的；然而在现代社会中，社会价值观却是无序、暧昧与断裂的。为了逃避这种不确定性，人们一方面固执己见，企图把自己的价值观强加给他人，从而使社会呈现出自己所熟悉并接受的秩序；另一方面，人们又固执地排斥他人所强加的价值观，结果就造成了人与人之间的对立与隔阂，孤独由此产生。"[2] 我们会看到，《烟花》中，爱情也是昙花一现，成为一种飘然怅惘的记忆。但这种孤独，何尝不是一种个人化的认知，以及城市的差异化所带来的陌生化经验。小说写"我"对都市女子的不解："如今大都市的女子，自小与男孩子在幼儿园里一起，对男性见怪不怪。加上超女类风尚中性的引领，更多人都弄不明白怎么做一个女孩。她们认为留短发洗起来方便，看上去精干，便放弃了如瀑布般让人心动的长发；她们认为跟男生相处很正常，哥儿们长哥们儿短的称呼很帅气，于是见了面，拍拍肩，捅一拳，击下双掌。一个丫头片子混

---

① 奚同发：《雀儿问答》，河南文艺出版社 2016 年版，第 225 页。

② 张志忠、吴登峰：《孤独的城市森林——须一瓜小说简论》，《文艺争鸣》2008 年第 2 期。

迹于男孩子之间，穿短裤，蹬旅游鞋，没啥大的区别，甚至连穿的衣服都很男性化。如此培养的女子，哪还有什么优雅、温文，更别提含羞。"① 所以，在这些故事中，我们会看到男性对女性审美的不解，女性对男性如此熟练运用经济学理论来计算爱情的不解。在不解中，个体只能退回到内心或虚拟空间，上演真真假假的爱情故事。

有研究者曾评论 21 世纪城市书写的模式化倾向，认为"作家的写作止于现象，止于大众的悲欢离合，和大众贴得太紧，缺少一个波德莱尔式的游荡者，缺少对大众的震惊体验。在城市里，人群是风景之所在，要像浪漫派作家对待自然风景一般审视大众。要有一个波西米亚人的眼光，在大众之中又疏离大众，这样才有可能真正获得独特的都市体验，写出元气淋漓的城市文学经典之作"②。奚同发是记者，长期奋战在媒体一线，对社会生活很熟悉，尤其是对于人物内心的揣摩也是入木三分。在他这些或真实或虚构的故事中，通过个体观察画出了城市的众生相。他们或是普通记者、公务员，或是进城务工人员，或是老板、白领，但作者更为关注的是他们的内心，在职业化人生之外的自我。通过一个个小故事，呈现出在城市光鲜亮丽外壳之外的真实图景，以及现代城市人的内心如何安放的问题。

近两年，奚同发密集发表了"窦文贵系列"小小说。围绕着警察窦文贵退休之后的经历，在往事与现实的冲突中展现人性的光芒。警察是奚同发喜欢借用的身份，以及倚重对峙关系的紧张感，他早期的获奖作品《最后一颗子弹》就集中代表了这一写作趋向。作者擅长站在局外人的视角审视人性，可能与记者身份有关，总是尝试拓展小说的写作边界与人性的隐秘之处。在"窦文贵系列"中，奚同发将思考的路径延展，窦文贵成为一名退休警察，在看似"自由人"的生活期待中，却仍然无法摆脱各种历史纠葛。这使得小说对于人性的复杂呈现更为深入，人生无法跟随退休发生断裂，仍有着职业习惯的延续以及无法摆脱的既往。他去菜场买菜，摊主是一个罪犯的女人，曾得了窦文贵的恩惠，亲自联系社区才给她安排卖菜的营生，好让她丈夫安心服刑。也是本着照顾生意的角度，再度重逢，没想到对方得知他退休之后，从之前的刻意讨好迅速变得穷凶极恶。在各种刁难下，窦文贵意识到退了就是退了，为了安全也只好选择离开（《躲》）。

"窦文贵系列"精巧的退休身份设定，试图将人物从原有状态中剥离，却发现如此困难，而人性呈现的路径是基于对生活细微面的观察。社会生活是复杂的，一旦你懂得如何观察，它就变得可以理解了。《走》中，面对曾经亲自多次被送入监牢的罪犯，呈现在抓获和报复的瞬间"人性的挣扎"。因为窦文贵当年抓老黑的时候，刻意避开孩子，所以老黑出狱之后，决心要用余生来"保护"他。这个出人意料的结局使得窦文贵陷入两难，选择离开熟悉的环境。同时，他还要适应离开熟悉的身份，但潜意识中总会遭遇职业敏感，在《跑》《追》中"对视"的一瞬间，就意识到对方的底色。他也曾为抓住一位"失足女性"，改变了对方的人生，而充满悔意，意识到严肃职业中应该有弹性空间，一些善意也许可以改变对方的人生走向（《悔》）。在这些作品中，总是出现人物身份与人性的纠葛。窦文贵背负着英雄、勇敢者的形象，却也有着普通人的七情六欲。即便他最英勇的一次行为，解救幼儿园劫持人质事件，却是源于医院的误诊，以为自己患了绝症，期待当烈士，能给妻儿留些抚恤金（《秘》）。

身份的敞开也摆脱了之前英雄书写的束缚，吴一枪可以视为窦文贵的前身。吴一枪系列小说中，写刑警吴一枪的技术、爱情、郁闷以及无关风月的往事。因长久被称作吴一枪，他甚至都忘了自己的名字叫吴正强。他是神枪手，能够让歹徒闻风丧胆，而过度紧张导致其心脏病变。他在爱情面前手足无措，30多岁也找不到对象，遇到"新新人类"背后蒙眼睛的亲昵举动，根据职业反应直接来个背摔。遇到一见钟情的心仪女孩，却在对方危险面前先救自己还是别人的问题前一举粉碎了好感。对于实习生的表白也错失了机会，直到对方失去生命。细究起来，如果摆脱警察身份，褪去吴一枪的名号，他就是脆弱的个体，他也有着人生的困惑和烦恼，职业的冷峻与人的感性冲突。

在这样的写作序列中，奚同发找到了自我意识和观察世界的方式，他试图在感应社会、他人，以及发现职业之外人的本性。小说家在寻找什么，他们的写作意义何在，应该是写作者面临的共通问题。奚同发让这一系列人物褪去警察的外衣，将其置身于紧张的环境之中，去观察人性的较量和心灵的冲突。而窦文贵的过往与现实，则使得力量的对比发生变化，更能呈现脆弱个体的人生冲突。在他的现实与既往不断的纠葛中，既有对往事的追忆，一切无法更改的痛心和无奈，也有在变动现实面前，职业生涯的延续。结局篇《环》中，窦文贵墓前的摄像头，终于等来了多年的逃犯老班。

在本雅明看来，小说的诞生地是孤独的个人。小说通过表现生活的丰富性，去证明人生的深刻困惑。在这个意义上，我们可以理解奚同发笔下无路可走的窦文贵，以及所面对的罪犯，在正义和邪恶这些本该对立的概念、互为镜像的参照中寻找人性的张力，以及属于每个现代人作为群体和个体的身份、边界和永恒困惑。因之，他的小说在差异化叙事中也为理解自我和他者提供了不同的解读视角，以及发现人性中的温情和热量。

三　《化成喻》的幻城

计文君是"70后"女作家，她早年生活在许昌，作品多以"钧州"为根据地，细腻敏锐地呈现小城人物的众生相。《天河》通过两代豫剧女演员的命运，写出不同性格人物的人生浮沉。秋小兰有着姑姑这个强大的背景资源，但表演艺术始终中规中矩，缺乏灵动的表达。在经历姑姑去世、年轻演员的竞争、个人婚姻爱情的失败后，她也终于悟出戏道。随着对《红楼梦》研究的深入，计文君的创作越来越沉入古典。她所理解的"真正的"红楼梦精神是曹雪芹在不确定的原则下通过小说把握世界和存在。从这个角度可以理解《新民说》中人物的游离生活，人生亦充满偶然性。

长篇小说《化城》写两位女性闺蜜的情感，因出身背景不同造成的阶层差异，而后围绕新媒体运营再度产生人生交集。酱紫（姜美丽）和大学同学林晓筱是闺蜜，后者有着她所艳羡的一切，毕业之后被家人安排到北京工作。酱紫少女时代的偶像艾薇是林晓筱的姑姑，曾出版散文集《最美的地方》，也是最早的一批新媒体红人，《艾薇会客厅》的谈话节目热播，经营的传媒公司估值20亿人民币。而姜美丽毕业时却面临考研失败、就业无门的惨况，后在艾薇的介绍下认识了杂志社的执行主编周鹏，并开始发表文章，因与周鹏的恋情被发现，遭遇羞辱后来到北京，经营娱乐号"后真相时代"。然而，为了流量，酱紫出卖朋友，将艾薇被家暴的视频传到网络，沉重打击了艾薇的女权形象及事业。林晓筱也在遭遇系列变故中患上抑郁症。而酱紫又自导危机公关方案，收获资本和受众，迅速成为新一代网红和新公司的 CEO。

计文君情爱故事中的"人物与自己一代人有着很深的同构性，他们带着自己的成长记忆、优秀努力，在一个繁华现代的城市生活，由他们演绎的故事聪明世俗、哀而不伤，在自尊和虚荣之间、恒常与躁动之间费尽思量又乐此不疲"①。小说中的姜美丽被认为是于连式的人物，为了个人野心不择手段。她从小被养父母收养，打骂是寻常事，直到逃往大姨家，才勉强读了高中，考上大学之后，再也没有回过曾经生活的村庄和小镇，她要读书，同时还要打工养活自己，她没空回去，当然，也不想回去。而林晓筱和她完全来自不同世界，林晓筱的工作是安排好的京城事业单位，相亲是家长安排的，举行婚礼的庄园仅名字就让酱紫想出整整一部英剧。在酱紫不停地换工作、换男友的过程中，也凭借审时度势、文字能力、沟通能力和体力在京城扎下根。然而，作品始终萦绕的是漂泊无依之感和人生命运的不确定性，幻化的城，虽然能提供庇护和憩息，但很快就会消失。所谓真相只是人们的选择，酱紫的极端化叙事使其迅速出圈，林晓筱的孤冷寂寞使其患上抑郁症，然而心灵慰藉所也是围绕资本运作。

城市人的心理病成为计文君多篇作品的观照视角和切入方式。《化城》中的林晓筱，因父亲双规，母亲情绪不好，又受丈夫冷落，已经出现了幻听，是不是精神分裂，还不能确诊。《端午》中的周爱东是一位女作家，因一段情感上的创伤性经历，使得出现抑郁症状，感官迟钝、消化不良、后背疼痛、失眠，需要专业的医生诊治。《想给你一座花园》的主人公"我"就是一名精神科医生，病人各行各业、各式各样，因为现在心理不平衡的人太多了。随着城市社会的快速发展，人们的生活方式、节奏加快，都面临着巨大的心理压力，甚至演化为心理疾病。理想的城市化应是物质、社会、精神三维空间的营造，而精神空间却多被忽略。同时，城市化既推动人们成为独立的个体，却也需承受普遍的孤独感。因之，计文君对这一问题的持续关注就有了开拓性意义，使得在看似荒诞的人物和故事关系中，透露出悲悯情怀和人性关照。

在《剔红》中，通过一对闺蜜秋染和林小娴的选择和命运营造出理

---

① 张欢、孟繁华：《小说的化城与琢光的心性：计文君的小说》，《上海文化》2018 年第 3 期。

想的生活形态，她们曾共同生活在钧州老城的一个大杂院中。心高气傲的秋染成为省城专业作家，并通过打造文化小说赢得名气，她在作品中刻意营造出诗意的小院，"破碴陋院"被她乾坤大挪移变成有着"花草楼台，云霞翠轩"的"深深庭院"；在街边开店铺的祖父成为德高望重的儒商，因爱城东凤翅山的秋林，"遍山槲树，一到秋天红叶尽染"，以秋林颜色为孙女命名；家境不好又受过处分的父亲成为富有才情却郁郁不得志的失意之人。在所谓的名流朋友面前，林小娴始终不为所动，她离婚回城后，就将邋遢的环境营造出一片美好的天地。小院门前，那一墙的藤蔓依旧葳蕤，门头上的玫瑰早谢了，只有那半墙凌霄，老藤嫩叶，打着累累的绛红色花苞。院子里葡萄架下放着藤椅茶几，葡萄是碧玉一般的颜色，散发着带有蜜味的香气，还有几株开着紫红花的木槿，东北角两棵枝繁叶茂相倾而生的石榴树。一切"正如小娴的性格那样，清清淡淡，宠辱不惊。与秋染游子回乡不同，小娴就是西关老街的留守者"①。

在写作者之外，计文君还是一位文学研究者，她曾有多部专著探讨《红楼梦》精神，及多次提及的张爱玲写作传统。关于城市文学，计文君也提出自己的不满及想象方式。

GDP的增速如同青春期分泌旺盛的荷尔蒙，尘土飞扬里城市宣泄着蓬勃的欲望，彰显着无法掌控的迅速膨胀的力量。任何人在这种力量面前，都变得无足轻重，无论是所谓的"成功者"，还是"失败者"，无论是城市土著，还是外来的漂泊者，一起面对着不断变得陌生的现实，所有人都失去了原来的世界，在这个陌生的世界里，没有地图，没有指南，只有种种名之以科学的假说，真伪难辨的推断，在劫难逃的谶语，光明美好的愿景……全体中国人被城市裹挟着，开始了一场前途未卜的历险。

我们拥有了越来越多的城市文学作品，我们却看到，我们的文学却无法像从前那样自信地掌握我们的城市，无论是写作者还是读者，看看现实中的城，再看看文学想象中的城，或多或少都会觉得两者不那么般配，更不要说因为充满期待而显得苛刻的批评家的目光了。任何从现象到现象的反省都是肤浅的，也许在城市和文学之间，有一种

① 李群：《论计文君"钧州系列"小说》，《小说评论》2016年第3期。

更为深刻和根本的变化，需要我们思考①。

　　而作家提供的解决路径是进行文学的想象力改革，用强劲的想象创造现实。这样使得其作品脱离普遍经验叙事，虽然在环境设定有诸多模糊之处，但擅用一些幻化的情境营造心中之城和文学的理想形态。李洱曾评价其作品能够将古典小说的烟火气、现代小说的批判性和后现代小说的游戏精神熔为一炉，也显示出其独特的创作意义。

四　城市化、老龄化与婚恋观

　　21世纪以后，周大新开始将写作重心投向城市，在写完历史题材的《第二十幕》，他想到自己18岁出来后一直生活在城市，却没有写过城市文学作品，于是将创作目光转向大都市，用一年多的时间写出首部表现城市生活的长篇小说《21大厦》。选择用数字命名是源于《第二十幕》是对20世纪的一种概括和纪念，《21大厦》算是对21世纪初民族精神的一些景观展现。作品发表在《钟山》杂志2001年第4期，同年6月由昆仑出版社出版单行本。

　　从1974年开始，周大新就来到城市生活，1978年开始接触城市中的各种人物，在济南、西安、郑州、北京等城市来来往往。他最初用乡村人的目光去注视城市，有一天晚上散步时，看到一座正装修试灯的新大厦，几百个窗户的灯光都在亮着，灿若星辰，心中突然一动：为何不把自己想要写的人物都放在这座大厦中，以此来表现自己所了解的城市？《21大厦》是周大新多年城市生活的积累，也是写作资源上新的寻找。城市化是中国现代化必须经过的一段道路，大量中国人已经和将要在城市生活，作为写作者，没有理由不去关注和表现他们的生存状态。故事发生地是周大新所居住的万寿路，附近有几座大厦，最早的大厦是公主坟的城乡大厦，《21大厦》就是以城乡大厦为模特写的，通过一座大厦中的各个楼层，写出不同阶层人的心灵和生命律动。在周大新看来，我们正处在一个飞速变化的时代，人们的物质生活、价值观念、道德标准都在发生深刻的

---

　　①　计文君：《想象中的城——城市文学的转向》，《当代作家评论》2014年第4期。

变化。美和善继续在我们的面前飘动，一些人灵魂深处的邪恶、自私和伪善也开始挣开束缚现出身形，社会的精神状态开始呈现新的表现形态，《21大厦》很想把这些景观做一个展览。

故事的主人公是一名保安。他出生在豫鄂交界处，来北京打工当保安。周大新和他有着共同的乡村生活背景，知道他的所看所想，在生活中他也曾接触到很多保安，家乡的一个年轻人还曾在北京办过一个颇有名气的保安公司。小说就是通过"21大厦"的不同阶层展开，4层是快餐厅，58层是最高层，也是高级私宅区。地下2层是停车场，32层是三家公司，43层是普通私人住宅区。保安就成为观察大厦里各种人物的眼睛，他最初是在大餐厅的门口站着维护治安，可以看到各种就餐人的表情和吃相，会发现其中一位姑娘，是地道的北京人，总是到一定时间就有一位中年妇女抱着孩子在外面等她，她匆匆吃完就来给孩子喂奶。他很好奇，故事也从这里开始了。之后因为他表现好，被调到高层商住区当保安，那是有钱人住的地方，房子很大，一套二三百平方米，他见识了高官、画家等的生活。后来因一次意外，他又被弄到地下室看停车场，又见识了底层人的生活。最后他爱上一个女人，付出全部的真情，但对方只当是一场游戏。他一下子崩溃了，选择了自杀。农耕文化和现代都市文化的巨大反差，造成了他心灵强烈的冲击，对城市生活绝望之后，站在窗前……作品并没有明确写他是否自杀，只写他走向窗户，想从大厦跳下去。

小说最初并没有想写成悲剧，但写着写着，就成悲剧了。周大新的认识是人生多是悲剧，从出生就要吃苦，四五岁开始学东西，直至十七八岁考大学，然后学到本领去找工作，还要经受找对象、买房的忙碌。然后是结婚养育孩子，不断地经受各种烦恼、苦痛，欢乐的时候很少。然后开始生病，老年生活也开始了，活动能力、视力、食欲都变差了，直到死在床上。人生确实享受到很多快乐，但也会经历很多苦恼和苦痛。大概有这些看法，就导致了自己不知不觉地写出了悲剧。

张鹰认为这部书展示出了当代都市社会的人生画卷，"保安的视角"在作品中发挥着举足轻重的作用。一方面，作为一个从闭塞的农村来到都市社会的谋生者，他对都市有一种"隔"的心理状态，正是这种状态所产生的"陌生化"效果承担起作家对于陷入滚滚红尘之中的都市男女的鞭挞与批判；另一方面，作为一个急于要在都市寻找到生存出路的小农经济的背叛者，他的心理状态和那些与他的生活环境相距非常遥远的官员、大款以及梅苑等靠出卖色相而生存的都市男女有了心理上的一致性，"21
大厦"楼顶那座欲飞的大鸟成为他们心中共同的图腾，也成为他们共同
的渴望。在何镇邦看来，这部作品令人耳目一新，现代物质文明的高度发
展与人们精神失落、人性被扭曲之间的矛盾形成了一种现代病，正是这种
现代病给现代人的生活带来了困扰。"作者当然不可能给医治这种现代病
开出什么药方，但是他通过一些人物命运的描述和人性的深度开掘暗示我
们，提高人们的道德水准显然是医治这种现代病的良方。"①

也有评论家指出作品的寓言性，"21 大厦"作为一种人的生存状态的
象征，"暗指着越来越商品化的城市生活的动荡不安及尴尬无奈，乃至人
们在追逐金钱、财富或社会地位的过程中被扭曲、被重塑的悲剧性"②。
《21 大厦》既像一部寓言小说，又像一部警示小说，可骨子里仍然是一部
内蕴丰实的社会小说。这个有限的空间，展示了多层面的人生世态，善良
而命乖运舛的白领丽人、行为怪异而收入颇丰的画家师徒、贪污受贿的部
长和情妇、一掷千金的富豪、勤恳工作而收入甚微的保安员、清洁工。
《21 大厦》里随处可见的、关在笼子中的黑雉鸟，是象征，也是提示。局
限于大厦内的人就像被关在笼子中的鸟，除了"大厦"这一有形的"笼
子"外，天性中同样存在渴望自由、期盼振翅高飞的人，但又不得不接
受法律、道德、舆论、规范、纪律等束缚。同时，还得面临嫉妒、欲望、
贫穷、疾病、灾难、战争等的制约和磨难。那一切，比起困在笼子中的
鸟，似乎是更为严密。

长篇小说《天黑得很慢》，2018 年由人民文学出版社出版，是中国首
部全面关注老龄社会的长篇小说。从 2015 年起我国就进入人口老龄化迅
速发展时期，据预测，到 2035 年，老年人口将达到 20%。老龄化正在成
为日益严重的社会问题，小说对这一社会问题进行预警，也实现了文学审
美功能和社会功能的有效结合。老龄化作为世界性问题，但在文学领域关
注书写的并不多。该书一出版就受到海外重视，后来查恩公司出版了英
文版。

长久以来，我们国家流行的是青春崇拜。梁启超《少年中国说》提
出："老年人如僧，少年人如侠……老年人如鸦片烟，少年人如泼兰地

---

① 何镇邦：《独辟蹊径　耳目一新》，《中华读书报》2001 年 8 月 15 日。
② 周政保：《〈21 大厦〉：城市生活一隅》，《光明日报》2002 年 1 月 30 日。

酒。""少年强则国强，少年进步则国进步。"此后的话语叙述中，《青春之歌》《年轻的一代》《青春万岁》，都是讴歌青春。现在霸占荧屏的，也多是青春面孔。老人形象在文学序列中，一般是作为长者（代表权威）、智者（代表通天地鬼神）出现的，比如很多文学作品中的老族长，或者《极花》中的老老爷，多是作为概念或符号，而并非作为有血有肉的人的形象出现。

这本书真正把老人作为人来写，从故事开篇的73岁到故事结束的86岁，从不服老到器官衰竭的过程，他的心路历程，他的遭遇和感受，也丰富了当代文学的形象。主人公是一名硬汉，做过法官，70多岁时还会因别人给他让座而动怒。他一直在和衰老对抗，进行种种自救行为。他去婚介所、想恋爱结婚，为遇到情投意合的女性也进行很多努力，却因为身体状况和对方种种更为实际的打算失败了。他还去练各种奇奇怪怪的功，有拍拍健身操、龟龄功，去服用千岁膏。当然，过程中有很多受骗的经历，这也反映出社会的怪现状。直面问题才能引起社会重视，从这一点上，说明作者的勇气和创新力。

书中描述的怪现状其实就是生活中的典型案例，现在身边的老人没有不被这些鼓动和感染的，向老人推销、洗脑式地贩卖各式保健品、补药，书中的种种情节相信读者们也会感同身受，这就是社会现实，是我们身边的老人正在经历的事情。为了对抗衰老、延长生命，该试的该用的都尝试了、都努力了，在情感受骗、经济受骗后，老人们该何去何从。作者只好营造一个世外桃源，一个没有被污染的纯天然的长寿村，但作为都市人，大家都意识到，这样的生活也回不去了。因而，它仍然是一个棘手的社会性问题。

整部小说的结构也很独特，一开始是轰炸式的各种前沿科技，有陪护机器人，有灵奇长寿丸，有返老还青的虚拟世界体验，有各种可能预见的人类美好未来。后面却是赤裸裸的现实人生，有人性的贪婪、自私，爱情的背叛与遗弃，有身体器官的衰老、自然力的不可抗，有老人所面对的空旷的房子和无边的孤独。科技与情感就形成一种互文关系。在现代科技的发展还没有办法与衰老、死亡进行有效对抗的时候，这个时间差人们如何来应对，科技与情感是否能够互生共存，也有很多令人深思的地方。

这同样是一部描述人间朴素情感的作品。父亲爱女儿，百般瞧不上女婿；女儿爱丈夫，为了他堕胎、出国、抑郁、死亡；陪护员爱男友，辛苦赚钱供他读大学、读研究生，却遭遇背叛。当这些人离开后，退休法官、陪护员、孩子组成一个特殊的家庭。为了给孩子上城市户口，两人假结婚，也在多年共处中形成深厚的父女情。在老法官已经完全痴呆、几近死亡，医学已经无法疗救、很多人都会选择放弃的时候，陪护员试图用最原始的母爱方式来唤醒他。

作为一位持续关注社会问题的作家，周大新的长篇新作《洛城花落》（人民文学出版社2021年版），以一场离婚事故展开对当下爱情、婚姻的思考，从爱情的挫折、浪漫的找寻到婚姻的撕裂，还原青年婚恋的生动图景。

小说写两位985高校毕业的研究生，在京工作，因各自恋情不顺，远在家乡的父母托付给"我"这位"媒人"，使之产生交集、相恋、结婚，但两个最终离婚。在"媒人"眼中两人是相当般配的，都是名牌大学的高才生，一文一史，郎才女貌。对于双方父母知根知底，家境也算相当。在婚礼现场和多个场合还见证了这对青年爱恋时的诗情画意和浪漫激情，却不期然闹上了法庭。"媒人"既因责任感，又有父辈的情义在，就全程参与调解、开庭的过程，为读者揭开了美好爱情也要直面的诸多婚姻问题。

首先是生活层面的问题，由第一、第二次开庭的"控诉"引出。作为"媒人"在调解时已然发现这两位外乡青年才俊，尽管在京安家落户、貌似光鲜，却生活困顿，住在合租的小房子，岳母来照看婴儿只能住在公共客厅里。女方表示不满，男方也辩解，自己又是工作又做兼职，省吃俭用，还是无法追上飞上天的房价，想买车也因摇号的限制遥遥无期。

其次是理性层面的考量，包括双方的父母和辩护律师。在父母看来，抱着劝和不劝离的思想和过来人的经验，总是不希望子女婚姻解体。而辩护律师的多重声音也是作品的亮点。女方的两位辩护律师分别为离婚者、不婚者，敢于寻求不依附男性的独立生活，也致力于"拯救"更多被婚姻制度围困的女性。男方律师百般挽留，通过回顾温暖的恋爱细节，希望能重新唤回爱情。

最后是历史层面的反思，作品以家史的方式引入雄家清朝和民国的两场离婚官司，都由女性发起，看似女性有了自主权，却是备受压迫的不得已反抗，还要受到族规、纲常、伦理诸多规约，她们仍是不幸婚姻的牺牲品。即便能够走出婚姻，也要受到要么自尽要么为尼的惩罚。女性看似可以反抗制度和夫权，却仍要以悲剧命运收场。

经过20世纪的启蒙思潮和女性解放运动，离婚已成为普遍的社会问题。从五四一代"自我"的觉醒，敢于冲破家庭、婚姻的牢笼，也成为众多"新女性"解放的榜样。老舍《离婚》中"反对离婚"的张大哥亦是因循守旧、毫无精神追求的小市民代名词。从前慢，"车，马，邮件都慢，一生只够爱一个人"。现在快，连30天的"离婚冷静期"都备受全网诟病，被认为"限制了离婚自由"。《洛城花落》围绕着离婚的四次开庭引经据典，从人生经历、中外典故、科学数据对婚姻、两性问题进行辩论。女权主义者列举未婚有成就的历史人物，包括尼采、柏拉图、笛卡尔、牛顿、贝多芬、舒伯特、亚当·斯密，安徒生、达·芬奇等，以及历数女性婚姻中长久处于弱势，最终理性地将婚姻解体。

这部小说也在反思现代女性的命运与选择，这是周大新一直关注的问题，从汉家女、香魂女到暖暖都是如此。作品中的袁幽岚是"90后"、独生女，长得漂亮、性格独立、自尊自爱，在婚姻关系中她没有办法像母辈那样面对男人粗暴的"温柔"，也无法容忍对方原生家庭带来的种种缺点和滋扰。这也反映出随着时代的变化，女性自我意识的强大。美国《时代》周刊曾为中国独生子女一代命名"中国的'自我中心一代'"，国人也称他们为"我一代""酷一代"，代表着自信、自强和自我，与80年代出现的"迷失的一代"相对应。所以，在法庭上即便母亲倒戈，也加入劝和的队伍，她仍不为所动，坚持离婚。对于父亲的逆反心理更为严重，只要是父亲坚持的，自己就反对，婚姻的决定也是如此。但在徐友渔看来，表象是年轻人非常自我，凸显自我的主张，其实他们做一些事情的诉求并没有真正地通向自我，并没有独立分析的能力。

周大新多年来持续在对社会问题做预警，从《21大厦》城市对人的扭曲、《湖光山色》乡村经济对伦理道德的冲击、《安魂》对失独问题的深思、《曲终人在》对腐败问题的关注，《天黑得很慢》对老龄化社会的警示，到《洛阳花落》对婚恋问题的探究，始终直面现实人生，虽然有些伤痛的揭开令人难过，却也让人警醒。在故事结尾，他仍然不忍心两位美好青年在怨恨与控诉中"人设坍塌"，寻找到他们疑似出轨的闹剧以及不得已的苦衷。在对差异性的包容中，为琐屑沉闷甚至无望的婚姻生活注入爱与温暖的力量。托尔斯泰说：艺术家的目的不在于无可争辩地解决问题，而在于迫使人们在永无穷尽的、无限多样的表现形式中热爱生活。从这部小说中，我们可以通过理解他者来了解自己，发现爱的幸福提示，反思"阶序化"社会的诸多问题。

五　新兴的城市景观

张广智的文化散文《郑州　郑州》，2020 年由大象出版社出版。作者以在郑州生活二十年的身份考释这座城的前世今生。在《古都》郑州中，夏都阳城，就坐落在登封，即中华第一都。《郑州古建》讲述了距今 9000 年的唐户遗址，距今 6000 年的大河村遗址，距今约 5300 年的西山古城遗址，距今约 4300 年的古城寨遗址，而距今约 3700 年的二里岗遗址，即郑州商城，是一座规模巨大的近似长方形的城垣。如《考工记》所载："内有九室，九嫔居之；外有九室，九卿朝焉。"两汉时期的汉三阙和打虎亭汉墓仍保存良好。郑州保存的唐塔有 15 座之多，数量居全国第一。如净藏禅师塔、大法王寺唐塔等。唐代仿周公测影而建的观景台，是我国现存最早的天文观测建筑。明清时期的古建，包括中岳庙、少林寺、康百万庄园至今保存完好，也显示出厚重的中原气韵。此外，还介绍大量的郑州名人：从许由、岐伯、韩非、子产、列子、陈胜、苏秦、潘安，到杜甫、许衡、白居易、李商隐、刘禹锡等，可谓星河璀璨，承载着深厚的文化积淀，真可谓是"一部河南史，半部中华史"。

新作《龙子湖》，2021 年由大象出版社出版。该书在描绘郑州龙子湖及其周边风景、建筑、植物、动物等的同时，打捞诸多历史人文故事，以闲散之味调和，让郑州生活日常变得意趣盎然。全书共分五卷，卷一写郑东新区龙子湖片区，无论是湖区、街衢、池畔、学府、食坊、棋馆、商厦、书店、茶肆、酒楼，还是太格茂、钟书阁、竹榭，乃至春华、秋实、冬勤、姚夏、相济、时埂村，将作者生活所处与心中所思巧妙融汇。卷二、卷三多为花草树木，附以竹石岩岫、泉瀑兰榭、亭台楼阁，泠然若《博物志》一般云牵影带；卷四，撰鸟雀虫鱼鸡鸭蝉之趣；卷五，则状人述事描物化感念。作者在《后记》中说："日久生情，人和人如此，人和物也一样。近几年整天在龙子湖盘桓，心里自然生出一份感情来，于是，就把在龙子湖的所见所闻写在了这里。"如果说《郑州　郑州》是作者为其第二故乡郑州描摹的一幅精致画卷，期待通过"打捞历史"的方式推介郑州，那《龙子湖》则是一幅转湖"写生"而成的当代龙子湖风俗画，春夏秋冬、阴晴圆缺、市井百态、家长里短，在美境中充盈着人间烟火气。

八月天、尚攀合作的《起飞——第一航空港成长记》，2018 年河南科技出版社出版，是一篇关于郑州航空港的报告文学，翔实记录了航空港从蓝图规划、招商引资、人才汇聚，到成为中原崛起新动力的历程。

作品开篇从郑州的古代史开讲，"豫"的由来，关于河南，一直被认为是中华文明的发源地，"老家河南"是很多中国人的心声。但在现代化的步伐中，她显得有些步履沉重。尤其是蓝色文明崛起后，古老的中原一度趋于沉寂。经历了近现代中国社会的不断动荡，以及改革开放后港口城市的迅猛发展，古老的中原如何腾飞一直成为很沉重的问题。

在这部报告文学中，作者就细致讲述了在航空港规划期间，如何采取战略制高点，直接吸取全世界最先进的经验，博采众长、为我所用，实现古老的中原与世界先进经验接轨的过程。比如，决策者们考察荷兰阿姆斯特丹的斯希普霍尔机场，那里从 20 世纪 70 年代开始到 80 年代末，就已经实现了从机场到城市即航空城的转变；去参观欧洲的法兰克福机场，如何仅仅依靠展会活动就为德国政府贡献 5.67 亿欧元税收；还有美国的路易斯维尔国际机场，以及那里领先全球的服务。其他如迪拜机场、仁川机场、亚特兰大机场、名古屋机场等，这一些考察和后续的战略决策，都为航空港的腾飞创造了必要条件。

与此同时，注重理论视野也是航空港起飞的重要条件，比如吸收学者张宁关于蓝色经济的新概念，即如何运用地利优势发展海洋经济之外的天空经济，成为城市发展的新引擎，和区域经济发展的开放之路。卡萨达《航空大都市》关于服务航空经济发展起来的智能型城市等。这些理论的指导也扩大了人们视野，改变了保守僵化的既有思路。作者还有意讲述了一个历史小细节，在 20 世纪 90 年代初，河南某宾馆安装猫眼是否需要倒装以方便警察监督的荒唐可笑的故事，认识到解放思想才有创新之路。当然，这也并非是一条坦途，也有各种压力和困难，难能可贵的是，历任领导展开了接力赛，而专家学者和普通劳动者的持续付出才得以有今天的旧貌换新颜。关于报告文学，门德斯曾指出："报告文学是用小说家的眼睛和记者的职业准则参与现实的过程。"① 可以说，这部作品是作者经过了

---

① 转引自李梅作《写在新闻至深处：中外文学新闻叙事研究》，武汉大学出版社 2021 年版，第 13 页。

细致扎实的调查采访，用数据铺就以实现叙述的全方位真实性，同时又会穿插一些小故事，增强作品的文学性，以及通过作者的分析讲述独到的见解。

作品着重讲述了郑州实现交通枢纽的过程，机场可以让河南联通世界，米字型高铁进而让河南联通中国。如果说米字型高铁是郑州天然的地利，因为以郑州为中心，600公里范围内可达北京、武汉、西安、太原、济南、合肥、南京、徐州等大城市；1500公里内，可通达国内70%的省会城市，南北东西，中原腹地，数亿人口，得天独厚的地理位置，让郑州在中国高铁发展上走在前列。而航空港的建立，则是战略的新跨越，2015年4月20日，新郑机场飞往亚、欧、美三洲的"一带一路"国家货运航线达到22条，航线网络基本成型。"郑州价格"已成为中欧间国际航空货物运价的重要风向标。新郑机场成为中国八大区域性枢纽机场之一、中国四大货运机场之一。新郑机场的货运航线已通达全球主要货运集散中心，构建起以郑州为亚太物流中心、以卢森堡为欧美物流中心，覆盖全球的航空货运网络，空中丝路真正拉近了河南与世界的距离。

新郑机场有着"拥抱世界，迎接未来"的寓意，而"笛塔"，正是河南的文化符号，设计灵感源自8000多年前的河南出土文物"贾湖骨笛"。贾湖骨笛是迄今为止中国考古发现的最古老的乐器，也是世界上最早的可吹奏乐器。文化是习得的，也是共享的。这些精心的设计是文化认同者的一份心意，也是文化共享者的一种期许，民族的与世界的必将融合。共享文明，就是人类要共同创造、共同认同、共同拥有现代文明形态，所谓文明共同体，就是建立在尊重不同文明基础上的文明新形态。

当报告文学真正能够绘出真实生活图画的时候，就是在将来，也有价值的。2017年，伴随着第一航空港的发展，国家支持郑州建设成为国家中心城市。《航空大都市》的作者卡萨达曾为第一航空港起了英文名"ZAEZ"，而随着领事馆片区的设立，也说明郑州在国家中心化、国际范儿的道路上越走越远，"国际郑"正以开放的姿态越来越扩大她的朋友圈。

第九章

走进城市内部

城与人的书写，可以从城市内部进行微观体察，成为作者展现城市生活的新路径。越来越多的城市书写，摆脱了20世纪八九十年代的极端化表达，更多关注普通人的日常细微处。通过城中人的所感、所思、所想，进而探索城市体验及生活的复杂性。城市特有的物质文化生活不仅锻造着它的风貌，也具体影响着其在文学中的呈现与表述。在这个意义上，城市成为一种话语，城中人通过对日常生活理性的观察，发现后现代社会人与城的关系，以及独特的地方经验和生存方式，这也使得城市文学日益呈现出浓厚的生活气息。

一 《找不着北》的城市边缘人

刘庆邦的短篇小说集《找不着北：保姆在北京》，2014年由北京十月文艺出版社出版。作品的腰封上印着：她们像是打入城市的尖兵，又像是潜入城市的卧底。她们每天都与你擦肩而过，她们的故事或许就发生在你的家里。改革开放后，尤其是90年代市场经济以来，更多农村人口流入城市，也带来了保姆行业的兴盛。这本书通过保姆的视角打开城市生活，尤其是隐秘的夫妻生活、家庭间的人伦问题，以及各种社会乱象。

在自序中，作者坦言：作为1978年春天来到北京，在北京生活三十多年的河南人，虽然之前也写过几篇关于城市生活的作品，但更多是写农村和煤矿生活。这次尝试写城市系列，就选择通过写保姆来思考城市生活。原因如下：一是，全国各地到城市当保姆的人很多，她们已形成了一个庞大的群体，这个群体在浩浩荡荡的打工队伍中具有一定代表性，值得关注。二是，保姆作为家政服务人员，她们单刀直入，一下子就走进了城里人的家庭内部。通过保姆的视角，正好可以轻轻撩开隐秘的帏幔，看看城里人的内心世界和人性的丰富。三是，保姆一般来说都是女性，女性有着灵敏的触角和强有力的吸盘，她们看似配角，有时也会变成主角，她们的故事会给小说的想象提供更多的可能性。四是，在我国城市化进程中，过去长期形成的城乡二元对立的观念仍然存在，这种观念必定会在保姆和雇主之间反映出来，并形成形形色色的矛盾冲突。在这种情况下，保姆像是打入城市的尖兵，又像是潜入城市的卧底。她们承载着历史，同时又创造着历史。

《找不着北》，写梅玉姗和丈夫老秦为了迎接外孙出世雇了保姆小赵。孙子三岁后被女儿接走，小赵要求继续留下来。但是小赵早已和老秦私通，梅玉姗不在家的时候，她就不再叫叔叔，叫秦哥，睡在夫妻二人的床上。连女儿都感觉到不对劲，梅玉姗还坚持用人不疑、疑人不用。甚至连梅玉姗的玩伴们都猜测到老秦和小保姆的关系，却不便说出。有的说梅玉姗太傻了，有的说这正是她的过人之处，这种做法叫巧借资源，自己的资源枯竭了，就把农村的过剩资源拿来，为我所用。这样既稳住了老秦，保持了家庭的稳定，梅玉姗自己又免去了为家务操劳，可以放开手脚，尽享山水之乐。

还有写城乡差异的《走进别墅》，钱良蕴应聘保姆，给自己选了一个华贵之家，走进对方的别墅，才发现有钱人的生活超出了自己想象。兰阿姨家是一套连体别墅，上下三层，最下面还有一个地下室。三楼除了卧室、卫生间、玻璃花房、露天平台，还有一间健身房。健身房里有跑步机、哑铃、拉力器等健身器材。钱良蕴看见过一些表现西方贵族生活的电影，在电影里，那些贵族男女生活的地方都是豪华版的，没想到中国人的生活也可以如此。钱良蕴引诱了兰阿姨的儿子，一位从国外放假归来的留学生，并将这段经历写成了一篇小说。

《榨油》则写出了金钱欲望之恶。本来在餐馆工作的周玉影，被女老板的父亲看上，要求带回家做保姆。老先生虽说快七十岁了，但还是有身体需求，就要求周玉影用身体"加班"，每次另付二百元钱。周玉影也乐意，但很快怀孕了，老汉不同意生小孩，赔偿二万元让她把孩子流掉，却在周的威胁下被迫结了婚。周玉影认为自己身份坐定，就消耗老先生的身体，使其很快去世。没想到老汉的女儿拿出了遗嘱，原来他的所有遗产全部归女儿继承，并特意提及周玉影嫁给他是别有用心，千万不能让其图谋财产的阴谋得逞。

《路》则是少有的人性温情故事。小吴照顾赵教授家因车祸致残的儿子赵兰刚练习走路。赵兰刚又高又胖，小吴特别吃力，但他妈妈陶老师却很冷漠，路过时连看都不看他们一眼。赵教授得知小吴本想上中专，因家境贫寒被迫辍学，就想帮助她。得知她作文不好，就让她求教语文教师陶老师。陶老师告诉她要写真情实感，也给了她一篇自己写的文章。原来当时儿子的女朋友坚决要求买车，陶老师只好答应。没想到车开了三个月儿子就惨遭车祸，女友也不见了。陶老师在文章中写道：她多次在夜深人静时，去儿子的房间，端详熟睡的儿子。她老是产生错觉，仿佛是儿子又回到了婴儿时期。倘若儿子还是一个婴儿就好了，她会对儿子充满希望。可儿子目前的状态，她不敢对儿子抱任何希望了。人人都在奔现代化，其实现代化是一条不归路，都是因为现代化，才把她的儿子害成这样。小吴这才明白，陶老师比她的妈妈还苦。妈妈的苦主要是物质生活上的苦，而陶老师的苦是心里面的苦。她过去以为，北京人过的都是天堂一样的日子。现在才明白，家家都有难处，北京人有北京人的难处。故事的结尾，在赵教授和陶老师的帮助下，小吴考进了朝阳区的一家职业学校，圆了上中专的梦想。

此外，还有书写保姆被金钱欲望支配和男友一起偷走雇主家金钱和金条的《谁都不认识》，总是性骚扰保姆的《习惯》。《骗骗她就得了》，却不经意打开另一个城乡空间。久病在床的表姑特别想听乡下老家的故事，所以从老家找来陈香书照顾她。但陈香书发现，姑父根本不关心表姑，下班回家表姑叫他才会去看一眼，有时候借故出差几天不回家。表姑的女儿在美国因病去世，儿子因吸毒被判无期徒刑，表姑内心荒凉，只能将心安放在遥远的乡间过去。但香书却说："现在的老家跟你在老家时的老家不一样了。"老家的植物变了，河沟常年是干的，谁的灵魂也安妥不了。在故事结尾，姑父令她去新家工作，才发现原来姑父曹德海早有外遇，对方已经怀了孕。香书打定主意，要回老家去，不能伺候曹德海的小老婆，不然的话，她会觉得对不起表姑强秀文。《骗骗她就得了》是一篇充满了批判精神，对现代性有着深刻反省和检讨的小说。这样的小说不仅与当下中国现实有关，更重要的是它与今天的世道人心有关。"这不只是价值观的迷失或道德底线的洞穿，更可怕的是，在都市生活的深处，有一层坚冰铠甲覆盖在人心，那就是城里的冷漠与荒寒。那漠然、欺骗让人看着都提心吊胆，但在曹德海那里，那种生活他毫无歉疚，坦然处之。"①

《我有好多朋友》展现了城市的无尽孤独。作品写在北京做保姆的申小雪，要求每周休息一天。虽然少了工钱，但她觉得只有这样，才能和城里人的生活接轨。她告诉雇主自己有好多朋友，需要去找她们玩。但在这一天，她一般是找间条件差的招待所住一晚。离招待所不远处，有个大型商场。申小雪可以去逛逛，等于一场游乐。然后来到一家叫相逢酒家的餐馆，点一盘酱牛肉、一盘凉拌海带丝、一瓶啤酒，一个人吃饭。她发现这里还有精神生活，可以在餐馆的墙壁上用粉签留下心事。她就写上：找呀找呀找朋友，谁是我的好朋友？然后留下自己的手机号。没想到引来很多电话，餐馆的厨师对她也有意，二人交起了朋友。但后来才知道厨师徐子成之前交往的女友给他生了一个孩子，申小雪于是怀疑对方的诚意。雇主也说她，那么多朋友，怎么没人帮你出出主意呢？小说写出了这些年轻女性进入城市后的精神孤独问题，一方面她们尝试融入城市生活，另一方面又无所依靠，在生人社会中个人婚恋也处于模糊阻滞的状态。

保姆系列作为刘庆邦关注城市的一个视角，他选取了这些底层女性，写出了她们在城市中的生活状况以及城市人的生活形态。有夫妻看似和睦其实瞒和骗的《找不着北》，有惦念雇主家物质财富的《榨油》《谁都不认识》，有城市生活残破不堪的《骗骗她就得了》，剖开城市光鲜之下的众生面相。但作者始终关注人的精神尊严问题，即便身为保姆，她们只将其作为谋生之道，人格也是完整独立的。如陈香书的义气，宁愿返乡也不愿伺候姑父的小老婆；又如《后来者》中的祝艺青，虽然北京生活和她想的不一样，被迫从事保姆工作，也丝毫没有降低自我人格。这些底层的独立女性也为城市书写增添了一种文学风景，从人性的幽微处呈现社会发展中城市家庭空间的诸多问题。

二 "七厅八处"的官场生态

"我的七厅八处"系列是南飞雁近年来在《人民文学》等刊物上发表

---

① 孟繁华：《都市深处的冷漠与荒寒——评刘庆邦的短篇小说〈骗骗她就得了〉》，《北京文学》2013 年第 3 期。

的一些中篇小说，并以合集的方式编入《天蝎》（上海文艺出版社2018年版）。包括《红酒》《暧昧》《灯泡》《空位》《天蝎》《皮婚》，都是描写公务员的工作与生活，以及人到中年的卑微与自尊。之所以选择这类题材，源于作者所言自己没有其他的生活，一直恐惧读同龄人的小说，"各路同辈强人们早已占下码头，抢了生意，圈走地盘，以至于抬头一望，各个题材的山头上都有'替天行道'的杏黄旗迎风招展，类似武松者熙熙攘攘。扭头再看，倒有一个去处人迹罕至，那便是我的'七厅八处'。"① 因为自己的朋友与文学基本无关，广泛分布在某厅某处中，这就是他天然天化的生活。

这些故事都是涉及官场，写公务员的工作爱情生活。尽管作者写到他们人到中年圆滑世故，又有着在现实面前的卑微，真实的映照更能显示出小人物在生活面前的无力与苟且。故事男主人的设置多为中年男性公务员，离异无子，面临工作晋升的压力和婚姻的重新选择。在世故的考量面前，《红酒》中的简方平面对刘晶莉的暧昧很有底气："我好歹也是个副处级干部，你刘晶莉算什么，一个三十岁的女人，也把自己端起来么？"而享受暧昧的过程，被他比喻成"就好像一个初次到自助餐厅的人，蓦地发现那么多随便挑选的美食，谁都不会仅仅往盘子里放上几片面包，直接吃饱了就走人"。"一个三十岁的女人，事业无成，经历颇多，容貌也不出众，急于嫁给他的心情可以理解。但这样迫切就不好了，不符合暧昧的游戏规则，而脱离了规则的游戏很难进行下去。"同样对于《暧昧》中的聂于川来说，暧昧对象也是和官位挂钩的。

如今天上掉下个林妹妹，跟钟厅长交情莫逆，又曾追求过他，还是离了婚的，内因具备外因有力，只要运作得当，还愁副处长被老孙抢走？还愁赶不上大提拔的末班车？就算都不提拔，副处长空置，他今年才36岁，以时间换空间，积小胜为大胜，熬也把老孙熬退休了。数风流人物，还看今朝。当然，这是有前提的。就像一列火车，时刻表已定，仅需沿着轨道走下去，早晚会到站——只要不出轨。如今妻子已飘居云端，出轨的基础不复存在。至于玩玩暧昧，并不能和出轨

① 贾梦玮主编：《文学：我的主张》，江苏凤凰文艺出版社2018年版，第270—271页。

画等号，不但不能画等号，还可以得到意外收获。①

《灯泡》写了少有的正直人物穆山北，他性格耿直，在审职称材料时"上去就把书记夫人的材料剔了出来，判曰论文造假"。但领导根本没把他当回事，掂起"初审通过"的戳子盖了下去，而他抓着论文找领导评理，领导不表态，他就回宿舍写了封实名举报信，直呈厅高评委。由此一战成名，轰动全厅。但也因此走了多年的背运，一直提拔不了，被视为"灾星"，去哪里都被嫌弃、冷落。一直到九处后，自己心里着急，也改变了态度。后在岳父的运筹帷幄之下晋升科长。混了二十多年，这才明白走仕途和当黑嘴灯泡并不矛盾。对他来说，"四十多岁了，儿子挺争气，老婆有本事，自己呢，总算也提拔了。如果晚上老婆能再爆个腰花，老丈人能开瓶二锅头，那他的日子就更好过了"。《灯泡》不同于其他小说的油滑世故，写出一个耿直的人如何在公务员队伍中落落寡合，因为不作假、不迎合、不世故、不功利，是个好人，却一直不受待见的憋屈人生。作为读者，看到穆山北毫无顾忌地坚持原则，尤其是他大闹四处审计的故事让人读来酣畅淋漓。他将老齐挤兑得体无完肤、走投无路，又把小高处长怼得面红耳赤、无言以对，然后面对围观人群"点头离去，穿越人群，走得气宇轩昂"。然而，这却暗合心机颇深的九处处长小肖的计谋，完成一个小肖识大体、顾大局，竞争对手小高找茬的故事新编。而恰恰是充当了领导的枪手，才换来穆山北的晋升。

《空位》围绕着一个事业单位编制的问题来讲故事。小蒙本科毕业，因父亲在设计院做没实职的领导班子成员，得到工勤岗，一直在为编制的空位努力。而研究生晓嫣也为这一编制暗暗较劲。在老蒙的运作下，晓嫣一度弱势，其父虽为科级干部，不惜釜底抽薪，运用自己手中权力，坚持要查账，换来女儿的空位编制。小蒙的恋情也很值得思考，双方本是大学恋人，小蒙的父母不同意，二人只得分手。多年后重逢，小蒙是打扫卫生的工勤，美如在公司已然混得风生水起，不平等的地位使得二人再续前缘。而吊诡的是，小蒙已经知道美如委身领导才换来职位，并和领导一直保持关系，却毫不在意，继续结婚。对于等待多年空位，深受煎熬的他来说，已经明白尊严在生活面前不值一提。

---

① 南飞雁：《暧昧》，《北京文学》2009 年第 10 期。

现在的小蒙，已经不再是以前的小蒙了。他不住地提醒自己，他想要的无非是一个老婆，一段婚姻，而不是因为女友出轨愤而分手，况且这出轨来自于她讨生活的本能。分手是容易，逞了一时之快，到头来什么都没落下，未免太悲催。在研究院多年，要是这点账都算不明白，真是白混了。①

这个故事使人读来悲怆，曾经的纯洁青年，从追逐空位开始，几年里他陆陆续续把理想、尊严、底线统统埋葬进去。对于晓嫣也是如此，她是音乐系研究生，为了一个空位出卖自己。美如亦是如此。让我们不禁感慨人的异化，在利益、诱惑面前人性的不堪一击。这些机关、单位的人为了位置争抢了一辈子，直到快退休才想明白。在《天蝎》中，作者借老冯之口讲："你老弟算人到中年，老哥我都五十大几了。在这个年纪，身体健康，略有积蓄，孩子听话，老婆还在，事业上不至于丢人，也就足够了。至于升官发财，多它不多少它不少，仔细想想也就他妈的那回事。"② 局外人也许会淡定，但是置身其中的人所费的心机、所受的委屈实在令人难过，也显示出现代社会竞争机制下人性的可怕和生存的不易。

三　"无关风月"的故事

李清源近年来写作系列关于城市人生的中短篇小说，结集《此事无关风与月》（作家出版社 2021 年版），多涉及都市男女的婚恋、事业等问题。也有写文化圈种种故事的《诗人之死》，讽刺某些文化人的种种低劣行径。《胡不归》写在城市和乡村间辗转的两代人的人生况味，年轻人已然离不开城市，而长者虽然留恋，却发现现在的乡村和过去截然不同，完全被权力、金钱裹挟着。

《清肥》写城市文化圈的怪现状，既有文化名流的附庸风雅，也有城市新兴拆迁户的暴发户气派，更有其间人们的感情与事业纠葛。刘蕊在郑总的提携下，步步高升，但郑总始终不愿和她结婚，也让其心生不满，所

---

① 南飞雁：《空位》，《人民文学》2012 年第 4 期。
② 南飞雁：《天蝎》，《人民文学》2016 年第 9 期。

以和严锋保持暧昧关系。康总追求刘蕊，被多次拒绝。刘蕊又想和有多套房产的乔东暧昧，对方碍于哥们情面拒绝。故事结尾，刘蕊如愿当上《中州报》主编，康总也得偿所愿。追求情怀的乔东摊上了官司，严锋登高望远，则被刘蕊嘲笑"能力和操守"，他发现自己始终无法融入"高级圈子"，找不到属于自己的位置。小说中的中原福塔、玉米楼等现代城市地标，汇聚权贵、名流的会所，亦有生存逼仄的文化公司。在城市的高度和无限的欲望映照下，小说通过一个边缘人严锋的形象，呈现出城市人的尴尬生存状态。

康总是城市文化圈名流，却庸俗不堪。他尽管看重严锋，严却无法为伍。康总让严锋为其写一篇宣传稿，把自己拔高到"诸体兼擅，凌跨百家，可使王铎为御，徐渭参乘，苏米前马，二王后车；至于近代于右任、沈尹默之辈，只堪给他提个鞋"。严锋建议康总删减一些，对方不以为然，在恳求下删掉一个章节。拿去给主任看，主任说太不客观，发到广告版都嫌丢人。但在康总的运作下，文章还是被发表，且有着报纸和电视台的连续报道。康总在省城书法界的名声大增，如愿成为省书法家协会二十八名副主席之一。作品对于所谓"文化名流"的形象无情揭露，他们毫无美德意识，不知廉耻，但却名利双收。

刘蕊无疑是重点刻画的人物形象，也显示出作者的笔锋之犀利。作为都市离异女性，她纠缠在四位男性之间，既需要郑总的权力支持，严锋的肉体支持，又需要乔东的金钱和康总的能力支持。在严锋看来，她的业务和公关能力都不错。这位游走在不同男性之间的女性，也得到了她如愿以偿的总编位置。"由于生活的紧张和密集的各类人群，大城市充满了象征性的细节，是一个传奇式的场所。对我们来说，它既光彩夺目又令人恐惧，正如弗拉那根所说，它是'充满令我们困惑的景观'。假如它真的清晰可见，那么所有的恐惧和困惑都将被景观的丰富和力量中蕴藏的快乐所代替。"[1] 作者却既无法认同其行为方式，亦对人物抱有理解和同情，如刘蕊对于权力的渴望，尽管不认同其行为，却无法逃离对她的迷恋状态。而小说中的暴发户乔东，也存在暴富的拆迁户的不良习气，但在作者的笔下，他有着情义和节操，比着所谓的名流还是高尚许多，更好地映照出城市的多副面孔。

---

[1]　［美］凯文·林奇：《城市意象》，方益萍、何晓军译，华夏出版社 2001 年版，第 91 页。

　　《此事无关风与月》则是写一段传奇故事。作为一个还算颇有前途的领导，一天晚上偶然找"小姐"，经历了一段挣扎的心路历程，尝试中断交易。对方一再说这里安全，后来他还是突破了心理障碍，却对其有所留恋，还资助三万元钱劝其从良。之后，他又遇到该女子的两次借钱，因为心怀不忍，造成资金问题，选择受贿，并在举报下仕途尽毁。妻子和他离婚，朋友也心生隔膜。在又一次接到借钱电话后，想看看那位女子到底在做什么，结果发现对方因为他当年的劝告从良，选择做生意失败，结婚继而婚姻失败。儿子生了急病，找他借钱未应，只好再度选择卖淫。而在老板娘看来，当年她还年轻，可以在省城的高级酒店从事该业，正是在他的劝告下，选择做生意、结婚，却流落不堪至此，只能在小城镇里重操旧业。结尾出人意料，一次肉体游戏带来二人的人生转折，而他的行为到底是对还是错？

　　李清源对于人性的体察颇为深入，他写出城市人的欲望与困境，也写出作为自然人和社会人的种种无奈。有评论者指出，他的作品是诗化隐喻下的众生皆苦："正是在他优美的诗化隐喻下，藏着的是底层人民的悲欢离合，是他对芸芸众生的浮沉痛悟。为官者不思大众，在蝇营狗苟中寻求迷途的快感；底层群众为着生存而活，在一时的得失中悲喜交加。所有人都在苦痛中浮沉，有人的苦痛显得讽刺，而有人的不堪却让人心疼；有人的得意让人不忿，而有人的失意却让人可悲。"①

　　《苏让的救赎》发表在《当代》杂志 2015 年第 1 期，曾获《当代》年度文学拉力赛冠军。小说写青年苏让在城市中追逐梦想、蜗居，爱情与婚恋，以及与父辈、乡村割舍不断的联系。故事由父亲与其女友的一场官司引发。苏让来自乡村，母亲常年卧病后去世，苏让的童年也少有温暖。父亲略有残疾，靠打零工维持生计。苏让大学毕业后，来到城市追逐梦想，他相貌条件一般，智商和情商俱属中等。曾经的漂亮女友也离他而去。自己换过好几个工作，均不如意，后来索性彻底自由，开了个书店维持生计。但每次返乡还要伪装成功人士，满足父子二人的虚荣心。终于找到新女友谢春丽，对方相貌丑陋、身材很好，但已经是苏让目前条件下较为合适的对象了。父亲为了儿子能在城市买到房子，找到因丈夫伤逝有赔

<hr />

　　① 张建熊：《婆婆世界的世相书写——评李清源〈此事无关风与月〉》，《文艺报》2021年6月2日。

偿金的新女友，二人却产生纠纷，父亲因将女友打伤被拘留，女方家索要巨额赔偿金。苏让的返乡救父之旅，却发现除了撕去尊严、扮可怜之外别无他法。谢春丽虽因伤心分手，却念及旧情，主动支付律师费参与搭救。而朱律师所代表的成功人士，开着豪车，戴副墨镜，头发整齐油亮，穿件竖格短袖衬衫，系一条黑白相间的领带，神情从容骄傲，办事干脆利落。但在他光鲜的外表下有颗庸俗、刻薄的心，简单的午睡时间还要苏让提供高级点的小姐。成功人士"半张脸的神话"被揭穿，苏让的生活还得继续。故事结尾，他带着父亲来到城市，开始新的生活，虽然看到美女还是心动，但已然明白其貌不扬的谢春丽才是自己的心灵慰藉所在。

李佩甫认为李清源小说的主题就是"世道人心"。他的作品有着理想主义特质，写作的确是无关风与月，特别是当他写到黑暗处，那暗处是有光的；他写世道人心，深入人物内心的时候，透出了一种光亮。而李清源坦言自己更看重写作的现实意义，比较喜欢日常里的非常，故事情景和叙事逻辑都是日常的，但故事本身却具备基本的矛盾冲突和适当的戏剧性，这也是其作品独特的张力和魅力所在。

四　《巨翅白鸟》的都市异人

《巨翅白鸟》是王小朋 2020 年在河南文艺出版社出版的中篇小说集，收录的作品多是作者书写青春往事与都市异人。王小朋是土生土长的洛阳人氏，且任洛阳老牌文学期刊《牡丹》主编，因之颇得城市气韵。洛阳为中国著名古都之一，河山拱戴，素有九州腹地、十省通衢之称。历史上，有九个王朝在此建都，被称为九朝古都。显而易见，洛阳城就成为王小朋作品中的故事发生地——九都市。大概有着"千年帝都"的兴废沧桑，王小朋其人其文也仿佛纵横捭阖都是这座城的前世今生。其文虽多为短、中篇小说，却百转千回、荡气回肠，暗含多条线索，以有情的方式叙说人世间的朴素道理。

《空瞳》写女棋手唐素素的故事。众所周知，洛阳棋风颇盛，被誉为"百段之城"和"全国围棋之乡"。"河洛"二字自古就是围棋的别称。西晋以洛阳为都，晋武帝司马炎嗜棋，常在宫中与中书令张华、侍中王济对弈。《忘忧清乐集》中保留了《晋武帝诏王武子弈棋局》。明代解缙

《观弈棋》有"河洛千条待整治，吴图万里需修容"的诗句。洛阳还有着我国首个围棋文化专题博物馆。但在这篇短短的故事中，多条线索齐头并进，写出了洛阳城在 90 年代国企改制中，企业破产，工人生活的窘迫；老城改造与历史车轮的滚滚前进，人才的外流；唐素素的身世之谜，父亲和养父对于其不同的关爱，唐素素的恋爱经历等所遭遇的人道都通过棋道反映出来。养父老唐头给她讲棋与人生，"你亲爸是你的势，看上去无限可能但只是有可能；我是你的实，圈住了我这块实地你才能有所依附，才能用得上那个势。宋明是你的势，周成是你的实，周成这小子对你死心塌地，是可以托付终身的；宋明跟你在下棋上有默契，顶多也只能交个朋友"[1]。而故事结尾，唐素素在和宋明的对弈中，虽棋风凌厉，却不得不投子认输，甚至导致突然失明。复明后，虽然失去了进入棋院事业编制的绝好机会，但也并不介意。只是她下棋慢了许多，每次落子都要耗尽时间，每次对局，不管对方是初学者还是高手，总是终局险胜，赢得不多不少，回回都是一目半，俨然参透人生之感。

围棋本是我国国粹，其文化精华通过一位小姑娘的成长故事娓娓道来。作品如下棋般惊心动魄，处处设置悬念。如开篇竟写出唐素素终于如愿以偿，当上了瞎子。而老唐头闻讯后连声说好，这孩子成了，认为心明比眼明更重要。故事开篇周边人都认为唐素素是老唐头的老来子，因之格外溺爱。老唐头一心想要把一身本事传给素素，悉心教她下棋；厂子办的学校质量不高，请回儿子们，又拿出珍藏的好酒，期待他们赞助素素能上个好学校。而素素的亲生父亲虽然因官职和社会地位不敢与其相认，却屡次暗中相助，甚至拒绝见面伤了女儿心之后还专程前来观看对弈，且一直留心规划女儿的前程。这些朴素的情感似乎暗合棋道与人道，虽然步步惊心，却不乏温暖的力量。

《量子录梦机》中，作者着力刻画一位都市异人："民科"范特西。他特立独行，不容于世。高中以前数学成绩非常好，其他课程一塌糊涂。或许是超出了中学课程的范围，在课堂上问老师哥德巴赫猜想，老师痛斥其不务正业，并将一截粉笔头扔在他的脑门上。后来他就离开了学校。再相见时，他得知"我"是《九都文艺》的编辑部主任，要求刊载一篇他的关于费马定理的学术论文。再次相见是在一次酒局，那天晚上他妙语连

---

[1]　王小朋：《空瞳》，《红豆》2018 年第 3 期。

珠,给在座的上了一堂饱满的科学课。"从宇宙大爆炸到弦理论,从牛顿力学到霍金虫洞,从摩斯密码到二进制编程,当然也包括他的高能气体压缩机。"后来"我"还真到他的实验室看了看,发现了他的核心科技"量子录梦机"。据说,这是一种高能干涉仪,而头盔面罩发出的蓝光还是让"我"有试一试的冲动。范特西也向"我"讲述他刚和老婆离婚,还惹上了官司,被索赔 20 万元。去北京领个奖,会务费就收了他一万多。这些年钱都花这上面了,要卖房子,老婆不愿意,只好离婚了。但他还是对自己的"量子录梦机"充满自信:"这个东西如果搞成了,我今后的路就是金光大道,我将来的身份绝对是超级富豪。到那时候,她俩再怎么求我都没用,我在最需要家人支持的时候她们站在了我的反面,这是她俩该有的结局。当然,我要报答社会,我要建设祖国,我要造更多更厉害的机器,我要当中国的托尼·史塔克,我知道那件钢铁战衣的关键,我能制造出比它更牛的。"作品所营造的,是一个有些疯魔的都市异人,但结尾处却触目惊心,"我"听不进去范特西的兴奋话语,但还是尤为向往他的"量子录梦机",因为妻子难产去世,多想将她的生活录下来交给儿子。

近年来,"民科"成为备受争议和质疑的群体。被称为"科学妄想家",他们通常没有受过专业训练,不具有必备的专业知识,但是又自称做出了重大科学发现、未获得科学界认可,却以其毕生精力不懈地推销自己的人。而在部分人看来,"民科"们大多不屑于研究小问题。他们的"研究"往往针对某个重大的科学问题,要么试图推翻著名的科学理论,要么致力于建立某种庞大的理论体系,立志于研究一些听上去很玄、很牛的东西。他们基本没有受过专业科学训练,也无意接受科学训练,数理功底较差,并且常常把科学和神话混搭。"缺乏逻辑求证的科学方法,按照这种方式做'科研'不仅不会对人类文明进步有任何实质性贡献,往往还会影响个人生活"。[①] 在这篇小说中,王小朋虽然写出了"民科"性格中的执着和奇特,但没有任何歧视之感,反而带着有情的目光关注他们的理想,甚至有些期待他们的"神话"来满足人类世界的缺失。毕竟,他们之中不乏偏才,也需要社会的宽容和理解。

王小朋所书写的,多是不为俗世所限的人。千古文人侠客梦,作者也在现实世界中营造诗意江湖。古代的大雕亦会幻化为今日城市中的《巨

---

① 郑永春:《"民科"是科学吗》,《光明日报》2016 年 2 月 26 日。

翅白鸟》，让一位丧失了爱惜美好事物能力，即将离异的中年男子相遇重燃生活的激情。这只亦真亦幻的巨翅白鸟甚至惊动了整个城市，杜遇也仿佛变成了白鸟，消失中蓝色的天空中。也许我们心中都期待能有一个雕兄或巨翅白鸟，载着逃离日益逼仄的现实。这部书塑造的诸多人物都略带仙气，仿佛被世俗锁链裹挟的不自觉且不甘愿者，总有着伴随精灵般的巨翅白鸟展翅高飞的白日梦。也许，在道不尽的沧桑，与有情的世界中，选择在裹挟和挣扎间寻求平衡，能做一位俗世人间的追梦人，保持适度的清醒与逃离，也是一件雅事。

五　"如影随形"的人生

陈宏伟的中短篇小说集《如影随形》，由河南文艺出版社 2015 年出版。这部集子也显示其创作风格，对年轻人人生问题的关注，及对荒诞生活的幽默发现。小说写出了官场的利益链，如贪污受贿、权色交易等，《突围》写出了官场的众生相，充满黑色幽默味道。在看似消解崇高、低俗叙事的小说中，有着对于形式实验的创新和努力。

《三角形的秘密》写城市家庭三代人的秘密，两个三角形，支撑起稳定结构。祖父怀疑孙子不是自己儿子亲生的，去做亲子鉴定。祖母道出真相，儿子不是丈夫亲生的。而儿媳确实出轨，为了维护婚姻和谐，和情夫共同炮制出假的亲子鉴定。家庭中每个人都在心照不宣地活着，又都需要爱和温暖的力量。

周一尘从机关最底层的职员干起，兢兢业业十年磨砺，历经若干次大大小小的变迁和曲折，一般没有韧劲的人，恐怕早就半路放弃。他的许多同年龄段的同事，都喜欢上了书法、摄影，或者热衷于骑行、登山等户外运动，工作上的事情能推就推，能躲就躲，俨然已经看透官场，重新热爱上了生活。可他仍然意气风发地干着一个副科级实职（享受正科级待遇），他一辈子的目标是甩掉职务后面的括号，升任正科级实职，尝尝一把手的权力滋味。张丽莉常嘲讽他分不清欲望与梦想的区别，从而把自己污浊的欲望混同为高远的梦想。①

　　相较来说，儿子周一尘是简单的人，热爱工作，有自己的理想和追求。也是一个善良厚道的人，即便知道亲子鉴定的结果存疑，也"不会因为这个生气的，不管怎样我都会一如既往地爱儿子，但是我昨夜考虑了一下，还是要带航航做个检测"。在这种情境下，妻子初恋的刺激和迷失也向我们说明现代爱情游戏的不确定性。"或是某个阳光灿烂的午后，他约她一块去郊外，沿着溪流去探寻上游的瀑布。他带她走一条驴友们都不知道的僻静小路，找到几棵结满秋桃的果树。或者带她去申碑路新开的川菜馆吃火锅，边吃边看川剧中的变脸表演。她知道他是在尽力带她体验一些新鲜好玩的地方。既带她看遍世间繁华，又带她坐旋转木马。"浪漫和消逝并存，带来生活的不确定性。他找到安稳的舞台，开始自己的婚姻生活，却卷入两代人的出身故事。

　　《远方那么远》写一对曾经的恋人，一个选择信阳小城生活，一个去广州闯世界，两人不同际遇和心境的故事。

　　　　杨仪很钦佩韵涵似乎总是心怀梦想。尽管她从未准确地向他表达过她究竟是什么样的梦想，但那梦想似乎一直在远方，她一直在追寻。而杨仪生活在信阳这个小城市里，如果有梦想，那就是做个闲人。父母健康，家庭和睦，孩子快乐，工作安稳，这些就构成了他平淡的现实，却也是他的内心之梦。之后不久，杨仪瞅住一个机会，在靠近南湾湖边买了一处农民的房子。农民进城打工，在城里安家了。山坡下，湖畔边，三间两层的住宅，单独的水井，宽阔的院落，房前屋后绿树掩映，藤萝满墙，竟然只要二十五万元。杨仪请一个搞画家朋友来帮忙设计，进行了一番就地取材的改造。屋里的陈设全采用旧式实木家具，擦得窗明几净。堂前挂了画家朋友临摹的古画《溪山行旅图》，配一副隶书对联：佳思忽来诗能下酒，豪情一往剑可赠人。堂下桌案立一青花观音瓶，摆着《遵生八笺》《湖滨散记》等闲书……②

---

①　陈宏伟：《三角形的秘密》，《小说月报·原创版》2016年第3期。

②　陈宏伟：《远方有多远》，《江南》2015年第6期。

本是无意于江湖的寂寥人生，对于在城市闯荡累了的韶涵来说，却是无比羡慕，"你知道吗？现在大城市有严重食品安全问题，你真有远见啊，我也想回老家来，开垦一块地，自己种菜自己吃，抬头就可见蓝天白云，过一种田园诗般的生活……""杨仪，我以前认为，小城市的生活是多么寡淡乏味，今天我才完全明了，根本不是那么一回事。我虽然生活在大城市，其实我把生活过成了一片废墟……"而她辞去大城市的工作，回到小城信阳领养孩子，不惜搭上自己全部的体己，想养育一个可怜的小女孩，却遭遇欺骗。贫穷的恶使她始料未及。杨仪在小城过着散淡的生活，而韶涵想从大城市的波涛汹涌中退出，却发现退无可退。

中篇小说《拍摄记》讲述一位年轻人拍电影的故事，他发现的规律是："不能带着艺术情怀拍电影，那样好心会变成驴肝肺。""这个时代最不值钱的就是情怀，拍电影就像泡女人，一认真你就输了。""电影是玩出来的，哄着脑残的影迷们玩。"而整个拍电影的过程就是胡闹，涉及潜规则等社会问题，只有投资人一个人是带着情怀拍电影，其他人都是冲钱来的。甚至讽刺"现在一些影评人，看完电影就发表指点江山式的评论，他们不明白，电影是大众娱乐行业，不是精英先锋艺术。带着某种精神动机去看电影，挺悲哀的"①。怎样拍摄电影解构了电影的拍摄环节，一切为了金钱和欲望，女演员面对种种潜规则自我放逐，投资人虽有情怀但不懂电影技巧，操作者又深谙社会游戏，只是将其作为牟利的工具。世故的年轻人早已将社会投机玩得驾轻就熟。

短篇小说《看日出》则写出一对年轻夫妻在生活面前的无力感。刘晓娟和丈夫李东东是大学同学，毕业后又都留在申城工作。妻子刘晓娟有个愿望，想全家去公鸡山看一次日出。李东东认为："去公鸡山又不是去旧金山，这算什么愿望，不值一提。"但虽然它离市区只有五十公里，家人还真的没有去过。围绕着这个看似微不足道的愿望，丈夫陪着领导、朋友、亲戚、同学去过，一家人却始终没有成行。伴随着还房贷、妻子下岗、母亲生病，生活的压力越来越大，也就慢慢淡忘了。由于女儿要写作文看日出，全家人被此触动，终于下定决心时，由于外资介入，景区价格越涨越高，住宿一晚的费用就要四百多元，门票也从三十元涨到八十元，看日出又成为延宕的话题。而妻子在生活面前也褪去了诗情

① 陈宏伟：《拍摄记》，《飞天》2016年第5期。

画意。

　　刘晓娟的报亭增加了许多琐碎的业务，代收水电费，给电动车充电，卖一些简单的日用品，甚至还帮别人代卖摩托车头盔。她每天起早贪黑，面对无尽的鸡零狗碎，一地鸡毛，但日子的内里，还是粗枝大叶的简单，周而复始的寡淡，规律得近乎刻板。老头老太们交个水电费，往往要掏出上月的小票存根，眯着眼睛对照半天。刘晓娟也陪着耐心，老人们看不清了，甚至还要接过来，帮他们辨认清楚，说个明白，让他们安心。刘晓娟原有一头乌黑油亮的头发，在厂里很引以为傲的，如今不觉间干巴巴的，带着一股萧索气，她把自己"闯"成了一个彻头彻尾的市井妇女。①

　　直到有一天，一家人终于出行，决定去公鸡山玩一次，并且下定决心住一晚，看一次日出。女儿盈盈跳起来保证，她将写一篇六百字的记叙文。兴高采烈地出行后，才发现公鸡山已经没有办法看日出了，登唱晓峰的坡道被一道石墙挡住了，原因是"市里新来的领导属鸡，见不得人人都来踩鸡头，影响提拔……"一家人愣在那里，呆若木鸡，望着高处的唱晓峰，说不出话来。通过看日出的小事，道出了小人物的悲哀，生活的无奈和辛酸。

　　陈宏伟的小说多从生活琐事着手，却能以小见大，写出深刻的韵味。《看日出》有着《一地鸡毛》的味道，年轻人走入社会，生存的压力，背负的重担，父母子女、房子车子、人情往来，都是把人罩得密不透风的网，无力又无处可逃。《三角形的秘密》又写出现代家庭的平衡，爱情婚姻的多面性。《拍摄记》讲述情怀与世故。这些小说有着浓厚的生活气息，以及不同青年的选择，也为我们打开市民生活的多重侧面。

六　"漂泊者"的异乡之旅

　　张运涛的《四十七个深圳》，由河南文艺出版社 2021 年出版，与他

---

① 陈宏伟：《看山出》，《江南》2013 年第 2 期。

之前的作品多关注小城青年不同，在这部新作中，作者用多年的采访积累写出了四十七个深圳故事。这些故事分为三个篇章，分别是 80 年代、90 年代和 21 世纪，每部由数篇小故事组成。这三个时代，就是改革开放四十年来的社会发展史。通过一个个从中原农村走出的人们闯深圳的故事，还原了他们的百态人生。在既有的理解中，这些人或被涵盖为"农民工""进城务工人员"，抑或"底层"，没有人去关心他们从哪里来，也没有人去关注他们的城市生活。他们终归是和城市疏离的。在很大程度上，城市属于高楼、咖啡厅、高级酒店以及灯红酒绿、光鲜亮丽的原住民、成功者或中产阶级。而作者在创作谈中提及，他刻意地回避那些成功的形象和故事，而寻找、发现那些仍是底层的人生故事。

在这些故事中，我们会发现他们有着各种各样的动机，但基本属于敢想敢干者。他们不安于农村的贫困生活或小县城的低廉工资，想换一种人生，毅然来到深圳。在 80 年代的文学叙述中，这些人是被肯定的，他们尚属于"改革者"的文学序列中，或者属于路遥笔下高加林、孙少平那样不安于现状的农村优秀青年形象。但随着 90 年代以来物化的崛起，失败者的人生逐渐成为被遮蔽的对象，流行的是成功人士的"半张脸的神话"，或者咖啡厅、高尔夫球场等带有物化叙事的新方向。因之，在读这些故事时，会把读者拉回那个有着一腔热血的年代。

80 年代的故事《木棉花开》写一对高中同班同学相恋，但没有得到家人的支持，复习多年也没有考上大学。方丽娟在流产之后被家人送到深圳打工，鲁国中也寻到深圳去。二人终究没有在深圳重逢，反而越来越远。鲁国中经历多年流转做上了生产灯具的大型国有企业的业务代理，而方丽娟在妹妹的公司帮忙。两人终于在 2015 年相约见面，鲁国中摆上精心准备的白玫瑰以及方丽娟高中时喜欢的画，然而他也只能在忐忑中怀念对方曾经的样子。

90 年代的故事《未来的幻想》讲的是陈力量高考没有考好，只能去一所私立大学读书。毕业后回县城当一名临时工，因工作受到委屈决定抛开稳定的生活去南方打工，并说服妻子一起到深圳。在数十年中，他频繁跳槽，从鞋厂到印刷厂，再到自己开工厂，资产越来越大，然而，他和妻子渐行渐远，同在深圳，也差不多十年未见。

除了这些为了金钱的奋斗故事，作者还关注到他们的精神世界与梦想。《没有吉他，钱再多有什么意思》中的肖劲东高考落榜，南下深圳，成为一名鞋厂工人。但他一直没有放弃对吉他的热爱和梦想，工余，他喜欢背着吉他去工厂附近的歌厅唱歌，还赢得厂花的青睐。然而婚后，这副不食人间烟火的模样实在不适合世俗世界，妻子吴英提出"要吉他还是要家"的诘问。在家庭和生活所迫下，他摔掉吉他，换了工作，在比亚迪厂做工人。厂庆时他应邀表演，演出的成功又重燃了他的吉他梦。他拜师学艺，周末去音乐厅听歌，喜欢灯光暗下来，一个人孤独地站在舞台中央，抱着吉他唱歌给人听。

在这些故事中，曾经作为外来者的艰辛、人生的不断流转在小说中被一笔带过，作者告诉我们他们已经习惯说"我在这儿过得很好"，因为在深圳和广州这十几年，已经习惯了委屈自己。读这些小说，使笔者想到了那些远去的小人物，他们被时代的浪潮裹挟，他们或是电视剧中的打工妹，或是精英杂志中成功者的励志故事，或是流水线中的计件工人。他们的梦想和初心，对于城市的渴望，或因来自农村那脆弱的出身，都使得进阶之路步履沉重。

我们也会发现不同时代闯入者的自觉意识不同。在 80 年代，那些离开家乡，闯荡深圳，多少还有些在原乡待不下去，不得不出走的故事，如《出门》中的枣花，她是王畋第一个闯深圳的人，原因是其男女私情被发现而不被容忍。90 年代之后，金钱的力量凸显，《都是钱闹的》中的向云被 800 块钱的工资诱惑，停薪留职去了深圳。《位置》中的孙月明宁愿去国有企业不愿回乡做干部，又背水一战来到深圳。而在新世纪的讲述中，则越来越多自觉抛弃小镇生活，不满足那低廉的收入以及一眼看到尽头的生活。《创业》中的杨红旗大学上的是广州三本院校，读大学期间就开始做小生意，军训结束就做到收入过万元，等不及毕业就开始创业。杨红旗坚定地选择了深圳——深圳是年轻人的，深圳的机会多。即便父亲不看好，要求其考研等各种人生正途的规劝，他也仍然坚持折腾自己。如果说之前的讲述中闯深圳还多少带有感性的冲动，在越来越近的故事中，深圳则成为一个理性的选择。

这些人生故事、飘零的个体，结成共同的纽带，是在城市中生存下去的共同记忆。40 年的改革开放史，也是一部城市化进程史，一个个怀着梦想踏入城市的人生漂泊史。毕竟，时代给了人们更多的选择，他们不必像曾经的高加林那样被打回原乡，有了更多人生的可能。即便漂泊生活的艰辛，仍会使他们怀念曾经的过往，或是那时的情感，或是一把吉他，或是家乡的菜园，但他们都不愿再回去。

作者在创作谈中提及，自己通过多年的采访了解到这些不同的深圳故事后，一直在考虑如何用文学表达。文学是什么？德文有精确的释义 macht sichtbar，意思是"使看不见的东西被看见"。这些深圳故事的原型就来自作者的家乡王畈，也多是他的同代人，抑或作者的亲弟弟。小说并没有臧否他们的选择抑或道德，只是一种文学呈现，使得他们的人生故事被读者看到，使得更多小人物的命运有了文学言说的可能，使得更多的人能够去关注他们的物质生活与精神世界。借用克莱齐奥的那句话，"如果说作家手中的笔必须具备一条美德的话，那就是：它永远不应该被用来颂扬那些富贵权势之人，哪怕是以最随意的口吻"。① 文学拒绝任何以大欺小的理论或做法，坚定地守护着"人"，这也是文学的意义之所在。

在《文学中的城市：知识与文化的历史》中，理查德·利罕认为文学和城市是两个不同的文本，但是两者在某种程度上会相互渗透和共生："文学给予城市以想象性的现实的同时，城市的变化反过来也促进文学文本的改变。"② 在此意义上，城市文学，一方面加深了我们对城市的理解，另一方面，正如蒋述卓等所说，是城市审美和城市精神更迭的某种预兆："一部城市文学发展史同样是一部人类文明的进程史。当我们感叹于几千年的乡土文学在审美意识、审美风尚、物质景观、生活内容等等方面存在着惊人相似的时候，我们在城市文学中看到的则是物质景观的巨大变迁，精神世界的剧烈动荡，审美风尚的频繁更迭。"③ 亦有评论家指出，城市文学正在构筑城市的另一种空间，这是现实之外的另一个场域。"这个场域对现有的城市景观进行了重聚、糅合、挤压，在某种程度上凝聚和超越了当下的城市现实，以此对现实进行隐喻和发言。"④ 这种文学文本中的城市生活场景，给予了我们思考和理解现实更为翔实的资料。在此意义上，城市文学，何尝不是我们"被可能性笼罩的另一种城市生活"？小说

---

① ［法］勒·克莱齐奥：《在悖论的森林里》，孔雁译，《散文选刊》2009 年第 7 期。

② ［美］理查德·利罕：《文学中的城市：知识与文化的历史》，吴子枫译，上海人民出版社 2009 年版，第 3 页。

③ 蒋述卓、王斌：《论城市文学研究的方向》，《学术研究》2001 年第 3 期。

④ 许泽平：《从日常现场到未来城市——当下城市文学的多元面貌》，《青年文学》2022 年第 4 期。

里的人，何尝不是每一个亟待寻路的我们？但城市文学是随着时代的洪流发展的，只会越来越广阔。当下中国的城市文学如同正在进行的现代性方案一样，不确定性是最重要的特征。因此，在当下中国城市文学的写作也是一个"未竟的方案"。

第十章

浪漫诗学的多样形态

浪漫诗学从其内涵和外延看，既要发现其在浪漫主义文学理论和创作方法上探讨个人至情至性自然流露的独特性层面，又要关注它在人生哲学理论上探讨个体与群体、精神与物质中人的存在方式层面。诗化风格成为许多作家的写作特色，语言的诗化和结构的散文化，艺术思维的意向性抒情成为其形式特征。具体在当代河南城市书写中，会发现既有对往事的诗化追忆，又有对社会问题的直面叙述和诗意呈现，更有对城市化进程的诗性观感，构成了独特的美学意境。

一 《半凋零》的朋友们

南丁对于河南文艺界举足轻重，从新中国成立前的《翻身文艺》，到主持创办《莽原》《散文选刊》《故事家》《文艺百家》等期刊，直到 2016 年病逝，他一直参与河南文学的进程中，《南丁与文学豫军》记录了南丁与一个时代的取向。对于河南文坛而言，南丁为"文学豫军"开掘出一片土壤，呵护出一个环境，改变了一方水土，氤氲成一个气场，使之葱郁成一片共生林。他不遗余力地扶持青年作家，举荐文学人才，发掘中原文坛的新力量，李佩甫、张宇、郑彦英、赵富海、杨东明等，都得到南丁的提携和爱护。晚年的南丁一直在撰写回忆录，包括《半凋零》《经七路 34 号》，回顾走过的文学道路、新中国成立以来的河南文化生态，以及与河南文坛的交往趣事，也为时代留下鲜活的见证录。

《经七路 34 号》是南丁从 84 岁开始动笔，用一年时间完成的文学事业回忆录，既是一部岁月的回望集，也是一部河南当代文学史。何向阳认为一个有文化的城市，地标不应该是高楼大厦，而应该是记述了文化人生活工作思想降临的一些地方，所以"经七路 34 号"成为郑州的一个文化地标。而南丁的老一代知识分子气韵，诗意浪漫的文学书写，深刻严厉的自省意识，使得这部书具有珍贵的史料价值。

2015 年，南丁的《半凋零》由作家出版社出版，书中追忆了相交多年的朋友们，以文笔描绘出诸多文艺名家的肖像与侧影。作者一生都在文艺界工作，朋友也多交于此，亦有其他如与文兰香、黄培民等旧友结识的文章。《自然之子》中的徐玉诺，是 1950 年南丁刚从河南日报社调往河南省文学艺术工作者联合会筹备会创作组工作，遇到来参会的朋友，自己当时还是十八岁半的少年郎，写这篇文章时已然 81 岁。初次印象中的徐玉诺长须飘飘、腰板直溜、脚步矫健。现在 81 岁的老人向这位五四文学时期的怪诗人致敬，抚今追昔，想起徐玉诺从来没有把名利当回事，对于世俗甚少考量，他是自然之子。在追忆诗人苏金伞时，文章有《长不大的苏金伞》《诗撑开的一把金伞》，虽然他的一生历经坎坷，但仍保持童心，直到 80 岁以后还不断有好诗问世。因为他的笑容是"童真的天真的纯真的单纯的诗心的外化"，而人生的大痛苦和大欢乐也锤炼了诗人的诗情和气质。

写豫剧名家常香玉系列，《香玉风度》通过交往中的几件小事寻味其为国为民办好事的体悟和快乐，那一声经典唱腔"谁说女子不如男"也时刻撞击着人们的心灵。《香玉十年》回顾香玉杯艺术奖十年来的工作，以及对于河南地方戏曲繁荣发展的推动。《这就是常香玉》追忆其半个世纪以来时常奉献的爱心和力量，真是一位有着博大情怀的艺术家。《家常的香玉》则通过一起吃的两顿捞面条，发现其一直保持当农家女的习惯和本色。

此外，还有陪李准看《石头梦》，追忆二人 80 年代的交往，对方写《黄河东流去》所付出的心血，以及对于改编的艺术性无比重视。回顾与乔典运交往的细节，及对于其作品时代意义的肯定。乔典运的一生没有和土地分离，更没有和小说分离，这才造就了小说家乔典运。

关于文联多年的同事，专为他人作嫁衣的庞嘉季，南丁用深情的笔调回顾二人从 1949 年在华东新闻学院做同学，开始相交相识。后又被分到开封《河南日报》工作，1950 年春又一起调到河南省文联。作为邻居，对他们的家庭生活自然熟悉，也经常去串门小坐聊天，家事国事天南海北任性随意。庞嘉季是河南文联刊物编辑，从 1950 年的《翻身文艺》到后来的《河南文艺》《奔流》《莽原》，直到 1985 年离休。在 50 年代初，他从来稿中发现武陟县有位乡村教师张有德颇有创作才能，就向领导请命背起行李从开封柳园口坐渡船到黄河北岸，或搭车或步行找到了所在的小学，与张有德面对面谈写作。对方非常感动，也受到很大的鼓舞和激励。后来被调入河南省文联专业创作，80 年代初做了省文联的副主席。他的短篇小说《辣椒》获新时期首届全国优秀短篇小说奖。这样为他人作嫁衣的事情不胜枚举，他给作者写过多少封信，自己都不知道。庞嘉季是个有信必复的人，那时候没有电脑，就一笔一画复信，投入了很多时间和精力。他的青春，就是在对小说、散文、诗歌、评论等各类投稿或约稿的阅读、修改、编辑中逝去的，他的岁月就是在稿签上签署意见，与作者通信，为读者写评论文字中流走的。这些散文，在往事追忆中还原人物形象，凝练其性格特质，文笔富有诗情美，传神地写出朋友们的人生故事和精神气质。

南丁在河南文坛备受尊重，"文学豫军"也是其率先叫响并推向全国。在他任河南省文联主席期间，培养了大批的作家。他还领导创办文学期刊《莽原》《故事家》《散文选刊》等，筹建文学院，开辟河南文坛新阵地。而他的善政更为人所称道，宽厚待人，和作家"在一起抽烟、喝酒、啜茶、聊大天中了解大家的需求，然后，热心、诚心、急心地想方设法解决文学的条件问题，为作家写作铺路搭桥"①。《半凋零》作品集的最后一篇是《女儿的 2011》。作者随河南代表团赴京开会，抵达后迅速去医院看望女儿和刚出生的外孙，感到格外喜悦和欣慰。在女儿的床头柜上，发现其专著《人格论·第一卷》，想起多年前，女儿读硕士时就在《文学评论》发表《文学：人格的投影》，毕业后到河南省社会科学院文学所工作，开始《文学人格论》的写作，这本书一直伴随着她的工作，直至成为非常优秀的文学评论家。从文章中，可以看出父亲对女儿何向阳生活和学术的无限爱意、牵挂与厚望。

南丁曾有一篇随笔《金水河一座城》，追忆在郑州城生活 41 年的观感。省会迁郑时在 1954 年，南丁随着迁来，当时是 23 岁的青年，先是看看城市发展变化，后来随着城市发展却渐渐变老。这座城的纺织机械厂，南丁曾去体验生活，创作出《检验工叶英》那篇轰动文坛的成名作，后

---

① 廖奔：《一个文学时代的取像》，《文艺报》2013 年 3 月 4 日。

来却不知它变成什么样子了。作者也感伤地说："人老了，城市却年轻，人比城市老得快。"而作者一生的故事也大多留在这座城中，留在他所眷恋和追忆的"经七路 34 号"。

二　《模糊》与革命时代追忆

田中禾的长篇小说《模糊》（花城出版社 2020 年版），是追忆、打捞右派青年的人生，反思 20 世纪革命史的故事。田中禾的作品重思辨，他在 80 年代关于城市文学的讨论中，就充满诸多既持欢迎态度又应警惕负面性的论断。在此后的写作中，田中禾一直在思考知识分子走过的时代，所绵延的故事中折射出整个民族在历史进程中的问题。

小说中的主人公章明，因受处分从省厅下放到小城，组织交给女青年宋丽英监视他的任务。按照那个时代的价值观，她很快整理出章明的劣迹。"他有点傲气，对自己犯过错误不在乎"，"虽说现在政府号召穿苏联花布，可他穿一身花衣服上班，大家还是不习惯。他对机关的条件不满"。"这个人吃喝穿戴很讲究，把自己打扮得像个阔少爷。他桌上没灰沙，干净得不像办公桌。""这个人和周围同事不一样，和我们办公室的风气不一致。""这个人，不像无产阶级，不像社会主义劳动者，资产阶级作风严重！"为了表现自己对组织的忠诚，宋丽英时刻监视着章明的一举一动，甚至私自拆开他的来信。当她发现知青陈招娣崇拜喜欢章明，并专门上门求教时，及时举报"男女私情""泄密"等问题。陈招娣不堪侮辱，选择跳渠自尽。

妻子李梅在宋丽英的鼓动下，从老家调来，和章明团聚。但在接下来的生活中，明显比丈夫更识时务，"会巴结领导，会混人，会见风使舵"，二人的间隙越来越大。随着"大鸣大放"的深入，章明曾经揭发贪污问题的司务长贴出极为凶狠的大字报，举报他向党进攻、结成了反革命联盟，是反党老手、道德败坏的流氓……愤怒的章明撕掉了大字报，却迎来各种疯狂的上纲上线，各种关于他的大字报五花八门："抓住狐狸的尾巴！""揭开小反共老手的画皮""打退反革命右派的猖狂进攻""决不允许反革命右派翻天"等。章明写出了 35 张大红纸的大字报回击"请问群声同志：为什么要与人类的美德为敌？"，追问一个纯洁上进的女青年是怎样被你们丑恶肮脏的手抹黑，不得不以自杀来证明自己的清白？文学是洪水猛兽吗？爱好文学，读书、写作，就是反革命吗？亲情，友情，爱情，人与人互相友爱、互相帮助，是罪恶吗？难道像你这样的革命者只需要暴力、仇恨，不需要文学，不需要人类几千年的文明，一定要与一切美好的东西为敌？

李梅迅速划清界限，声明离婚，并表态要站在人民的立场，揭发丈夫的反动言行，要以实际行动投入战斗，坚决打退他这个"右派分子"的猖狂进攻，甚至交出章明的日记本作为证明材料。章明被劳改，因在批斗会场宋丽英的表现组织不满意，也被发配到窑厂。

而后半部写"我"去寻找二叔张书铭及亲人的故事。在寻访的过程中，虽然仍未找到二叔，却从他人的回忆录中了解到这代人的人生轨迹。二叔因参与文学社，受到处分，到煤窑劳改三年；因顶撞领导，下放劳动十几年；再后来跑申诉、跑平反，又是十几年。好日子来了，人也老了。尽管这样，他仍不后悔当年报名支疆的选择。在这个过程中，有信仰，有背叛，有一代人的人生苦痛，却在人们的记忆中逐渐模糊，直至消泯。而在作者看来，"模糊，意味着对细节的忽略，意味着终极的无解"。他们的人生是否还有意义，是否给今人反思、启示，也是作者不断追问的话题。

作品在回应世界上有没有真正的爱情问题的时候，也在反思人性。幸福和磨难、忠诚和背叛，像钢镚的两个面，没有磨难就没有幸福（有时候幸福就在磨难里），没有背叛也没有忠诚。人本身比钢镚更复杂，人性的正反两面往往混在一起，没法剥离。当崇尚自由，更重视个人利益、个人幸福的时候，人的行为也就没有什么忠诚不忠诚。在寻找的开篇，则反思民族性的诸多问题。

　　　我们本来就是一个乐天知命的民族，善于忘记，是我们的天性。吃喝玩乐，今天多快活！及时行乐，是消解沉重历史的灵丹妙药。人生如白驹过隙，转眼就是百年，何必为过去的事破坏今天的心情？过去发生的，现在和将来还会发生，只是时机、形式、情节不尽相同罢了。在时间的长河里，个人的辉煌与失败、喜剧与悲剧，都只是过眼烟云，渺如尘沙。一个故事，不会因为发生在我的亲人中间而显得更为重要。当金钱、享乐成为时代主流，人们忙于赚钱、忙于购物、忙于旅游、忙于性享受，沉醉于花花世界的时候，谁愿意陪你为陈年旧事感叹，被过往的伤痛扫兴，耽搁了当下的快乐时光？①

　　田中禾的写作越来越偏重对于民族性格的审视和追问，他对中国知识分子命运的思考是许多作家所不及的："小说中的马文昌几乎可以说是中国知识分子最普遍的写照。这个人物身上包含着田中禾对社会和历史的深刻认识，也传递出他深重的忧思。"② 在作品中，通过忧郁青年形象，展示他们的自尊善良，和时代的格格不入，以及作者对"自由"的追寻与反思，对理想人格的期盼。

　　在评论者看来，田中禾就是一位寻找浪漫的文坛边缘人。十七岁那年，他就出版了童话长诗《仙丹花》。高中时期的他已经写出两部长诗、四本抒情诗，沉醉于国画和素描，想做电影演员，也想做天文学家。在兰州大学中文系读书期间，因对课程设置的不满，郑重提出退学，要去追求他的仙丹花。夫妻二人结伴从大学生变成农民，开始了在大地上浪漫的寻找。

　　　　在葛岙的生活还是过得充实而有滋味。田中禾写作至每个夜半，凌晨即起去套车，跟着车把当二把，赶着马车进城去送菜，卸完车喂了马就到大同路图书馆去借书。按照大学高年级的课程设置，田中禾为自己设计了一套进修课程表，将中外文学名著作为主要阅读对象。在夕阳中的马车上，他读完了中外文学史，并专题阅读了莎士比亚、拜伦、托尔斯泰、屠格涅夫、巴尔扎克、泰戈尔等大家的许多作品，并作了卡片。他写了两部长诗：《贾鲁河的春天》和《金琵琶的歌》，三本短诗集，还有一部长篇小说的片断。田中禾与车把成了好朋友，从车把那里听到许多的轶闻和他自己的风流韵事。他们的简陋的小屋成了村里年轻人的俱乐部，田中禾弹起秦琴，他们一起唱歌，自在而快活。③

　　然而，这样的快乐并没有持续多久，作家很快遭遇运动时代的冲击。

---

①　田中禾：《模糊》，花城出版社 2020 年版，第 3 页。
②　贺绍俊：《田中禾的"纯文学"》，《文艺报》2020 年 2 月 12 日。
③　南丁：《浪漫的田中禾》，《中国作家》1995 年第 1 期。

"文化大革命"期间，田中禾被作为文艺黑线的黑苗子遭受批斗。为缓解家人生计问题，他一度流浪到湖北，在异乡山城的河滩上，将李白"天生我材必有用，千金散尽还复来"的诗句写在秦琴上，此刻的浪漫也充满了苦涩。而这些经历、情节反复回荡在他的作品中，并借作品中人物的命运来反思，那些少年浪漫时期的偶像，年轻时都曾满怀激情、意气风发，追求自由和理想。在生活的磨砺之下，不但回归了现实和平庸，而且变成了又一代奴性十足的卫道者。他们的人生，是不是就是中国人的人生缩影？而田中禾持续追问的是，在他们的人生追忆和审视中，如何对我们的民族文化和民族人性做出较为深刻的思考。

三　《应物兄》与知识分子状态

李洱的作品一直关注知识分子问题，2013年上海文艺出版社出版了八卷本《李洱文集》，腰封上写着"左手写乡村，右手写知识分子，百科全书式描写巨变中的中国"。《应物兄》从2005年开始动笔，到2018年写就，"累坏"了三台电脑。这部写了13年的小说被认为是"一部关于知识阶层的小说，是知识阶层人物的博物馆，也是一部具有百科全书意味的小说"。据统计，小说涉及的典籍著作四百余种，真实的历史人物近二百个，植物五十余种、动物近百种、疾病四十余种，小说人物近百个，涉及各种学说和理论五十余种，各种空间场景和自然地理环境二百余处，将各种密集的专业知识镶嵌于小说。作品通过几代知识分子写出了大学生态，以及所勾连的外部世界，通过知识阶层呈现整个社会现状。

作品中的应物兄一出场就是世界人：

他有三部手机，分别是华为、三星和苹果，应对着不同的人。调成振动的这部手机是华为，主要联系的是他在济大的同事以及全国各地的同行。那部正在风衣口袋里响个不停的三星，联系的则主要是家人，也包括几位来往密切的朋友。还有一部手机，也就是装在电脑包里的苹果，联系人则分布于世界各地。有一次，三部手机同时响了起来，铃声大作，他一时不知道先接哪个。他的朋友华学明教授拿他开涮，说他把家里搞得就像前敌指挥部。①

他需要去美国邀请泰斗支持建立儒学研究院，为此勾连起国内外学术景观，同时讽刺所谓的国际化交流。来自坦桑尼亚的国际生卡尔文，在学术交流中扮演各种角色。在一次"生物多样性"的研讨会上，会议马上要召开了，一位英国专家和一位加拿大专家突然来不了了，这就意味着会议的规格降低了，不能再被称为国际会议了。在这个时候，卡尔文被发现了。"他们需要卡尔文，需要他那张脸，需要他那副腔调，需要他的某种功能。卡尔文就以英国专家的身份参加了那个会议。"② 后来，他又以外国专家的身份参加了一个关于食品安全的国际会议。本来还要被安排参加一个关于水稻优选优种的会议的，但他拒绝了。

作品中被承载文人风骨和气质的是老一辈学人。姚鼐先生，毕业于西南联大，是闻一多先生的弟子，虽然不写诗，但一开口就诗兴盎然。他幼时曾居住在二里头遗址附近，夏代中晚期的都城所在地。芸娘是保持文人风骨的知识分子，也是应物兄极为尊敬的学者，但她也慨叹："一代人正在撤离现场。"她所说的"一代人"是指在 80 年代成长起来的一代知识分子。"撤离现场"是一种行为方式，也是一种价值取向。《应物兄》中所写的知识分子并不局限于芸娘所说的"一代人"，程济世就不属于这个"一代人"。"撤离现场"本身就是"应物"的方式。作品中的知识分子被分为三类，一类是程济世、应物兄和费鸣等人，应物的方式是"转场"；一类是芸娘、何为、文德能等人，应物的方式是"持守"；一类是郑树森、吴镇、华清等人，应物的方式是"倒向"③。以至于有研究者认为，《应物兄》要表现的是知识界的生活，但那里既缺少精神界的战士，也没有学贯中西的思想者。纯然的学术空间被俗念袭扰，体制化的学科扩张不得不依赖权力与域外资源。应对外物，守住学术则难矣哉。一方面大量知识涌进；另一方面多种思想沉落，古老的文明是被时尚化重新装饰的。"在文言文退出舞台后，古典文化的淡薄和西学修养的欠缺，使国人的精神有时处于荒凉之地。知识人不得不追寻那些失落的存在，而所得

① 李洱：《应物兄》，人民文学出版社 2018 年版，第 3 页。
② 李洱：《应物兄》，人民文学出版社 2018 年版，第 77 页。
③ 文贵良：《语言的"及物"与知识分子的"应物"——论李洱长篇小说〈应物兄〉》，《社会科学》2021 年第 5 期。

者，不过零碎的片段。"①

　　作者尝试回到 80 年代的学术气息体系中去，并且意识到当学术成为饭碗和渔利工具的时候，任何研究的独立性与生长性都得到了遏制。读到那些熟悉的论著与学者的名字，李洱是将此内化到自己的世界里的，以不同的侧面与前人对话、驳诘。有时候，这些存在也成了嘲讽的对象。李洱的小说一直在审视知识分子的问题，在他看来，当下的人处在一个知识的世界，小说写的是在这个知识的世界里，人如何保持自己的尊严，人如何保留他对世界丰富的感受。并通过各色人物展现出不同时代知识分子的生存状态：在 80 年代学术是个梦想，在 90 年代学术是个事业，到 21 世纪，学术就是个饭碗，以及所带动的知识分子精神气质的颓败。书中有关于"那家伙"的警句："中国知识分子，最他妈的像犹太人！"② 犹太人时刻处于文化的延续、撕扯和断裂之中。作为一个公共文化符号，犹太人不仅被看成生意精，还常常是无家可归的象征。用我们的话说，就是丧家犬。③

　　反讽一直是李洱的写作特色，小说嘲讽了所谓的各式学术名流及其卑劣做派，如指导应物兄妻子乔姗姗英文的教师，却和乔有了私情，还书写中英结合体的打油诗；若干年后，对方却摇身变为长江学者。研究鲁迅的吴镇顺应时势，趋利避害，也转向研究儒学，在国外拍了一段清华教授的不雅小视频，以此胁迫对方聘他为清华大学国学院客座教授。而当"清华仁兄"寻求应物兄帮助摆平此事时，"他永远记得清华仁兄那个样子：发现他在看他，清华仁兄脸上呈现出半皱眉半微笑的奇怪神情，他从中看到了讥诮、忍受和自卑，读出了害羞、尴尬和麻木，也看到了愉快。这就是清华大学的资深教授、长江学者、国务院特殊津贴专家、教育部学科评估小组成员？"④ 但当儒学研究院还未建立，就要被安插一对姊妹花，两个妍头时，应物兄无法压抑自己的愤怒：

---

　　① 孙郁：《知识碎片里的叙述语态——〈应物兄〉片议》，《中国文学批评》2021 年第 2 期。

　　② 文贵良：《语言的"及物"与知识分子的"应物"——论李洱长篇小说〈应物兄〉》，《社会科学》2021 年第 5 期。

　　③ 李洱、舒晋瑜：《知言行三者统一，是我的一个期许》，《小说评论》2020 年第 1 期。

　　④ 李洱：《应物兄》，人民文学出版社 2018 年版，第 639—640 页。

　　一个寄托着程先生家国情怀的研究院，一个寄托着他的学术梦想的研究院，就这样被糟蹋了吗？此刻，两种相反的念头在他的脑子里肉搏、撕咬。一个念头是马上辞职，眼不见为净，所谓危邦不入，独善其身；另一个念头是，跟他们斗下去，大不了同归于尽，所谓杀身成仁，舍生取义①。

　　各种社会怪现象更是体现出李洱式幽默，"那些女演员，哪个是吃素的？生活错误对她们来说不叫错误，叫聚人气。但我们不行，我们是文化人，精英阶层。犯了错误，就是道德问题"②。从应物兄个人命运来说，他从成功的中年教授到学术明星，上街都要戴墨镜，街头电视里播映着他的演讲，他出入楼堂馆所，接触各界"上流社会"。但他最后还是遭遇车祸生死未卜；栾庭玉副省长面临着被双规，为繁殖济州蝈蝈呕心沥血的华学明疯了，双林院士、何为老太太逝世了，应物兄最尊重的芸娘长病不起……正所谓眼见他起高楼，眼见他宴宾客，眼见他楼塌了。从这个意义上，"《应物兄》显然又不止是写院校知识阶层，不止是写这个阶层的堕落和分崩离析，而是对人生悠长的喟叹和感伤"③。

四　《草木篇》与世道文心

　　冯杰诗书画一体，尤攻散文。他多年来精心绘制北中原文学地图，一草一木、一砖一瓦都颇有意趣，被认为是"写给北中原的情书"，"草木精神浸纸墨，民间诗卷满花香。北有老树爱画画，中原冯杰绘文章"。在他的作品中，草木多被寄寓着人生的理想形态和审美情趣，游心于物，托物寓兴。所作文人画，更是气韵生动。陈师曾在《文人画之价值》中提出：用"人品、学问、才情、思想"四个要素来界定"文人画"。在精神气质层面，冯杰强调的自己读得最多的还是鲁迅，以及古人笔记野史之类，这样的文学传承在他的散文集中颇多体现，既有古风的冲淡、达观，

---

①　李洱：《应物兄》，人民文学出版社 2018 年版，第 730 页。

②　李洱：《应物兄》，人民文学出版社 2018 年版，第 736 页。

③　孟繁华：《应物象形与伟大的文学传统——评李洱的长篇小说〈应物兄〉》，《当代作家评论》2019 年第 3 期。

又有鲁迅的清醒、警世，在细腻的摹物绘景中显示出独到的精神旨趣。

冯杰的多篇作品写到人间草木，包括被其称为"种植文学的小农作物"，近似于"博物志"书写。他理解的草木精神更多是一种从植物借鉴美德，规范人被欲望膨胀的非我。现代化的今天，人们早已能上天入地，似乎什么都已拥有，单单遗忘了"草木精神"。而一个人不见得就比一棵树高明多少，树起码没有人的心机。人从树的身上至少可以学到两种美德：一是静默不语，不像政客那样搬弄是非。二是在一个地方坚守，不上蹿下跳。无数伟人名人终会死去，一棵树还在那里站着，看着人类在世上以各种合理的名目折腾。北中原任何一棵树都比"我"丰富渊博得多，作为一名写作者，自以为是地写了这么多，树只是不说，树在心里发笑，树的谦卑让人惭愧，它能让"我"引申：一个作家所要做的事，应该是少说多写。用文字布绿，是往人心里去移植草木，让它沁人心脾，春暖花开。

在《怀揣一颗草木之心而行》一文中，冯杰列举了那些与草木同行的文学家们，有草木心的人很多，他们典型标准应该是这样的：18 世纪英国的人文环保作家怀特，在一个叫塞耳彭的小村生活，那里没有电报、水车、新闻、讨债人和经商者的打扰，单单在自家领地撰写花草博物，与草对语；还有一位写《植物图谱长考》的中原乡党吴其濬，自写自画，一心沉潜草木，钟情草木；还有执着的法布尔和李时珍，他们尊重大千事物的道理，钟情自然万物的法则；还有梭罗，也不妨列入，他一人在瓦尔登湖畔万草丛中领略人生诗意；当然还有那位以菊为伍的陶渊明。而正是对物的观察与思考，延伸了写作者广阔的精神空间。

《葵花·葵花与鬼》中，作家讲述自己曾经观察过北中原田地里生长的向日葵，真是会向着太阳动的大地花。花盘初开时，随着太阳从东向西转，等太阳下山，黄昏来临，花盘又慢慢回摆。几天之后，花盘盛开时，它就不再转动，固定一面，最后面朝东方。"我"就想到向日葵最是文学里的那种"拟人"，它的花语是"沉默的爱"。它是暗恋，注视着你，崇拜着你，只是不语。难怪在一个狂热年代，它能达到登峰造极。朵朵葵花向太阳。葵花一身是药，花盘水煎服，竟可治头疼、头晕。葵花自己随太阳转却不头晕，竟要治疗别人，可见它最清醒，头晕的终是人。这提醒人们需要重新建立起一种想象的方式，来获得与其曾经有过的那种本真的相遇。

卢卡奇在《叙述与描写》一文中，将物的描写与作家世界观和方法论问题联系在一起。在他看来，只有当关于人物的命运叙述与物品书写结合起来时，才能使这些物品的表现真正生动起来，才能克服物品器具展现的非人性特点。在这个意义上，冯杰笔下的物更多寄托的是作者在其中的情感，同样体现出人与物彼此的借喻关系。《树知道自己的一天》中，伫立在黄昏的树知道，人最大的缺陷就是没有植物性情。人类的傲慢，自以为是的无知，在树的内心里找不到。即使到了黄昏的树也不会像人那样，急着忙碌着去写回忆录，去进行所谓的反思，去改造世界。树的叶子落就落了，叶子从不去总结与另一片叶子有何不同，但这并不证明树不会思考。暮色垂落，大地苍茫，大树此时沉落在飞鸟与蜜蜂的怀念深处。月光升起，深如大海。所叹息的是人的浮躁，缺乏树木的定力。赫尔曼·黑塞曾在《树木的礼赞》中写道：树木比人更深谋远虑，更持恒，更沉静，就像它们的寿命远比人类长久一样。树木比万物之灵更有智慧，只是人类很少倾听它的道理。而通过树木，似乎连接汇集天地日月之精华，且通过这种拼接，创造出某种介于主体与客体之间的体会、认识，以及扩展了想象空间，升腾着无限诗意。

冯杰的作品同时充满风物与意趣，通过古今中外的文化知识，绘制出中原文化地理图。如他擅长画柿子，在散文《柿子的别名就叫涩》中写道：天下画柿子的人多，如果不以名分才气论，只按画柿子人个子的大小往下排，"柿子座次"一定是这种排法：计有吴昌硕、齐白石、虚谷、赵之谦、潘天寿、冯杰。

> 我手下走过那么多颗柿子，认为，柿子画得最好的一幅却是南宋牧谿和尚的。六个柿子端坐在那里，拙笨、简朴，却透出大智、慧心。像六个红脸罗汉，在打坐。[1]

关于朱仙镇年画，以及豫剧脸谱，在作家笔下多有记述。作为中原文化的重要传承，书写了其艺术价值以及今昔的时代遭遇。《年画的一些延伸》，木版画在中国版画史上能占一页，朱仙镇算中国木版年画的鼻祖吧。《东京梦华录》说过那时的热闹："近岁节，市井皆印卖门神、钟馗、桃板、桃符，及财门钝驴、回头鹿马、天行帖子"，宋代充满各种文化，庙堂的与市井的。明末清初，朱仙镇木版年画作坊达三百多个，每年销往

---

① 冯杰：《柿子的别名就叫涩》，《郑州晚报》2011 年 11 月 11 日。

各地的年画都在三百万张之多。《清明上河图》上可以清晰地看到，王家纸马店，门前门神画，皆于当街，用纸衮叠成楼阁之状。朱仙镇木版年画的创作者大多是土生土长的民间艺人，充满质朴的气息，因而作品多简洁、直白，线条粗犷豪放、强劲厚实，具有中原人民刚强健壮、憨厚纯朴的风度。

在冯杰看来，木版年画的魅力在于拙朴，这里有点像豫剧与河南话。而杨柳青年画，桃花坞年画则明显更为雅致，是"细画"，没有朱仙镇年画的厚拙，河南民间版画更像是"粗画"。鲁迅也收藏朱仙镇年画，却称朱仙镇木版年画朴实，不染脂粉，人物没有媚态，色彩浓重，很有乡土味，具有北方木刻年画的独有特色。先生生长在南方，想必对北方粗拙的艺术颇感新奇。正宗的木版年画都是用手工制作的，要求技术性很高，有多少种颜色得刻多少块，哪怕一段线条，也得占一块。朱仙镇的乡村画匠一直坚守着祖传章法。1997年春节前，在寒风里，冯杰曾同好友初次去造访朱仙镇，在作坊里看到那么多块雕版，像无数次重复开放的莲花。花开花落，花落还会再开。那些上好的梨木板都浸油风干了，在风雨里，它们在一朵朵花纹的散步中似乎永远不会再走样。

《脸谱》则追溯豫剧的脸谱，最早受秦腔、京剧影响，加上传统中原本土文化浸染，逐渐成现在这种较为完美的形式。早期的豫剧脸谱，设色构绘比较简单，仅有象鼻、竖眉、淡设几种画法，配上传统的舞姿，显得古朴可亲。在一定程度上，脸谱是可视的，黑色象征勇敢、正直、刚强不阿；红色象征着忠实耿直，豪爽气派；白色则表示邪恶阴险；蓝色象征妖邪；绿色象征草莽侠盗……色彩直接体现出人物角色的性格特征，还充满象征意味，比如包拯额头的月牙痕迹，寓意清正廉明。脸谱还充满着变形与夸张艺术之美，像孙悟空、猪八戒，就画成猴图与猪图。豫剧作为河南文化的重要载体，直接显示出地域文化的特质和审美情趣。而作者深思的是，在舞台上能戴脸谱，在另一个更大的人生舞台上，哪一副脸谱是假，哪一副脸谱又是真？诚然，"在文本中，现实性可能只是虚构的副产品。当然，文本的现实性为虚构越界提供了前提条件，正如现实通过被'悬置'而得以彰显一样"①。

---

① ［德］沃尔夫冈·伊瑟尔：《虚构与想象——文学人类学疆界》，陈定家等译，吉林人民出版社2011年版，第13页。

此外，还有关于胡辣汤外传、面酱与窝头等的书写。在这些地方风物的描述中，更多是心灵的映射，以及对自由的抒发与自然的沉思。1924年，周作人曾在《北京的茶食》中说，我们于日用必需的东西以外，必须还有一点无用的游戏与享乐，生活才觉得有意思。我们看夕阳，看秋河，看花，听雨，闻香，喝不求解渴的酒，吃不求饱的点心，都是生活上必要的——虽然是无用的装点，而且是愈精炼愈好，其内在的意蕴，恐怕就不仅仅是要使文学与现实的政治区分开来，保持距离；而更像以文学滋养个体精神，从而在客观上消解现代工业文明那种日益物化的文化趋向，以及酿成此一趋向的制度框架。正是在这后一重意义上，"对文学抒情特性的强调，就不但成为他的美学选择，而且还成为他的文化选择"①。冯杰的作品通过风物的书写，亦传达出超越现实的精神生活，鉴往知来，将物的灵魂与人的灵魂相融合，透视出别具风致的文化品格。

关于城市，冯杰更像一位置身其中却又精神疏离的局外人。如前所述，他的行文充满士大夫气，他对于风物的描摹及人格化寄寓，也显示出对于乡土世界的眷恋及对城市的疏离。作为一名城市的生活者，他曾用如何成为一名诗人来解释精神的安放问题。有人曾问，怎样才能成为一个"诗人"？冯杰说：一个人的童年在乡村度过，长大后，因生计走到繁华的城市，然后回忆，这种回忆与怀念的过程，就是一个诗人的过程。哪怕你不写一行具体的诗，你也是诗人。

城市人在他的笔下更是一个个无处安放的孤独者，他曾写出诗句："城市非常好，可不是我的家。面对城市，我永远是一个局外的乡下人。"（《月光转身而去》）在局外人的眼里，城市的摩天大厦与升值的股票成正比，飞鸟的空间被挤得越来越小，月光早已无栖脚的地方，也许城里人是从不奢谈月光的。现在是"偌大个城市，放不下一张茶桌"的时代，又焉能放下月光？城市里除了车后排泄的污气逐渐充满着有限的空间之外，你找不到感觉上认为恰当的地方倾听，更找不到地方去倾吐。恍惚城市的暖气片散发的温暖也远远没有童年时代乡下的寒冷来得真实。在冯杰看来，城市里所有的花朵都是用精美的塑料制成的。在城市，单纯而不带功利和互相利用的心态坐在一起谈话的人越来越少，可以说现在钻石与珠

---

① 朱晓江：《周作人美文写作的脉络及其文化意义》，《中国现代文学研究丛刊》2013 年第3 期。

宝到处都有，而那种有着"闲心素情"至纯的人几乎难觅了。众多的人都在为职权、金钱、目的、欲望去奋斗，去为之欢乐为之疲惫，在这个世界上，不知多少东西才能填满欲望的深渊。人怎样才能不迷失自己生活在这个乱花迷眼的社会里呢？

伴随着城市化进程的，是文学以象征或隐喻的方式书写人的生存境遇变化。孤独是现代人的生存状态，城市的本质是孤独的。城市太大，个人太小，每个人都要面对内心的荒原。城市所遵循的是利益法则、现代交换法则，和自然、田园状态完全对立，与现代性伴随的是一切坚固的东西都烟消云散了。于是，冯杰作品中充满对城市孤独症的恐惧和对乡村田园的追忆。现代性与城市秩序是造成孤独的重要原因，城市秩序对孤独心理具有生成与强化作用。现代性的重要特点是资本逻辑、理性逻辑、财富逻辑、发展逻辑，并现实性地表现为对契约型社会规则、城市运行规则的建构，对传统前现代各类依附性社会关系与依附性社会心理的击破，使人们成为自由、独立的个体，从而形成人们日益扩大、普遍的孤独感。而在城市化进程中，"忽视城市意义建构对城市经济、城市发展和繁荣的基础作用，是导致人们在虽然相处一域却彼此相隔、成为孤独自我的重要原因"①。孤独的个体只能以自我心理的调整去适应外境的变化，为精神寻找依托。作家更是将诗心熔铸到草木精神中，在城市中，冯杰找到述说心事的安全方法，那就是去寻访城市中的树木（《树上垂挂的声音》）。

> 在城市里，我还听到这样一个关于人与树的传说：
> 一个男人的忧伤，对谁也不要诉说，最有效的方式，就是一个人在月夜，悄悄找一个树洞，俯在上面尽情诉说。当你认为讲完了，就用泥巴将装满语言的树洞糊起来，让它神鬼不知。
> 我觉得能让男人面对的树、能盛下深深忧伤的树，不是梨树，不是桃树，更不应该是柳树，应该就是高大的悬铃木。②

这份记忆源于作者自北中原乡下第一次来到被誉为"绿城"的郑州。这座城市长满高大的悬铃木，叶落叶发，无数枚叶子讲述无数个人的故

---

① 田晓明：《孤独：中国城市秩序重构的心理拐点》，《学习与探索》2011年第2期。
② 冯杰：《北中原》，作家出版社2020年版，第107页。

事，并组装城人们共同记忆的城市。从街道走过，就像穿越一个漫长的绿色甬道。而这些看似讽刺或充满智慧的讲述中，呈现出一位城市局外人的感伤告白，及对草木精神的向往和坚守。

五　诗性的城市叙述

河南的诗歌创作有着悠远的文脉，《诗经》305 篇，有 168 篇产生于河南。李白、杜甫、白居易、李贺、李商隐、王维等与河南密切相关的诗人，更是中国诗坛的耀眼群星，留下了诸多千古名篇。新中国成立以来，河南诗歌创作潮流一度和共和国文学思潮密切相关。诗人苏金伞为歌颂新中国、新生活，创作了《庆祝南京解放》《在鲁迅先生逝世十三周年纪念会上》《灯光》等，及歌颂工业建设的《矿山偶得》。李季的《玉门诗抄》《致以石油工人的敬礼》，青勃的《乐园集》，更是歌颂新中国、新生活的结集。甚至诗歌的题目很多都带有"歌"或"颂"字，如《酒歌》（组诗）、《茶歌》（组诗）、《红燕颂》《红峰颂》《北京颂》（组诗）等。还有王绶青的《手摸着中南海的红墙》《野浪沟》、李清联的诗集《新犁催开浪花》、李洪程的《放歌太行山水间》等。

新时期以来，伴随着朦胧诗的新诗潮，河南的校园诗歌开始蓬勃发展，孔令更、程光炜、易殿选、耿占春、单占生、罗羽、王剑冰等都较早接触到了朦胧诗，开始了自己的创作。1983 年 3 月 10 日，由河南大学中文系学生王国钦、邓艾芬、王吉波、赵向毅、刘庆曦五人发起的河南大学羽帆诗社成立。羽帆诗社及铁塔文学社先后培育了张鲜明、刘跟社、李喧、杨吉哲、李霞、董林、吴元成、高金光、张爱萍、白战海等一批青年诗人。

诗人苏金伞也在历经磨难后重新拿起笔，陆续创作了《寻找》《夜黄河》《秋猎》等大批优秀作品，以其一贯的清新、质朴、睿哲而广受赞誉。青勃不顾已届花甲之年，或结伴或独行，饱览祖国的多娇江山，留下许多山水诗。王绶青则将民歌和古典诗词创造性地运用到新诗创作中去，写出民族的精神力量。王怀让自觉继承了中国当代诗歌政治抒情诗传统，评论家雷达曾评价，"时代、现实、人民，永远是王怀让的诗歌创作源泉"。他较有影响力的作品，有《我骄傲：我是中国人》《中国人：不跪的人》、"女排三唱"等。

黄河是河南永恒的抒情诗，1985年，青年诗人孔令更、朗毛开启为期一年的河南诗人徒步考察黄河及河源之行，引发了时代青年以各种方式考察黄河的热潮。马新朝的《黄河抒情诗》《幻河》，抒发了诗人对黄河的爱恋，被认为是新诗写黄河的一座山峰。该诗作获得鲁迅文学奖，获奖评语为：马新朝的长篇抒情诗《幻河》，以伟大的黄河为坐标，包容与歌颂了中华民族丰厚的历史文化。他告诉人们，中华文明以神祇般的光辉照彻古老的东方，又以圣灵般的宏奥萦绕着人的灵魂，它同时又与时代相伴，在广阔的时空里流淌。在流淌中，从荒漠走向繁华，从狭窄走向浩茫。诗人以个性独特的感觉方式和语言，触及政治和文化、哲学和宗教、民俗和爱情，并力争对文化特征和时代精神作准确把握，谛听历史的回声，探究发展的奥秘。比较完美地完成了一种艺术传承，成功地尝试了一种艺术拓展。此外，高旭旺的《黄河大写意》和《心灵的太阳》也是这一时期的优秀之作。诗人杨炳麟创办的《河南诗人》杂志以及河南诗歌创作研究会的诸多活动也为河南诗歌界的创作与交流提供了平台。其诗作《印象大黄河》以诗歌的形式表现对中华民族精神的思考与反省。诗集《尘世》被认为是作为诗人却能够始终保持超拔而孤独的姿态关注喧嚣的世界，深深埋在诗歌的根部，创作出大量有真情、有思考、有哲学意味的诗歌。

蓝蓝的诗歌早期是以近乎自发的民间方式沉吟低唱或欢歌赞叹，其敏感动情于生命、自然、爱和生活淳朴之美的篇章，让人回想起诗歌来到人类中间的最初理由。在洪子诚看来，90年代以来，她的写作有了调整，在眼界、体验上，对复杂的尘世生活持一种更积极的"介入"态度，从哀歌式的赞美向讽喻式的批判的转变，并混和着赞美与批判的双重力量。杜涯则"希望我的诗歌是山峰之顶，每天都向着朝霞和落日，也朝向蔚蓝的天空和夜晚的星空，在冬天，山顶上则落满白雪。总之，它高远、纯粹、明亮，向着深邃、深广浩瀚，向着永恒"。[①]邓万鹏潜心于现代诗写作的探索，"他仿佛骨子里就带有浓厚的喜剧色彩，现在诗中不时透出的黑色幽默气氛，逐渐形成难得的个性魅力。《午睡》和《四点钟》的遭遇，许多人都有体会，但只有他'再查看自己的身上/总共有十五个洞'，

---

① 杜涯：《落日与朝霞》，北岳文艺出版社2016年版，第236页。

这'洞'里漏下的有都市人的德失，更有无奈与尴尬。'开倒车的人'，给城市和他人带来的'插曲'，不仅是文明的结果，也是文明的后遗症"①。关于诗歌中的城市叙述，张鲜明的诗歌《龙门石窟的风》（组诗），以意象化的方式致敬名胜古迹。《远眺龙门山》，"其实，把龙门山，看成一座巨大的蜂房岂不更妙？心灵的蜜蜂需要一个酿蜜的地方，中原就在伊水畔选一个清净之所。轻轻地凿，慢慢地掏。当莲花在洞窟盛开，当智慧在石壁闪耀，心灵就找到了自己的巢。"《致卢舍那大佛》："你是中原的一颗谷子，你的头颅饱满如谷穗，你飘摇的香气化作伊水，你的面庞是满盈的明月。"

高治军以"新古体诗"独树一帜，其诗作从中华古典诗词中汲取资源，并传达现代人的诗心与情怀。他追求民族化与现代性的结合，在新诗和古典诗词外开创写作道路。《诗颂中原》气势宏阔，写出了中原城市的历史与风情。有《郑州吟》："曾为华夏第一都，有熊古国更远久。子产贤相知域内，列子道法传神州。洛神洛水归大河，潘安貌美领风流。天下功夫数少林，海内名士羡许由。"《开封梦》："清明上河图惊世，东京梦华录繁荣。凡有井处话柳词，更听苏子大江东。"《洛阳行》："华夏文明根何栽？河图洛书之中来。天下兴亡哪里觅，请君只看洛阳地。洛阳之地有王气，先祖三代尽这里。""龙门石窟世奇迹，卢舍那像美无比。天子驾六依然在，马驰车奔入梦来。白马钟声传慧音，西天佛经启智民。"《殷都安阳歌》："华夏文明成信史，太阳东升早慧光。殷都煌煌三千年，世界遗产堪咏唱。"②

王国钦的《赋说中原》，以磅礴的气势颂歌中原大地。《郑州赋》追溯了郑州的历史、今貌，从轩辕黄帝至今五千年的发展脉络，涵盖郑州丰富的人文和自然资源，先贤英烈，展望了美好前景。2008 年《郑州赋》首发于《光明日报》"百城赋"系列，创作源于作为华夏文明发祥地之一的郑州，之前还没有一篇足以代表郑州本土文化内涵的辞赋作品。赋说郑州，该文为首次：郑州者，当代河南省府也。北枕黄河千秋入梦，南依嵩岳万里凭高，东邻古汴菊香醉客，西望牡丹国色呈娇，自古繁华于中州也。位居铁道交通之枢纽，扼控高速往来之咽喉，可建空航网运之中心，

---

① 李霞：《汉诗老家　新声省晨——河南诗歌方阵述评》，《绿风》2004 年第 2 期。

② 高治军：《诗颂中原》，《时代青年》2012 年第 1 期。

独占中部崛起之龙头，今日更商贾云集也。市中双塔，郑州挺立之脊骨矣。郑州者，华夏文明祖根也。《诗经》有云："嵩高维岳，峻极于天。"仰嵩岳之巍巍，具茨嵯峨；证盘古之开天，浮清沉浊。念溱洧之泱泱，有熊立国；肇文明之滥觞，牧阡耕陌；使嫘祖之育桑，嫫母织帛；创图腾之为龙，鼎铸疆拓。夏禹都阳城，疏洪导流，三过家门而不入；殷商十四朝，流动迁徙，成汤称王而都亳。岁逾三千六百，证中原之物华天宝；首序八大古都，创文化之源远流长。或曰：此真中华第一都也……2013年12月该赋镌刻在东海舰队的"郑州号"导弹驱逐舰上，2018年铭刻展示在郑州园博园轩辕阁。

高金光的诗歌多以真挚的情感记录对于城市的个人体悟，并在多年诗歌写作中传递出对于城市变迁，及融入城市的所感所思。诗人始终坚持不应为外界纷扰所动，要坚守自己内心，忠诚于自己那份纯真而质朴的感觉。《都市浪漫曲》记录："每一座城市都是一片高楼的森林，走进每一座城市，你都容易迷失方向，你需要仔细捕捉每一座高楼独特的形象。""城市没有夜晚，一条条灯河在游动，一扇扇窗口在闪亮。"[1]《城市月光》感叹："有谁注意到城市的月光/有谁注意过城市人的脸/在高高的现代化窗前/明月早已被霓虹灯替代/那花前的一壶酒/再也酌不出古意。"[2]《我爱郑州》抒写对郑州城的深厚情感，在不断融入城市进程中的诗心与感悟。"我爱郑州/虽然，我只是一名漂泊者/脸上刻满风霜/满身乡野泥土/但我凭一双勤劳的手/在郑州的高楼大厦间/找到了人生的驿站/找到了经度和纬度。""我爱郑州/我爱郑州晴朗的天空/和天空中飘荡的云朵/我爱郑州明亮的夜晚/和夜晚闪烁的星斗/我爱郑州的每一条街道每一个小区/我爱郑州的每一方花坛每一株草木/我要说，我特别热爱郑州的每一个人/是你们把我当作自家人/让我有了春天般的暖意和温度。"[3]

《中原城市吟》（组诗），更是为中原十八城市放歌。包括《咏洛阳》：龙门石窟天下传，牡丹国色更娇艳。河图洛书谁解得，九朝帝都太璀璨。《咏开封》：北宋帝都曾繁华/择端长卷细描画/万千气象今重现/时代大笔挥彩霞。《咏安阳》：一片甲骨天下知，中国文字象形始。华夏民

---

① 高金光、郑秀芬：《都市浪漫曲》，《太阳与大地》，河南人民出版社1994年版，第3—4页。

② 高金光：《城市月光》，《自由落体》，作家出版社1999年版，第119页。

③ 高金光：《我爱郑州》，《如果有爱》，河南文艺出版社2009年版，第110—112页。

族堪伟大，殷墟故里垂青史。《咏南阳》：虽处盆地眼界宽，胸怀超越伏牛山。卧龙亦觉城市美，白河澄澈静如练。组诗凝练城市气韵，在历史沧桑中尽显豪迈与激情。

　　诗人的叙述也进一步呈现出对于城市的感受，或是外乡人的融入过程中的情感变化，或城市孤独者的游离状态，或对于城市前世今生的追忆与豪情。通过感悟城中人的生存境遇和生活方式，以及思考个体在城市中的存在状态和本真情感，使得城市书逐渐摆脱表象性和装饰性，而诗人作为城市放歌的主体，在写作中更为敏锐地传递出城市意识和城市精神。

第十一章

城市如何成为一种文学气质

文化故里与现代城市的交相辉映成为河南城市的特色，河南作为中国文化之根，老子讲经台，杜甫故里，白居易、李商隐公园等文化遗迹即为存在明证。而随着城市的发展，文化传统如何与现代事物相结合也成为新的时代命题。所以我们会看到外交部推介河南的八分钟宣传片中充满各种文化元素，有夏商古都郑州、九朝古都洛阳、八朝古都开封、七朝古都安阳等传统文明的发源地；洛阳龙门石窟、安阳殷墟、登封少林、焦作太极等文化符号；亦有大玉米楼、航空港等现代事物，展示既古老又现代的河南形象，将传统与时尚、厚重与活力融为一体。在《平原客》《黄河故事》《省府前街》等文学作品中，关于城市形象和写作资源的寻找，更为关注在人物的生活背景、作品的生成空间中探寻历史文脉所在，以及时代人物所裹挟的传统与现代的因子。网络剧《风起洛阳》《梦华录》的热播更是使得古都洛阳、开封重新走红，通过盛唐东京豪迈气象、北宋汴梁精致繁华诠释了古都文化与东方美学精神，古典灵韵的再现也使得其充满城与人的烟火气。

一 《平原客》的土与洋

李佩甫的长篇小说《平原客》由花城出版社 2017 年出版，融入很多现代事物和作者的新思考。主人公虽出身农村，但通过高考进入城市，并凭借优秀的学识迎娶了教授的美丽女儿，自己也漂洋过海到美国哥伦比亚大学读博士，是一个喝过洋墨水的接受先进文化熏陶的现代知识分子。但多年的汉堡没有改变他的脾胃，多年的西方生活也没有改变他的灵魂，从外表看他仍然像一位农民。身为副校长时，他仍是一个"比农民还农民的小老头"，在学生眼中，和他美丽、优雅的夫人是如此的不般配，这段婚姻终于还是失败了。到后来当副省长时，他的再婚要求是朴实的农村人，不需要有文化，会伺候父亲就好。作品中的他是小麦专家，和土地有着亲密关系，这些读者都可以理解，但很难理解的是十几年的成长习惯、思维方式是不是就没有改变的可能。

第一次结婚后，前妻的"约法五章"中就有不准在屋内抽烟；养成良好的卫生习惯，注重仪表。出门换干净衣服，进门换拖鞋。上床前刷牙、洗脸、洗手、洗脚等基本卫生习惯。这样具有现代文明色彩的约束让他是很难受，离婚再娶时他忽略一众本科生，就想选择实在本分一些，要会照顾人，能和老爹吃一锅饭，哪怕是没文化的也行。于是找到保姆型的农村姑娘徐二彩，结果忍受不了对方的粗鄙和威胁，间接杀害她，也导致自己的人生覆灭，婚姻的悲剧导致人生悲剧。如果说第一次婚姻不幸是教授女儿与农家子弟的生活差异造成的，第二次婚姻却是出身相同，但精神世界的截然不同造成的更大悲剧，作品也在试图探讨，那些看似顺风顺水的人生是如何滑落的，人在物质和精神面前又该如何自持的哲学问题。

《平原客》出版前，关于书名，李佩甫曾考虑很久，最初是《花开》，后来定下《平原客》。李佩甫向编辑解释书名的由来："在平原，'客'是一种尊称。上至僚谋、术士、东床、西席，下至亲朋、好友，以至于走街卖浆之流，进了门统称为'客'。是啊，人海茫茫，车流滚滚，谁又不是'客'呢？"在"中原味"浓郁的梅陵，作家延续了自己擅长的"双板块结构"的模式和处理复杂人物关系的传统，分别以李德林和赫连东山为中心双线叙述。小说在不动声色的叙述中，将父子冲突、夫妻冲突、公媳冲突、同僚冲突、上下级冲突表现得淋漓尽致，更深层次地指向关于时代蜕变与人心浮沉的拷问。小说更是关注了一批生活轨迹丰富复杂的"潮头人物"的命运，在剧烈嬗变中有人无所适从，有人勇往直前。然而，作品对于环境与人、乡村与城市、家庭关系等现实的反思并不限于官员这一特殊人群，而是扩大至每一个普通人。麦子黄的时候是没有声音的……"这部《平原客》却像是来自大地的声音，告诉每一个人从哪里来，到哪里去。向着光，向着善，那才是该去的方向。"①

---

① 张懿：《来自大地的声音——〈平原客〉出版的前前后后》，《全国新书目》2019年第7期。

　　小说以人际关系为着眼点，不同的自我意识和身份认同使李德林、张二彩夫妇变成了仇人；不同时代处境和价值理念让赫连东山与赫连西楚父子变成了仇人。过去，父子反目往往是因为"革命"，道不同。但是，谁又能说网络的虚拟世界相对于传统的现实世界不是一场"革命"呢？"通过刑侦员赫连东山的忧思，作家发出自己对时代困境的追问。"① 而作者借赫连东山父子的不同思维，反思代际的问题。东山是一个优秀的警察，却和儿子有深深的隔阂，儿子从小喜欢打游戏不服管，在他眼里是典型的不成器。但就是这样的儿子大学时就能靠打游戏卖装备赚钱，毕业后就能拿到年薪三十万、五十万，而他干了一辈子革命工作才年薪五万。故事中有一个啼笑皆非的细节，他劝说儿子辞去年薪三十万的工作，找一个正经工作干。儿子的"90后"粉丝骂他却引起了自审和反思，在染着红头发、戴着大耳环"90后"的眼中，郝连东山就是老顽固、土鳖。他心里也清楚：这不是你的时代了。

　　到北京出差时，儿子带他去俄国餐厅吃西餐。"这完全是一个年轻人的世界"，"在悠扬旋律的俄罗斯音乐声中，喝着红酒，举着刀叉，吃着牛排"，"男人靠在女人的肩上，女的偎在男人的怀里，笑声、接吻声、窃窃私语声、干杯声不绝于耳"。"忽然，乐声变了，刹那间又改成了进行曲。有一队（四个）高大威武的、身穿当年'苏联红军'制服的俄罗斯人出现了，他们行进在一个个餐桌前，齐声高唱'喀秋莎'！"

　　　　在这样一个氛围里，郝连东山不仅是头晕，眼也有些晕。郝连东山年轻时最喜欢听的就是俄罗斯歌曲。那些歌曲就像是梦中情人一样，滋养过他的心灵。在郝连东山看来，那些"苏联红军"的制服，包括领章、帽徽，代表着一个时代，那是用鲜血和生命染出来的时代。不管对与错，那都是一个时代的缩影，应该给予起码的尊重。可是，在这里，却成了佐餐的调料了。②

　　父亲和儿子两代人的隔膜，不仅仅是代际的差异，还有不断变化的

----

① 申霞艳：《大地之子李佩甫——从〈平原客〉说起》，《中国当代文学研究》2019 年第 5 期。

② 李佩甫：《平原客》，花城出版社 2017 年版，第 233 页。

现实对于人的影响。差异化的社会导致差异的个体和内心，"中国自有历史记录以来直到 1990 年代，基本上是一个在方言和文化上有着巨大地区差异的农业社会"①。在毛泽东时代，整个社会缺乏社会流动，形成统一的意识形态和文化，随着邓小平时代改革开放的深入，实现了从农业社会向城市社会的转型，以及更多了解外部世界。而根据社会学家的研究，"现在中国的青年人，都是出生在改革开放后的独生子女政策之下，经历了家庭中众星捧月般的无尚呵护，同时也面临着市场经济时代残酷的差别和竞争；一方面全球消费文化浪潮带来了丰富的物质享受的可能，另一方面多元化的价值观念的共存又带来了信仰的迷失和选择的困惑……所有这些构成了这代人特有的社会经验或集体认同，使之区别于他们的父母——不仅仅在年龄上、经验和意识上，也在价值观和生涯选择上。他们的父母出生在计划经济时代，受到正统的集体主义和传统家庭文化的教育，经历了社会转折所带来的教育、就业、福利、家庭生活、价值观念等等方面变革的痛苦。因此他们两代人的'代'不仅包含家庭、亲缘的涵义，还包含时代、历史的涵义，也可以理解为社会制度和福利变革的涵义，并且彼此之间相互交叉、影响，形成了两代人在社会境遇和文化观念上的差异和断裂，也为他们之间普遍存在的代际冲突构成了基础"②。

　　所以，在这个过程中，李佩甫的"平原"也在不断发生改变，可以有忠诚的"50 后"，所理解的伟大、理想、正义甚至包括对工作正经、不正经的划分，也会有奇异的"80 后、90 后""我的青青我做主"的不流俗，坚持自我的兴趣与个性。在这部看似差异很大的书中，向我们揭示了城市的多维空间，有不同代际的人们对于人生的不同理解，有出身于城乡的人们认知和生活习惯的差异。因此，作者将农村青年与留美博士的身份缝合，将官与商的职业生涯勾连，呈现一个多元化的城市景观。在这个城市景观中，不仅仅有传统记忆的合记烩面，还有新兴的高档会所；有古老开封的"德化浴池"的精炼手艺人，也有城市新冒出的按摩女郎。土与洋组装成城市，所有人既改变着城市，也被城市悄悄改变。

---

　　①　[美] 傅高义：《邓小平时代》，冯克利译，生活·读书·新知三联书店 2013 年版，第 650 页。

　　②　吴晓英：《代际冲突与青年话语的变迁》，《青年研究》2006 年第 8 期。

二　《藏珠记》的重与轻

　　乔叶的长篇小说《藏珠记》由作家出版社 2017 年出版，是一部带有奇幻色彩的作品。在之前的写作中，乔叶多直面现实，如《我是真的热爱你》中的进城姐妹，《拆楼记》以非虚构的笔法写出城市化进程中的乱象，《认罪书》通过"文化大革命"的历史发现人性的幽暗复杂，《藏珠记》则以历尽千年的姿态写出一位不老女子。之所以不老，是因为她有一颗魔幻的珠子。

　　天宝十四年，一位波斯商人因感念房东夫妇的收留，在弥留之际送给他们的女儿唐珠一颗长生不老的珠子，因此，"那丫头活得很长，一直从唐朝活到了现在，简直活成了老不死，一直活到了锦盒的那张字纸早已灰飞烟灭，只剩下那首无题诗刀削剑刻在她的脑子里：珠有异香长相随，雨雪沐身葆葳蕤。守节长寿失即死，若出体外归常人"①。就是在这纸约束与一方珠子的保护之下，她活了千年。故事以奇幻的开篇，掀起一段俗世的爱情。

　　近年来，唐珠流落到郑州，也经历了这座城的变迁。

　　　　如果我没记错，十年前，这个位于郑州市东南一隅的别墅区刚刚"尊者共享，荣耀登场"时，开盘价每平方米只有两千。现在出手应近两万。那时我偶尔路过，越过粗糙拉起的红砖围墙和绿色纱罩，还可以闻到不远处庄稼地里玉米叶子的青葳之气。而今举目四望，高楼环伺，想要看到田野绿，恐怕已在十里之外。②

　　阅尽千帆的底气和苍凉使得唐珠发现"日光之下，并无新鲜之事"，"唐宋元明清民国直到今天，很多人只是身份不同穿衣不同语言不同，他们制造的那些事只是时间不同地点不同外壳不同，但是，本质却是相同。如果说世相的外在是流星赶月风驰电掣，那么人的本质就是在原地打转，

---

① 乔叶：《藏珠记》，作家出版社 2017 年版，第 4—5 页。
② 乔叶：《藏珠记》，作家出版社 2017 年版，第 6 页。

甚至是把原地踩成了一个越来越深的坑"。这份冷静，也是因爱致死的恐惧使她一次次铲断情思，相舍江湖。然而因对金泽的爱恋舍掉底线。爱情消解掉历史，消解掉因袭，消解掉唐珠的阴影和一切沉重，最终两人快乐地生活在一起。

这个传奇故事看似结构简单，一位古老有着不死魔力的女子爱上一位人间男子，最终抛开阻碍，修成正果的故事。一方面是历史的沉重，甚至作品中引用大量的知识，有唐代的传奇故事，有豫菜的渊源与精工细致，更有现实的轻，只是一个U盘引发的阴谋与爱情故事。最终，爱情的快乐原则压倒历史的沉重阴影，也压倒了现实的俗世原则，其实这就是现代城市的新状态。弗洛伊德认为自我源自本我，它的角色是个体与社会之间的协调人。它往往代表了超我所蕴含的那些社会的道德伦理和理性判断。在弗洛伊德的比喻中，本我是奔腾的"野马"，自我则是控制马的"骑士"。在这样的人格结构基础上，本我是依照快乐原则行事的，而自我则依照现实原则行事。快乐原则就是本能的满足，而现实原则是符合社会行为规范和道德良知。现实原则常常压制着或延迟了快乐原则的实现，这就造成了文明对本我的压抑。弗洛伊德相信，社会的进步表现为技术对社会的控制，是理性对人的征服。其代价则是人类丧失了许多重要的东西。他从人的内在心理方面，揭示了现代性的冲突和矛盾。这一冲突体现为快乐原则和现实原则之间的矛盾抵牾。

在《藏珠记》里，一切矛盾都烟消云散了，甚至那条千年古训对珠子和人的约束力也荡然无存了，一切符合现实的原理和快乐法则。历史和现实得到有效统一，日常成为关注重心。没有宏大叙事，也没有使命感，仅仅是一对饮食男女的日常生活成为书写重点。作者用大量的笔墨谈论豫菜，并以菜喻人，人菜合一，形成一种通融的力量。

咱们豫菜的地位？那可是各菜系之母。

不客气地说，中国整个饮食的萌芽期、发展期、形成期和繁盛期都是在中原完成的。豫菜的起源，就是宫廷菜。中国八大古都，河南占了四个。……

豫菜嘛，甘而不浓，酸而不酷，咸而不涩，辛而不烈，淡而不薄，香而不腻……你别笑。豫菜做到了功夫，就是这么好。没特点？不，咱们有特点，咱们的特点就是甘草在中药里的作用，五味调和，知味适中。所以内行常说，吃在广东，味在四川，调和在中原。①

　　河南的饮食文化在整部作品中被体现得淋漓尽致，正如《礼记·礼运》所说："饮食男女，人之大欲存焉。"作品在豫菜考古、人菜合一的讲述中完成古老与现代的城市气质展现，在古今融合中将千年历史的沉重以及现世的重复与轻盈跃然纸上。

　　这部小说在轻与重之间自由穿梭，既有流行的穿越题材，又有传统文化的积淀和历史气息；既揭露了现实和人性的阴暗面，又用广阔的胸怀和脉脉温情接纳、消解了它，展现了沧桑岁月中人性的光芒、爱情的力量。这部传奇小说不谈革命，不谈启蒙，不谈历史的创伤，也不谈作家自我的抱负。关于如何思考其写作意义，乔叶曾表示自己常常为困惑而写，很多写作的人想得特别明白，要表达给人高调的洞见，"我想表达我的困惑或者好奇，就是人活了千年后怎样认识生活，生活中什么是最重要的，什么是最想要的，活着有没有意义。""这是我特别想探寻的东西。"②。

三　《大河之上》的重构城市地图

　　鱼禾在散文近作中尝试通过文学考古的形式重构城市地图，并在古与今之间建立起内在联系。寻访郑州源于她曾和文化社科系统的朋友们组起一个"走四方"小组，所谓"四方"，"起初之时这座城市的'四方'，是郑州的历史人文遗迹"。走了半年之后，作者开始与城市建立起血脉般的关联。商城遗址的发现说明郑州是当时世界上出现的最大城市，三重城垣分别是宫城、内城和外城。位于内城东北部的宫城区，仍遗留着一处完整的古代宫殿基址。而大量手工业作坊和精美陶器的发现说明当时城内已经存在相当规模的商品交易，标志着华夏文明城建史从单纯的政治及军事化的、防御性的"城"时代，发展为有基本经济内容的"城市"时代。而水井、蓄水池、陶水管、石砌输水管道和排水管道遗存，说明郑州商城已经具备相对成熟的给排水和排污系统。"这是确切的城市生活印迹，也

---

① 乔叶：《藏珠记》，作家出版社 2017 年版，第 123—125 页。

② 杨庆祥：《一意孤行的写作——乔叶新作〈藏珠记〉讨论会》，《西湖》2020 年第 3 期。

是城市文明发展到相当成熟阶段的标志。"①

　　为了创作《大河之上》，鱼禾进行了十几次的黄河实地调研考查，对黄河中下游交界带沿岸多次实地走访，参考了大量的历史、地理、水利、考古等文献，从河流地理、历史人文、黄河水患及其治理等角度，选取黄河源头、黄土高原、河南境内黄河历史泛滥区等作为支点，对黄河做了全方位书写。在文学考古之外，作者更是关注城市的现代演变。三十年前，鱼禾大学毕业后，从上海来到郑州工作，见过大城市的繁华与盛大，总觉得郑州土气。但在三十年的朝夕相处中，她见证了城市的演变。不断新建的道路将城市拉开、伸展，城市地标性建筑和文化产业的兴起，也加强了城市的历史文脉传承。在城市的规划图中，已然有"东强、西美、南动、北静、中优、外联"的发展思路，而作者也参与其间。

　　关于开封的文学考古，作者从一幅《清明上河图》展开，那时的汴梁，是画中描绘的样子。在纸上寻梦故都的孟元老自号"幽兰居士"，在《东京梦华录》自序中写道："古人有梦游华胥之国，其乐无涯者，仆今追念，回首怅然，岂非华胥之梦游觉哉！"而四方形轮廓线，分别代表了汴梁的宫城城墙、内城墙、外城墙和护城河。汴河由西而东横贯汴梁，是唯一贯穿内城的河流，也是汴梁的漕运主河。在作者手绘的历史地图中，也寄予了理想的生活状态。

　　　　农耕经济时代的城市，没有污染，没有高分贝的噪声，没有高楼，没有水泥和柏油，城里的房屋是覆瓦屋顶，一处一处的院落半被树荫遮掩，街道是压实的土路或者石板路，沿街店铺之外还有货郎游走小巷。这样一座都市，如果再有河流，有四条穿城而过的河流，有各式各样三十五座桥，那一定是赏心悦目、逍遥惬意的所在。想象里的大宋，过滤了一切求生的艰难与时势的险恶，慢吞吞懒洋洋的，从容祥和，活色生香。这样的生动与懒散，在《清明上河图》诸般人物情态里最是易见。②

　　在城市散文写作中，赵瑜的作品更多探讨的是乡下青年不断触摸、融

① 鱼禾：《最早的城市》，《大河之上》，海燕出版社 2021 年版，第 216 页。

② 鱼禾：《汴梁的纪实与虚构》，《大河之上》，海燕出版社 2021 年版，第 234 页。

入城市的过程。在散文集《那么彷徨，那么孤单》（百花文艺出版社 2016 年版）中，作者回顾了自己 22 岁进入省城，最早在市郊村庄租了一间小房子。每天早晨，在一楼共用卫生间的人会相互埋怨和催促，自己差一点就堕落在那样的环境中。虽然在城市中有挥之不去的孤独感，但他依然喜欢这里的方向感。在北方，看着那些南北东西分明的路，就会觉得自己内心里的磁场是工作了的。在都市中，如何寻求理想的生存方式，作者建议做一个抵抗者。虽然和物质做抵抗是最为痛苦的人生选项，也意味着舍弃和逆行，更是一种冒险。作为理想主义的选项，更是透出反常识的虚假清高，但在过了长时间以后，每忆起这样的抵抗或者舍弃，都会觉得美好，觉得自己曾经努力过，为了个人最为本质的梦。

作者还追忆在金水路 17 号杂志社工作时的青春往事，当时还流行写信，也开通了读者热线电话。而陌生人的电话与信函链接了一个个城市故事。热线电话勾连起一个城市的时间与记忆，仿佛回到绿城的青春年代，格外质朴温暖。

> 杂志社有一部热线，每周五晚上对读者开放。
>
> 值班的人，不管是男的还是女的，通常要自称是小芳。是的，热线的名字叫作"小芳热线"，得，一听名字，就知道这名字缘起的时代。
>
> 热线基本上是倾听读者的故事，做判断和给出药方的机会并不多。所以，难度并不大。
>
> 打进电话来的人，未必真的是糊涂的，也许，他只是想试一试，找一个陌生人说说话，说完了，也许，一个秘密带给他的压抑就会减半。
>
> 我有一次，听一个女人的倾诉，觉得她遇人是那样不淑。她男人的薄情已经到了人神共愤的地步了，可是，等她说完了，她自己说，她知道那男人在外面有了家，有了孩子，她却依然爱他。
>
> 那时的我年轻，义愤，却又不便在电话里直接表达。几乎是非常生气地挂了电话，之后长久地不能平静。
>
> 随着倾诉者的个人故事的累积，我对某些固定事件的偏执，正慢慢松动，甚至被人性里某些不能确定的细节融化，对是非尤其男女间感情的是非判断渐渐模糊。

随着信息时代的变化，中文传呼机、手机慢慢普及，人的倾诉欲有了更多的出口。我们的热线慢慢停了。

每每想起年轻幼稚的我，在电话的一端接听那些陷入生活苦恼里的男女时，我都会由衷地感激小芳热线，这种超出年纪的训练，让我的情商的数值渐渐升高。从一个单细胞价值观单一的偏执狂，渐变得宽容。①

面对转型期的复杂局面及个人生活压力的增大，城市人迫切需要情感交流、倾诉和宣泄的出口。情感热线电话通过主持人和连线人的语言交流，为咨询者提供专业问题解答和心灵疏导，既反映出每一个"小人物"的人生困惑，也能使听众起到"心灵触媒"的减压作用，而这种既贴近又陌生的交流方式使得城市人的隐私得以保存、心灵得到慰藉。

四　《省府前街》的城市传奇

南飞雁在长篇小说《省府前街》（河南文艺出版社 2019 年版）中，以老开封省府前街上几户人家的命运变迁为切入点，以开封沦陷、抗日战争胜利、开封解放、河南省会迁往郑州为主要节点，展示了千年古都开封在 20 世纪的嬗变轨迹，以及生活在这座城里的人们面对时代巨变时的挣扎与蜕变，惶惑与新生。

作品以文学的视角发现城市，书写开封城与人的传奇。故事从民国二十五年开始讲起，省府前街的沈宅大小姐奕雯不满父亲续弦。此时已西风东渐，正室夫人惠葳欧游多年不归，夫妇二人隔着重洋万里书信对阵，"文言吵过用白话，后来又用英文，吵到第三个年头上，惠葳索性一纸离婚书信寄回"。作品细密书写老街道、古物，甚至各个重要时期的历史文件等。如写开封老街：

开封城里老街不少。千年的有，像南北土街，宋代叫土市子街，据孟元老《东京梦华录》所载，千年之前已是繁华鼎盛的去处，至

---

① 赵瑜：《那么孤单，那么彷徨》，百花文艺出版社 2016 年版，第 52—55 页。

明代始简称土街，民国肇始，为彰显共和，一度改叫共和中街、共和路，又以西侧教育厅街、东侧理事厅街从中分为南北两段，市井细民仍是叫南土街和北土街，图的还是个旧念想。百年的就更多。像省府前街，原来叫行宫角，乾隆十五年这里是行宫，接待了巡视黄河河务的乾隆皇帝；两百多年后，这里又成了行宫，光绪二十七年太后皇帝两宫回銮，从西安到京师，一路上走了九十多天，在开封就待了一个多月，就住在省府前街，老太后住得高兴，还在这儿过了六十六岁大寿；到了民国，行宫则成了豫省省府所在地，从民国十六年到二十五年，从冯焕章到商起予，十年里换了五任省主席，时间长的三五年，短的寥寥数月而已，在省府前街走马灯似的轮番登场①。

在关于城市的意象中，道路被认为占据了主导地位，成为人们在大都市进行意象组织的主要手段，"寻找道路是环境意象的最基本功能，也是可能建立感情联系的基础。然而意象的价值不仅仅局限于这种直接意义上，只是当作地图来指示运动方向；在更广泛的意义上，它应该能够充当一个基本的参照框架，个体能够在其中活动，并将他的知识附加在框架上。因此，意象就好比是一种信念或一套社会习俗，是事实和可能性的组织者"②。《省府前街》对道路的精心描绘，也还原了开封这座城的历史风貌。

作品还细致描绘了各类城市文化，包括节日、民俗，传唱的曲目等。《春秋配》是开封梆戏最叫座的一出，《捡柴》是最叫好的一折，借春玉唱出乱世的飘零和委屈。

> 送仁兄送至在柳林之下
> 荒郊外风光好叫人爱煞
> 来到了山涧坡用目细撒
> 见一老和一少在拣芦花
> 老妈妈她不过六十上下
> 观大姐也不过二九年华
> 看穿戴非出自小户家下

---

① 南飞雁：《省府前街》，河南文艺出版社 2019 年版，第 24 页。
② ［美］凯文·林奇：《城市意象》，方益萍、何晓军译，华夏出版社 2011 年版，第 94 页。

却为何在荒郊眼里发麻。①

此外，还写出开封城的诸多老字号和老建筑，如老字号陆稿荐、豫盛和、包耀记、晋阳豫、德润和、又一新等。在作者笔下，城市历史更多成为一种风物、一种传奇。小说通过追忆城市历史，日寇入侵、国共内战，直至新中国省会由开封迁至郑州，写出"长二十世纪"乱世人的命运漂浮，又以香港的数封书信打开了外部视野。在波澜壮阔的历史大事件背后，却有着中原人特有的云淡风轻、处变不惊的人生哲学："当你面对苦难的时候，面对这个世界的真面目的时候，你或许可以像罗曼·罗兰那样，像贝多芬那样，像米开朗琪罗那样，像托尔斯泰那样，注视它，并且爱它。"②

据作者创作谈介绍，写作这部长篇小说，是有意还原一座城的前世今生。"在长达几年的时间里，我变成了一个考据癖成瘾的人，深陷其中无法自拔。我太想做到一点，那就是我所用的每一个词、每一个地名、每一处建筑，甚至每一句话、每一个细节，都有其出处，经得起实证主义者推敲。我需要再三确认无误——1938 年的沈奕雯从省府前街沈宅出来，到北土街三九四号去，要向东经寺后街、鼓楼街到南土街，再向北到北土街，这段路步行要多长时间，开车要多长时间，会不会有地方让她稍稍停留，会不会中途遛个弯、买点什么；1949 年住在省府前街沈宅的几个房客一早上班，有的要去乐观街的开封市委，有的要去裴场公胡同的黄河修防处，有的要去南关的火车站，有的要去北土街的市政府，有的要去自由路的市工会，还有的要去磨盘街的市文教局，他们出了门要怎么走，想追求沈奕雯的三个小伙子若想拦住她表白，会选择在什么地方——在小说里，这些人可能永远不会这么做，但我却不能不替他们想。我很清楚，像这样毫无用处的想象，占据了筑城中 90% 的砖瓦建材，而呈现在小说中的，不过 10% 而已，换言之，90% 的心血和考据，是读者永远看不到的。不过我也很清楚，如果没有这毫无用处的 90%，就不会有其余的 10%，更不会有这部小说。我们看到的永远是世界的一部分，没有看到的另一部分始终存在，世界如此，开封城也是如此。我之所以这般不辞其劳地筑城，为的只是一个契约。这

---

① 南飞雁：《省府前街》，河南文艺出版社 2019 年版，第 190 页。
② 南飞雁：《省府前街》，河南文艺出版社 2019 年版，第 444 页。

个契约是写作者和读者之间的。这个契约意义重大，有关于小说的本质，也就是虚构。而虚构的终极目的是真实、可信。"①

在评论家何弘看来，《省府前街》的一个突出特点是有大格局②。开封是中国著名的古都，有着极其丰厚的历史文化底蕴。但自宋室南迁，开封在全国的地位却一步步下降。《省府前街》所写的这段历史，是开封这座城市 20 世纪前半叶所经历的历史磨难，也是开封城市命运所经历的又一次重大变迁。这么一个宏阔的历史背景和一系列重大事件，为作品格局的宏大奠定了基础。《省府前街》主要写的是沈家几代人的故事，作者在对家长里短、人情世故的描写中，自然地将历史的变迁表达了出来。

如果说之前的《天蝎》更多书写城市小公务员的生存、爱情、职位等纠葛与挣扎，在看似平静的叙述中，剖开他们的生存史和发展史。《省府前街》则体现"80 后"作家自觉追寻城市历史的意识，以及寻找城市命运的前世与今生。南飞雁说写这部小说，更多来自对城市的好奇。每一类人群都提供一种阅读城市的方式。因此，我们可以看到作者在寻找历史中所呈现的文学想象，以及对于历史的探寻所发掘的城市文脉。

五　《黄河故事》的多重讲述

2020 年，邵丽在《人民文学》第 6 期发表《黄河故事》，后在河南文艺出版社出版单行本，这是她较为明晰地展示地域写作意识的作品。在自序中，她详细讲述了从儿时与黄河的交集，逐渐萌生的对黄河的情感，追溯了黄河的写作源流，以及不同时期作家的黄河书写中所试图探寻的民族文化品格。小说有意将黄河岸边的故乡郑州与新兴城市深圳双城对读，拉开了故事框架，融入作者对改革开放时代故土与异乡的文化反思。

邵丽之前的作品更为关注同代人的生存奋斗与生命尊严，如长篇小说《我的生活质量》《我的生存质量》，多关注人的生存和生活状态。《寂寞的汤丹》《明惠的圣诞》《城外的小秋》《村北的王庭柱》《老革命周春

---

① 南飞雁：《〈省府前街〉创作手记：兴衰荣辱，造一座 1938 年到 1945 年的开封城》，《中华读书报》2019 年 5 月 22 日。

② 何弘：《南飞雁长篇小说〈省府前街〉：以世相书写揭示历史必然》，《文艺报》2019 年 7 月 1 日。

江》《刘万福案件》等，多直接以人物命名，展示他们的生活面貌及延伸的诸多社会问题。这些作品也得到批评家的诸多肯定，被认为是"以悲悯的情怀写出了中国这个古老农业大国的现代化进程中人们内心的煎熬和挣扎，表现与此相关的生存奋斗和人性尊严"①。"她对世风世相的生动描绘，对女性命运、情感和心理的深切同情，对当下生活的积极介入表达出的家国情怀，使她成为一个值得关注的重要作家。"②

《黄河故事》则改变了以往的叙事框架，直接彰显出作者所受地域文化的影响，并尝试进行文学寻根。在河南文艺出版社的单行本序言中，邵丽提到自己和黄河的交集。大概四五岁的年纪，随着出差的父亲见到了黄河。父亲兴致很高，还提前准备了几句顺口溜："黄河绿水三三转，碧海青山六六弯。黄河浊水三三曲，青草流沙六六弯。千山红叶千山树，万里黄河万里沙。"但当时自己的记忆只有安静的河道和瘦弱的河流，一片萧索。后来到省城读大学，父母一起再看黄河，母亲很是动情，说：黄河黄河，水是真黄啊！父亲也莫名来了一句：打破砂锅问到底，跳下黄河洗不清！但当时的"我"还是不解父亲的心潮澎湃。而随着作者接近黄河，甚至为其溯源的过程中，才一点点了解它、热爱它。而这种亲近感来自作者对地域文化的认同，"所谓一方水土养一方人，不仅是物质的，同时也是文化的"。在这个意义上，文学成为"一种土地和气候的产物"，并蕴含着人类社会与经济文化因素，体验有别于他处的文化遗韵和生存形态。

序言还梳理了黄河故事的历史文脉，从《诗经》中"关关雎鸠，在河之洲。窈窕淑女，君子好逑"，到李白"黄河落天走东海，万里写入胸怀间"，再到新中国作家李准的《大河奔流》《黄河东流去》，黄河一直是文人墨客的浓墨重彩所在。李准的《黄河东流去》重在从苦难中挖掘中华民族百折不挠的文化根脉，并为当下寻找精神图腾和栖息之地。在李准看来，正是黄河给了中原人热烈的性格，而热烈的情感，是创作的基本条件。李准曾创作出《不能走那条路》《李双双小传》等经典作品，具有浓郁的河南地方风情和语言特色。李准还是重要的剧作家，他的很多作品改编成电影之后获得广泛的社会影响。而他对于黄河的书写，直接探寻黄河之于河南的意义，以及河南人勤劳、踏实、贴着地面行走的性格。黄河给

---

① 何弘：《因为理解　所以悲悯》，《文艺报》2007 年 11 月 13 日。

② 孟繁华：《世风世相、女性与家国——评邵丽的小说创作》，《中国作家》2013 年第 6 期。

予不同时代的写作者讲述故事的背景和资源，在这个意义上，邵丽所接续的也是河南文学的重要传统，作品着重写出集体化时期和改革开放时代黄河岸边的故事，更是直接映射新中国成立以来中原人民的生存史和发展史。

在邵丽的近作中，开始注重对于"我"与父辈隔阂的反思，重新发现生命中缺席的父亲，以及对于父辈生存状态的探寻。短篇小说《天台上的父亲》，父亲在天台上选择跳楼自尽。子女这才发现，父亲的人生自尊而又压抑，"在那样的时代，又是那样的环境，我们是父亲为数不多可以忽略的人吧。除了自己的亲人，父亲必须对所有人、所有事情小心翼翼"。对于子女来说，而父亲自杀的理由却遍寻不到："唯一可以解释的理由是，不是跟我们的隔阂，而是他跟这个时代和解不了，他跟自己和解不了。曾几何时，他是那样风光。但他的风光是附着在他的工作上，脱离开工作，怎么说呢，他就像一只脱毛的鸡。他像从习惯的生命链条上突然滑落了，找不到自己，也找不到可以依赖的别人。除了死，他没有更好的解决办法。"① 缺失的父亲，成为一个象征性的符号。子女的人生对于父爱的忽视以及父权的反抗，甚至父亲有自杀的想法之后，子女们轮流以爱的名义监督他。而并没有想过要走近他的内心世界，试图去理解他、包容他。爱的表达缺失，父子、父女冲突问题成为一代人的心理创伤，以及裹挟着历史、文化与习俗的重负。

《黄河故事》中的父亲，同样是失败者之死。母亲的羞辱是压倒父亲的最后一根稻草。在家里，父亲像是个影子，悄没声息地来，悄没声地走。母亲每天忙忙碌碌，忙完地里忙家里。可是父亲像个没事人一样，不是谁家有个红白喜事去都帮人家做菜，吃一顿饱饭心满意足地回来，要不就是跟着一群人去打兔子钓鱼，好像他是这个家里的过客。种种行径使得母亲极为仇视父亲，母亲需要稳定，需要长幼有序的尊严和面子，需要家要有个家的样子。而父亲就是破坏秩序的始作俑者。但是，总为吃饭、生计发愁的父母亲也曾有过美好往事。

　　　　我父亲生于中医世家，家庭条件优裕，从小到大都是衣来伸手饭来张口，没受过任何委屈。可我父亲除了会念书，其他心思全用在吃

① 邵丽：《天台上的父亲》，《收获》2019 年第 3 期。

上了，常常偷我爷爷的药材炖鸡煮鸭。他卤的猪头肉能香一条街，做年食也样样在行。开始我爷爷看他聪明，对他寄予厚望，后来看他只在意庖厨，非常失望。但打也打了，骂也骂了，儿子却终是不上进，最后索性由他去了。好在那时候爷爷家丰衣足食，也不在乎父亲糟蹋一点食材和药材。父亲尽着性子痛痛快快当了几年"少爷厨子"。

而我母亲虽然是个女孩子，但从小就被我姥爷送进了学校，成为县中为数不多的女学生。她在学校未念到毕业，解放了，我姥爷被当作恶霸被政府镇压。说起我姥爷，他的故事可以拍一部电影，肯定还得是加长版的。他出身优裕之家，自幼聪慧过人，过目不忘，完全可以考个好功名。但他志不在此，特别喜欢《东周列国志》里的人物，义字当先。他在乡里更爱出头逞强，喜欢当老大，仗着家里有钱，既喜欢仗义疏财，也热衷于抑富济贫。有人对他感激涕零，也有人对他恨之入骨。我姥爷被枪毙那一天，传说跪了一街筒子人，求政府手下留情，都是受过他恩惠的人。

我母亲自小就随父亲的性子，敢作敢为，倒也是个自立自强的主儿。父亲被镇压，她一点也不觉得羞愧，竟然指挥着愿意帮忙的人给爹爹办理了丧事，像送别一个正常人一样，丧礼办得有鼻子有眼儿。平日里出出进进，她腰板挺得直直的，小小年纪，家里家外都能独当一面。在全镇子上，也算是响当当的女汉子。①

刚强倔强的母亲，一开始对公子哥般的父亲充满希望。认为他出身大家，见过世面，一定有主见、有魄力，没想到父亲却是干起事情来百无一用。母亲卖了金戒指凑钱给父亲去贩卖药材，父亲却贪恋武汉的美食和米酒，把自己喝醉，误了生意。母亲借钱让父亲买缝纫机想着赚钱贴补家用，父亲却买回来一个三轮车，还在醉酒后跌倒沟里，摔断了两根肋骨。母亲求人把父亲安排到兽医站工作，去了不到半年就被开除回来，还背了三十块钱罚款。原因是在诊治一头病驴时，父亲觉得没有治疗价值，提议大家凑五块钱买了病驴，他煮了一锅驴肉汤。母亲从此对父亲再无温情。

父亲在母亲的心中是一种定格的毫无用处的形象，而在村人和子女的记忆中，却存在一个不乏温情的父亲。在二姨夫妇心中，"他算是生错了

---

① 邵丽：《黄河故事》，河南文艺出版社 2020 年版，第 119—120 页。

地儿，一辈子没跟人红过脸，也从来没见他说过别人的不是!""村里人都说他是个热心人，待人又得体。"在村人眼里，父亲是一个幽默风趣、知书达理，而且相当有生活情趣的人。打兔子钓鱼，套野猪网鸟，还会讲故事，简直无一不通。更重要的是他的一手好菜，哪怕是一根白萝卜到他手里，都能做得跟别人不一样。毕竟他是大家庭出来的，吃过见过那么多，而且读过很多书，背过汤头歌，懂中草药。

作品还展示了父亲高超的厨艺。

> 不一会儿功夫，他面前就规规整整摆满了肉丝、肉丁、肉片和花红柳绿的各种配菜。案上的东西准备齐了之后，他才开始开火、架锅、烧油。在父亲的操持下，一时之间只见勺子翻飞，碗盘叮当。平时蔫不拉唧的父亲，好像突然间换了一个人，简直像个音乐演奏家，把各种乐器调拨得如行云流水，荡气回肠。一会儿便让老板和大厨看傻了。①

然而，在那样物质匮乏的粗糙年代，这样的手艺显然是毫无用处的。作者尝试打开历史，通过不同的记忆和讲述建构了一位缺席的父亲形象。代际差异的实质性内容是社会文化特质而非其自然属性，父亲作为一位悲剧人物，既有个人的因素，也有时代的因素。在被禁锢的年代，释放本我的父亲没有任何的正面价值，只能徒自悲伤和找不到出路。众所周知，改革开放前，我国实行的是高度集中的中央计划经济体制，在国家集中再分配和控制的过程中形成了一套社会排斥体系，排斥的主要标准是体制身份。这种体制身份是根据国家发展战略和社会控制的需要规定的，并通过法律、法规、政策予以制度化，因而可称为"体制排斥"。"由于其排斥对象是那些不具有特定体制身份的群体，在这个意义上，体制排斥可被看做一种集体式排斥。"②

所以，在作品中，我们会看到母亲对于父亲不务正业的不满，对子女婚姻、工作问题的干涉，对体制人的羡慕与向往，以及固有的阶级眼光对子女的厚爱与歧视，造成的母亲与几位子女的紧张关系。但如果仅仅从时

---

① 邵丽：《黄河故事》，河南文艺出版社 2020 年版，第 125 页。

② 李路路、朱斌：《当代中国的代际流动模式及其变迁》，《中国社会科学》2015 年第 5 期。

代因素来看，如何认识后面故事讲述中弟弟的形象，是如此懦弱和发不出声音，也显示出作者对于男性话语和力量的并不信任。但是作品中还是写到父亲对二姐和"我"的温情与爱意，在子女心中的温暖形象，这些人类基本的情感和恒定的事物，才是打动人心之处。

还好，时代变化了，才有了"我"对家庭的背离和无限的可能。改革开放的新时期，在市场经济体制下，社会主要排斥形式也从基于体制身份的体制排斥转向基于市场能力的市场排斥，才有了子女们各寻出路以及"我"的崛起。作品将时代的差异性通过地理空间、双城故事的方式展现出来。郑州所在的家乡城市，代表了传统的文明和根脉，深圳则代表了新兴的改革开放史。追忆、建构的父亲代表改革开放前的集体时代，而我们当下的生活则是改革开放鼓励个人奋斗的时代。

开篇，深圳的花从冬天一直开到夏天，让人分不清木棉树、凤凰花和火焰木的区别，都是一路的红。这火焰花开在树上像是正在燃烧的火焰，白天一路看过去，一簇簇火苗此起彼伏，甚是壮观。"我"和母亲所代表的文化差异通过不同的生活习惯，尤其是早餐呈现出来。

> 我没理她们，把面包片从冰箱里拿出来放进吐司炉里，然后拿了一只马克杯去接咖啡，自己随便弄点东西胡乱吃吃。每天早上我起得晚，而我母亲和妹妹总是六点多起床，七点多就吃完早饭了。她们俩还保留着内地的生活习惯，早睡早起。岂止是把内地的生活习惯带到了深圳，我看她们是把郑州带到了深圳，蒸馒头，喝胡辣汤，吃水煎包，擀面条，熬稀饭，而且顿顿离不了醋和大蒜。

> 搬到深圳这些年了，除了在小区附近转转，连深圳的著名景点都还没看完。对于我母亲来说，什么著名的景点都赶不上流经家门口的那条河。不过那可不是什么小河，母亲总是操着一口地道的郑州话对人家说，黄河，知道不？俺们家在黄河边，俺们是吃黄河水长大的！①

母亲还在深圳的楼顶上种满了荆芥、玉米菜、薄荷、小茴香，都是她让女儿在网上买的家乡的菜种。而我们的厨艺基因也有着遥远的家乡文脉。"我"家所在的黄河岸边，曾出过一个叫列子的名人。列子当年隐居

---

① 邵丽：《黄河故事》，河南文艺出版社 2020 年版，第 3 页。

修炼的那座屋子还在，据说已经申报了非物质文化遗产。列子在当地的传说颇多，除了是什么思想家、哲学家、文学家、教育家，还是养生专家，非常会吃。连庄子都夸他会轻功，能"御风而行"。这个传说跟当地人的会吃不知道有没有关系，据说国宴师傅很多都是来自这个地方。列子的存在完成了与历史的勾连，而家人天生的厨艺基因也许来源于此。

双城故事的对读，会发现深圳的勃勃生机与郑州的中原寻古。中原的存在勾连起悠久的历史，以及文化的传承，而深圳作为新兴城市则体现出改革开放时代的活跃与光彩。似乎为了印证，作品还特意回顾父亲所处的集体时代，对于个人欲望的压抑。

> 父亲在的时候还是大集体，我们郊区人还靠种地过日子。有一次在田里干活，他到田边的沟里解手，发现了一个兔子窝。于是他又喊了几个人，从窝口开始刨土。然后他把耳朵贴近土地，听了一会儿，拿着铁锹朝地下插去。在他插下去的地方把土刨开，果然锹下有只兔子。父亲没用一滴水，把一只兔子剥得干干净净，然后跑着到周围采集了一些野草野花什么的塞进兔子肚子里，放在火上烤。那个香味儿弄得大伙儿也没心思干活了，到处跑着找兔子窝。后来我父亲还为此在生产队的大会上作了检讨。①

而在场景还原的返乡之旅中，作者不断通过家族故事、打捞的历史记忆建构起郑州的文学地理与时代空间。父亲的特长在那个年代毫无用处，只能成为被歧视的对象。这不禁让读者想起阿城的《棋王》、张贤亮的《灵与肉》等，对于口腹、身体之欲的极力书写成为禁欲时代人本欲望的张扬。再回到作品书写的年代，可以发现被集体压抑下的个性，成为被贬斥的另类存在，以及不得不以自我欲望和肉身消泯的方式人生落幕。

作品尝试打开的，还是一部改革开放史。与家乡的姊妹兄弟们静止的没有流动的、沉浸在过去时光的缓慢日子不同，是"我"在异乡极为励志的奋斗史。"我"初来深圳时，只是在一个工地上打工。后来承包了公司的餐厅，再后来做餐饮业，生意风生水起，在周围的佛山、珠海、东莞都开了分公司。"我"住进了三层的花园洋房，戴着价值不菲的珠宝，还

---

① 邵丽：《黄河故事》，河南文艺出版社 2020 年版，第 187—188 页。

将母亲、妹妹接来共享殊荣。与之伴随的是深圳的生机勃勃：深圳这座城市，说到底也就几十年的工夫。可她平地起高楼，活生生长成一副王者之相，现代化的高楼大厦，大块的绿地，原生的和移植过来的古树，虎踞龙盘。生机勃勃的现世存在，会让人忽略它的历史。

深圳作为改革开放的先行者，也被寄予着"拆掉一个旧世界、创造一个新世界"的"神话"，深圳的勃勃生机和记忆中家乡的荒凉成为一种参照。市场经济时代和计划经济时代的巨大差异，剧烈的城市文明形态变化集中在一个人的生命历程中。"我"作为异乡人来到深圳后，和老板女儿任小瑜的天真与"我"的世故，显示着巨大的时空错位。"看着明亮的天空和宽阔无边的草地，看看远处的高楼和身旁盘根错节的老榕树，看看树上树下快乐的鸟儿在啁啾，我的眼睛润润的。纵使我是铁石心肠，也很难不被这样一个冰清玉洁的女孩打动。这一世界的好都属于她。我也已经长大了，想明白了很多事理。我不能责怪父母生下了我，但也不能不说，是自己投错了胎。家庭环境对一个人的性情影响太大了！"① 但"我"很快凭借个人奋斗融入了城市神话，适应了变动的社会秩序，收获了事业、爱情。在作品中，"我"的爱情如童话故事，丈夫是美国留学归来的博士，给了无限的温暖和爱意，使"我"终于相信了爱情。

在迈克·克朗看来，文学作品不只是简单地对客观地理进行深情的描写，也提供了认识世界的不同方法。在"我"适应不断发展的城市文明形态过程中，既有着河南人朴实、勤奋的古风，也有着深圳新型社会重契约、守诚信的现代精神。家乡代表着稳定秩序，即便"我"再度返回，发现郑东新区的发展变化，好像克隆了深圳。而在高歌猛进的新中国城市化运动中，"我"也在不断寻找缝合之处，寻找自我的价值归属与情感认同。毕竟，无论是过去还是现在，各群体的文化认同感和生活方式根植于该群体所在地区的历史及他们的社会经历。自我与时代，通过家庭故事打开而又和解，母亲和"我"重新理解了父亲，也重拾返乡的愿望。

关于作家的写作姿态问题，洪子诚曾提出不同时代语境与创作者的关系，20世纪80年代的文学环境更多是一种感伤姿态，对变革的渴望，对自我的认识和表现的渴望，自我意识开始崛起。到了90年代，作家、批评家共同有了责任意识、使命感和文化自觉，从人文精神论争、对于启蒙

---

① 邵丽：《黄河故事》，河南文艺出版社2020年版，第195页。

的维护都是如此。但是，21 世纪以后，作家的写作姿态日渐模糊，更多成为讲故事的人，但故事中所蕴含的社会生活形态、文化背景、历史意识、人生意识成为重要的衡量层面。具体在邵丽的写作中，我们会发现她对黄河等故土的文化融入和生活变迁的呈现，试图从文学地理上打开时代与人的关系。虽然，《黄河故事》中还掺杂了诸多姊妹的故事，诸如表哥的婚事，和大姐的青春恋爱无疾而终，娶的妻子婚后很快去南方打工，然后就是一纸离婚书；二姐放弃体制内工作从商的故事；弟弟懦弱与精明弟媳的故事。其实作品还是不断地寻求精神和解，尽管带有成长经历的伤痕，带有巨大的地域文化差异，但终究都需要与历史中的自我和他人的和解。在作者不断地重返故乡、寻找父亲之旅中，也呈现出当代中国社会的巨大变迁和社会动荡中个体与时代的发展史，那些无名的被压抑的父辈的命运故事，以及自我原乡与他乡的认知，其间所融入的文化精神、寻根意识，实现了与黄河故土的时代接续。

六　《风起洛阳》与《梦华录》的文化景观

《风起洛阳》《梦华录》作为两部现象级网剧成为 2021 年、2022 年最为突出的文化景观，分别在爱奇艺和腾讯视频播放，网剧以古都洛阳、开封为载体，以古装剧将历史厚重感与影像青春化结合，展现出鲜活灵动的唐代洛阳城和宋代开封城，诠释了市井繁华和古典美学。

《风起洛阳》是根据马伯庸小说《洛阳》改编的古装悬疑探案剧，亦是洛阳市与爱奇艺开展洛阳 IP 联动计划的核心项目。作为爱奇艺"华夏古城宇宙"的首发作品，《风起洛阳》率先为观众揭开华夏五千多年灿烂文明的序幕，首播迅速引发网友热议。该剧回归中国传统美学，力图还原"神都 109 坊"的城建布局、洛水流域的分布位置、南市贸易的包罗万象，再现了洛阳的市井烟火，打造了百姓安居乐业、人间极尽繁华的洛阳盛景。太初宫、仙居殿等城市地标的复刻还原，天堂、明堂的设计构造，联坊、内卫府等机关的匠心营构，无一不展现着洛阳古城的深厚文化底蕴。同时，洛阳水席、羊肉汤等饮食文化、人文习俗也融汇其中，让观众从不同层面领略传统文化之美。

在马伯庸看来，武周时代的洛阳城，确实不愧神都之名，它的一系列工程带有一种难得的浪漫气质，这在秉持实用主义的中国古代大都市建设中，并不多见。洛阳是中国九朝古都，他希望通过《风起洛阳》展现一个鲜活的唐代洛阳城，即充满生活气息、真正有人味的空间，而不是一个华丽空洞的布景。这种人味儿的体现，即是在于普通民众的衣食住行、吃喝拉撒。越是琐碎，越能还原当时的氛围，让人信服，探讨的是洛阳城空间与人之间的关系。该剧讲述了武周时期一群出身不同阶层的人为调查"洛阳悬案"而发生的故事，悬疑元素的加入使得该片步步为营，直到最后"归藏风"作为大 BOSS 出现，才揭开谜底，而洛阳的风物成为最为重要的展现元素。

剧作一开始，就全景式呈现洛阳南市的繁华景象，以及太初宫、内卫府、联坊、不良井等景观。柳然、窈娘、郡主等主要女性角色都是典型的唐代女子打扮，尤其是她们的发髻和花钿，颇具唐代风情。通过百里弘毅"神都第一名饕"的身份设置，细致呈现了诸多古代洛阳美食，如羊汤、鱼脍、馎饦、酥酪、枣酥等，引得全网掀起一股"洛阳热"。剧中不仅展现了古代洛阳繁华的城市风景，还将羊汤、胡辣汤、牡丹花、流水席等时至今日依旧盛行的美食、美景有机融入故事讲述，激发观众了解现代洛阳城市文化的欲望，使洛阳迅速"出圈"，成为年轻观众心目中的旅游"爆款"。很多网友结合历史资料和旅游打卡攻略，来到洛阳进行文化考古之旅，"看应天门遗址博物馆、天堂明堂景点、上阳宫文化园，吃洛阳水席、胡辣汤，买唐三彩①。该剧还火出了国界，在泰国、新加坡、越南、韩国均大受欢迎，具有重要的文化传播意义。

该剧因重现了洛阳的风采，洛阳的美食、美景，城市建筑都引起海内外的热议，被评价为"一部剧带火一座城"②。呈现了市井烟火、百姓江湖与皇朝庙堂，再现了地域美食特色，还原了洛阳城的壮丽盛景，神都109 坊、赌坊、南市等布局构造与太初宫仙居殿、应天门、天津桥、洛水、天堂等建筑群落都为观众留下深刻印象。工匠之家的百里府装饰讲究、富贵鼎盛的柳然家明媚开放、内廷女官武思月家严肃质朴，一步一景的国风画卷随之徐徐展开。该项目志在打造"华夏古城宇宙"，"《风起洛

---

① 李蕾、倪钰：《从〈风起洛阳〉看古装剧的创作转向》，《中国电视》2022 年第 5 期。

② 吕岸：《〈风起洛阳〉：一部剧带火一座城》，《中国新闻出版广电报》2021 年 12 月 15 日。

阳》收官后已有 20 多个城市找到平台寻求开发合作"①，也说明随着时代变化，城市的历史以不同方式得以还原和再现。

如果说《风起洛阳》更多是盛唐气象，《梦华录》则诠释了宋代的精致美学。剧名来自描写宋人生活的经典作品《东京梦华录》，该书因事无巨细地展现了东京汴梁城中市民百姓生活的风雅情致，被称作"文字版的《清明上河图》"。《梦华录》的主线索根据关汉卿的元杂剧《赵盼儿风月救风尘》改编，讲述了三个女人经历各种困境，携手勇闯东京，并在皇城司指挥使顾千帆的帮助下，将永安楼发展为东京最大茶楼的励志创业故事，同时女主人公收获了美好的爱情，展现了古城雅趣和文化活力。

该剧 6 月 2 日起在腾讯视频上线，开播便拿下多个平台的热搜榜，引发大量话题讨论。剧集上线 7 天达到 10 亿播放量，豆瓣评分从开播时的 8.3 分一路上涨，已然成为近年来评分最高的古偶剧。作为一部以宋代市民生活为背景的剧作，《梦华录》中对于宋代盛行的饮茶、斗茶做了细致的还原。点茶、焚香、插花、挂画，被宋人合称为"生活四艺"，点茶是宋代最受欢迎的饮茶方式，体现了茶韵风雅的极致美学。剧中，赵盼儿以清水在茶汤上作画，秀出一手宋朝流行的茶百戏，引来众人围观。茶百戏始于唐朝，刘禹锡曾描述："骤雨松声入鼎来，白云满碗花徘徊。"到了宋代，由于受到宋徽宗和朝廷大臣、文人墨客的推崇，茶百戏更是被做到了极致。在筹备剧集期间，曾邀请非遗"茶百戏"代表性传承人章志峰为剧组讲解茶道。剧中借赵盼儿之手展示中国传统非遗"茶百戏"的韵味，"碾茶、热盏、击拂、水痕等工序，面面俱到，让大家近距离接触，仿佛置身其中"②。剧中展示的宋朝人的饮食起居也成了观众们热议的话题。如今，在淘宝平台上搜"果子"，标有《梦华录》同款的店铺应接不暇。

在导演杨阳看来，《梦华录》是一个很丰富多彩的女性题材，活色生香、美艳、生动，是一个非常有烟火气的市井戏，都是百姓生活、寻常人家。但"生动"也是建立在一个生活的基础上，我们讲述的这个年代是一个集大雅于一朝的朝代。希望景不要太堆砌，让演员穿好了服装，站在景中，浑然一体，成为一幅画面。如果说唐朝是雍容华贵之美，那么宋朝

---

① 许莹：《风起洛阳之后　期待风起更多城市》，《文艺报》2022 年 1 月 14 日。

② 丁薇：《〈梦华录〉：女性群像的"现代精神"》，《中国艺术报》2022 年 6 月 15 日。

就是清丽沁润之美。在该剧的开端，赵盼儿身着一袭淡青色衣裙，撑一根竹竿，划着小船缓缓驶来，河流倒映着她清丽的身影，青草在风中轻轻摇曳，如水墨画般意境唯美。剧中，当赵盼儿与男主角顾千帆在东京城相恋时，二人躺在船上观赏星空，捉萤火虫，河水静静流淌，两岸的灯光闪烁，夜晚宁静而浪漫，有着"满船清梦压星河"的氛围感。

梨条桃圈、碧涧豆儿糕、雕花蜜饯、紫苏饮子，孙三娘制作的果子和饮品，外形精致。剧中，永安楼的花月宴中一幕场景引发网友热议：当十二位受邀的宋代名流走进酒楼雅间，灯光瞬间亮起，精心装扮的演员们带着道具纷纷出场，将唐代名画《捣练图》和《簪花仕女图》中的场景活灵活现地表演出来。曼妙的舞蹈与各色乐器的演奏，在烟雾与变幻的灯光下，呈现出舞台剧般的质感，传统文化以优美典雅的形式被创造性地展现出来，韵味十足。宋代的繁华夜市，外卖服务"索唤"，"抽盲盒"一样的"关扑买卖"，文人雅士焚香、插花、挂画的风尚……"该剧在每一集结尾处，以活泼简洁的小剧场形式向观众普及宋代风俗，更是引发了人们对宋代历史与文化的兴趣"①。

《风起洛阳》与《梦华录》的成功带动了河南古都文化的传播，美景、美食，抑或美学精神都成为新晋网红现象，而现代精神的植入也使得在古典美学风格之外拉近了与当下的距离，充满城与人的烟火气。在这个意义上，城市是复古的，亦是历久弥新的，数千年的文化积淀出浓厚的审美意蕴，这也是中原文化精神与独特韵味所在。

---

① 谢愚：《〈梦华录〉的美学特色》，《金融时报》2022年7月22日。

结　语

灵韵的寻回及新的阅读期待

　　爱德华·格莱泽在《城市的胜利》中指出："自从柏拉图和苏格拉底在雅典的一个集会场所辩论以来，作为分布在全球各地的人口密集区域，城市已经成为创新的发动机。佛罗伦萨的街道给我们带来了文艺复兴，伯明翰的街道给我们带来了工业革命。当前伦敦、班加罗尔和东京的高度繁荣得益于它们产生新思想的能力。漫步在这些城市——无论是沿着鹅卵石铺就的人行步道还是在四通八达的十字街头，不论是围绕着环形交叉路口还是高速公路——触目所及的只有人类的进步。"① 但是，作者也提出，城市的发展也应该竭力保护城市物理上的过去。

　　在改革开放 40 周年时，文学界也开展各种形式的纪念活动。在盘点改革开放的成就时，无法忽略的是 40 年来的典型特征是城市化的兴起，伴随其间的也是一部部进城史。从路遥《人生》中高加林作为城乡交叉地带青年的奋斗史，到高晓声《陈奂生上城》对城市的重新认识，再到李佩甫《城的灯》的决绝，以及张一弓《遥远的驿站》追寻久远的城市记忆和家族史。城市都是不断言说的空间，而随着社会的发展，作家体察的深入，对城市人的书写也日渐复杂和多元。如刘庆邦"保姆系列"中对城市中边缘人生活状态的发现，以及鱼禾散文中对城市人的精神向度的思考，都打开了城市文学的丰富性。

　　河南尽管长期作为乡土的重镇，乡土文学一直是主流叙事，从现代文学中师陀的《果园城记》，到当代文学发端时的李准《不能走那条路》，以及周大新、阎连科、刘震云的"文学地图"，关于故乡南阳盆地、耙耧山脉、新乡延津，李佩甫的"平原三部曲"，以及李洱的《石榴树上结樱

---

　　① 　[美] 爱德华·格莱泽：《城市的胜利》，刘润泉译，上海社会科学院出版社 2012 年版，第 2 页。

桃》等，乡土写作一直是中原作家的特色。如果说"陕军东征"时期以乡土呈现百年中国的文化，河南的乡土根脉更深，也是黄河文明最重要的载体。在作家笔下，和土地的关系也是最为长情的表达。

相较而言，一直在河南本土坚持创作的李佩甫是一位颇具代表性的存在。《生命册》获得了茅盾文学奖，也是对其多年创作实力的证明。从 90 年代《羊的门》开始，李佩甫就成为中原文学的重要作家，他对于各种植物、土地的迷恋，以及中原源远流长的权力关系与结构的细致描摹与再现，都给人极大的视觉冲击力。然而，由于各种原因，这部作品并没有赢得该有的评价①。一直到 2012 年出版的《生命册》，被认为是继其《羊的门》《城的灯》之后，"平原三部曲"的收官之作，也是作家融汇三十多年创作的心灵史，追溯时代的一曲悲歌。作品的主人公吴志鹏是喝无梁村百年奶、吃百家饭长大的孤儿，大学毕业后留到省城高校教书，但他的成长经历，背后的乡村一直成为摆脱不了的"大尾巴"。不管过上什么样的生活，老家一直像阴影一样停留在他的生命中。为了决绝的摆脱，逃离乡村及其影子，他辞去公职，下海，经历无数困顿，却始终找不到心灵的安宁，这时他才发现乡土和自己始终融为一脉。对李佩甫来说，一直试图写出人们在社会结构变动中的心灵史，直到 2018 年的《平原客》，仍然在写城市元素、现代事物与传统习气的冲突与挣扎，以及旧事物与旧思想的失败。

不可忽略的是，随着时代的发展，城市化的进程推进，尤其是"60后""70后"作家以及更年轻的创作群体的崛起，随着成长和生活环境的变化，他们的写作也融入更多的现代、城市元素。如邵丽的《明惠的圣诞》，写一位女子如何在纸醉金迷中迷失自己，又如何发现自我，最终以悲剧的方式自我觉醒等。乔叶写城市化进程的《拆楼记》，将城乡接合部家园不在时没有更多的留恋，反而强化人性的欲望书写。这些文字都没有仅仅限于现实主义的社会记录，而是将这一过程中人性的深处进行更多挖掘和发现，也反映了转型期人的迷失与自我找寻，重建精神世界的可能性与必要性。奚同发《雀儿问答》审视城市青年看似光鲜生活背后的精神压抑，也试图在寻找观看城市的多种方法。南飞雁《天蝎》中城市公

---

① 《羊的门》在 2018 年被中国作协等评为"改革开放 40 年最有影响的 40 部小说"之一，也算是对作家的正名。

务员的生存、爱情、职位等诸多纠葛与挣扎，在看似平静的叙述中，剖开他们的本真生活状态。

在当代文学日益勃兴的今天，文学已然摆脱了各种教条式的束缚，日益多元而壮大，对中原作家来说亦是如此。他们在自己熟悉的领域做出耕耘和尝试，如邵丽的"挂职"系列，对于基层干部的生活做了深度考察；焦述的市长系列，以自己的挂职经历，对于官场的生态进行深层解剖；以及乔叶的《认罪书》，以植入的方式反思在历史与现实的激荡中人性诸多问题等。可以说，随着社会的发展及多元化的日益加深，作家的创作题材更为灵活多变。很多作家也通过对当下社会的观察，寻找个人和时代契合点，以自身的努力参与如何回应现实中国的问题。张运涛对于其笔下的小镇青年，他们的青春，他们的留恋，甚至他们的人生轨迹，在很多作品中得到真实地呈现。从他的作品中，我们可以发现，现在的乡村和小镇青年，也远远不是当初的沉默者，也有着自身的活力和向上游动的力量。

但是，关于作家如何把握现实、介入现实，还是一个普遍的难题。且不说随着社会信息传播的强大，甚至有作家无奈地表示"现实远远比文学作品更为荒诞"，这些都给作家带来很大的写作困扰，严肃作家如何思考社会，如何表达现实成为一个普遍性的困境。利维斯在《伟大的传统》中将那些对时代敏锐的作家称为"时代先锋"，在精神氛围发生变化所带来的压力开始被头脑最清醒者注意到的时候，他们便敏感先觉了。在一定程度上，思维的敏锐性应该是考量作家的重要指标，同样的现实，同样的故事，传递出何种思考，甚至选材时的前瞻性都是重要的问题。这也促使作家不仅仅需要描摹社会，更需要观察和深度思考，并在思考的基础上判断走向，而变动的社会对作家的写作提出更高的要求。

本雅明的城市美学感慨传统灵韵的消失，深刻关注作为"空间"的城市，消费空间、生存空间、体验空间及记忆空间。在《单向街》中，他如是描述："大城市本来拥有着使人感到无比安宁和实实在在的威力，它可以将劳作的人关在城堡般的平和中，也能用它们提供的视野夺取人们对自然力的清醒的认识，可是，城市无所不在地侵入，也使得它处处受到破坏。那不是自然景观，而是自由的自然中最令人感到痛楚的东西：翻耕过的土地、大路和那被淡淡红色包裹着的夜空。即使再繁华的街区也会有不安全感，会将城市的居民投入到那种捉摸不透但绝对恐慌的境地，面对不堪入目的孤零零的旷野，值得接受那些城市建筑学的怪胎。"① 伴随着中国城市化进程的加速，城市生活和城市经验的日益丰富，城市文学的创作亦须直面城市新变化，着力于日常生活意象和城市空间美学的呈现。近年来，当代城市文学书写在侧重时间化的同时开始着力于空间的感知，也寄寓着写作者的城市理想，具有重要的文艺社会学意义。

在信息传输如此便捷，生活经验日益同质化的今天，作家如何提供个体经验，如何展开独特的想象力和思考力，成为衡定作品意义的重要层面。在作品中如何呈现河南城市文化的质素，一代代作家也提供独特的思考和文学经验。河南有着久远的文明史，我们去国家博物馆的古代陈列展，会发现就是一部微缩的中华文明史。而器物就从商鼎开始，从青铜器拉开篇章，这也是中原文化作为华夏文明之根的印证。文化、地理通过文学作品的方式得以延续下来，也具有了生命力和独特性。厚重的历史和中原文化，一直封存在历史记忆中，如安阳殷墟、开封城下城及近来因电影备受关注的洛阳铲、摸金校尉等，都是来自中原的历史。如何扩大写作题材，长篇小说提供了更多语境和可能，所做出的尝试既打开了历史的多重面向，也展示了河南文化地理和风貌。

在城市文学研究方兴未艾之际，也有研究者对于城市文学的写作提出质疑，认为城市文学作品的热闹和繁荣发展仅仅表现在数量上，"而城市生活最深层的东西，最有价值的文学形象还没有在当下的作品中得以表达出来，隐藏在城市人民内心的情感秘密还远没有被揭示出来"②。何平提出如何理解城市，以及文学之"我城"的问题。城市文学"应该是灌注了中国历史和现实、问题和经验的'文学'城市地标的涌现。这些文学中的城市地标，应该烙上作家个人印记的体验、经验、修辞、结构、语体，如狄更斯之于伦敦、波德莱尔之于巴黎、卡夫卡之于布拉格、乔伊斯之于都柏林、帕慕克之于伊斯坦布尔"，并期待"置身世界格局中的'异形'之'我城'的中国作家为世界文学提供一座座文学'异形'之'我城'"③。库哈斯的《广谱城市》将批量生产的城市景观称为广谱城市，它们没有过去和未来，只有现在，没有中心和边缘，消除了个性差异。全球市民社会在全球数码网络和与其有关的想象下成为可能，并产生新的身

---

① ［德］瓦尔特·本雅明：《单向街》，陶林译，西苑出版社 2021 年版，第 28—29 页。
② 彭晓川：《城市与城市文学》，《文艺评论》2014 年第 11 期。
③ 何平：《何为"我城"，如何"文学"》，《探索与争鸣》2011 年第 4 期。

份：世界公民、网络公民、赛博公民、电子公民等。

关于中国城市文学写作，更多的作家尝试从历史的维度，寻找城市的精神气质或想象城市的方法。为了寻找城市意象，写作者多致力于发现城市景观、历史遗迹、文化风俗等普遍的、受到广泛认同的"集体记忆"。早在 20 世纪 90 年代城市文学兴起的浪潮中，贾平凹写古都西安的长篇小说《废都》，对于古城墙，城市历史、文化地标的反复书写被评论家称为"固执的怀旧"。尽管 90 年代以来的城市文学有着市民世态、历史文化、欲望叙事的分野与多重表述，但城市历史的探寻仍是许多作家试图展望城市文化气质的重要趋向，而传统的回望似乎成为城市文学品格的必由之路。刘勇在评价北京文学与历史文化的关系中提出，"无论北京文学呈现出怎样丰富的特征，它都无法离开北京深厚的历史文化底蕴及其鲜明的城市文化风格"①。90 年代的城市文学涌现出一批具有城市地域特色的作家，如王安忆之于上海，邱华栋之于北京，张欣之于广州，池莉之于武汉等。21 世纪以来，城市文学的古典意蕴更为凸显，比如李佩甫的长篇小说《河洛图》对于中原康百万家族及儒商精神的传奇书写，叶兆言的《南京传》、邱华栋的《北京传》、叶曙明的《广州传》，以及迟子建的《烟火漫卷》为哈尔滨立传，城市传记在传建构城市历史发展的时间脉络同时，更为注重呈现城市的空间结构和文化气质。

近年来，备受好评的青年作家葛亮叙述南京的《朱雀》，致力于寻找南京的盛大气象里，存有的那种没落而绵延的东西，《北鸢》被认为是"新古典主义定音之作"。其新作《燕食记》从同钦楼的兴衰讲起，由香港的茶楼追溯到广州的酒家，在广东的饮食书籍、旧年报纸中，钩沉起民国时期寺庙庵堂的素筵、晚清举人的家宴等，以淡笔写深情，"以饮食的传承、流变、革新轻松勾连起近代百年岭南历史"②。而对于作家来说，如何勾勒城市的气质，仍是需要更多的时间准备和载体承继。真实可感的食物和活生生的生命相联结，构筑了葛亮的现实感，由此复活一段过去的岁月。南飞雁在长篇小说《省府前街》中，书写古都开封城与人的传奇。故事从民国二十五年开始讲起，细密考证开封的老街道、古物、民俗，各个重要时期的历史文件等，写出开封城的诸多老字号和老建筑，如陆稿

---

① 刘勇：《城市文学应植根于城市的历史文化底蕴——以北京文学为例》，《探索与争鸣》2011 年第 4 期。

② 舒晋瑜：《葛亮：日常盛宴里饱含人间冷暖》，《中华读书报》2022 年 8 月 17 日。

荐、豫盛和、包耀记、晋阳豫、德润和、又一新等。在作者笔下，城市记忆更多成为一种风物、一种传奇。作品通过追忆开封历史，从日寇入侵、国共内战，直至新中国省会由开封迁至郑州，写出"长二十世纪"乱世人的命运漂浮，又以香港的数封书信打开了外部视野，形成文本参照。在波澜壮阔的历史大事件背后，却有着中原人特有的云淡风轻、处变不惊的人生哲学。南飞雁说写这部小说，更多基于自己对城市的好奇，对古都的历史回望。我们可以看到不同代际的作者在寻找历史中所呈现的文学想象，以及在历史的探寻中所发掘的城市记忆。

马伯庸的小说近年来成为现象级文本，其作品改编的电视剧《长安十二时辰》《风起洛阳》等火爆全网。《风起洛阳》还原神都洛阳的盛世图景："如果你有机会穿越到当时的神都，一定要先去南市，那里包罗万象，烟火气十足，是神都最繁华的商业中心。你可以喝胡辣汤、羊肉汤、牛肉汤，体验充满烟火气的洛阳汤文化。"[1] 写作《长安十二时辰》，马伯庸参照杨鸿年的《隋唐两京坊里谱》，更是把长安城布局一坊一坊地敲进故事中。《风起洛阳》的故事，借鉴了《隋唐洛阳城：1959—2001 年考古发掘报告》，涵盖了洛阳的城墙、城门、街道、里坊、宫殿、园林、水系等。作家在写作时做了大量的文学考据工作，呈现出的古都更为真实有气韵，影视剧能够以视觉奇观的方式重现城市繁华，文学作品则多通过现实思考传递美学和价值观。

在本雅明的语境中，灵韵是美学经验即真实经验。汉森认为"灵韵可理解为'空间和时间的奇妙编织：无论多近（或者，无论感觉事物多近），'赋予'某种现象'回眸看我们的能力，'能张开眼睛'或'仰目凝注'"[2]。赵勇提出，本雅明"灵韵"观的核心仍然是审美意味上的，"灵韵"和"经验"都指向了传统，本雅明对"经验的贫乏"和"灵韵的消逝"的哀悼要甚于他对新兴事物的乐观。在城市文学写作和研究中，我们也发现，越来越多的城市文学通过寻找历史的余脉，重构城市的历史和灵韵。历史的探寻固然可以重塑城市的审美共同体。但文学需要和时代同频共振，"身在城市之中"已成为许多人最切近的生活状态，其生存体

---

[1]　沈杰群：《马伯庸：我没有活在过去，而是"拼命把头往回探"》，《中国青年报》2021年 12 月 21 日。

[2]　转引自童明《从"应和"到"灵韵"：忧郁的理想所催生的美学经验》，《外国文学研究》2022 年第 4 期。

验、生命尊严是否得到呈现和回应成为文学必须关注的问题。地方性成为新的文学生产概念的同时，也应直面当下问题，毕竟"现代生活最深层的问题，来源于个人试图面对社会强势力量，面对历史传统的重负、生活中的物质文化和技术，保持独立和个性"①。

地域性与作家创作的关系历来受到研究者的重视如从丹纳《艺术哲学》种族、时代、环境三要素，迈克·克朗的《文化地理学》强调不能把地理景观仅仅看作物质地貌，而应该把它当作可解读的"文本"。我国古代文学中的公安派、桐城派，以及现代文学中的京派、海派等，都重在研究地域文化与文学的同构关系。尽管这一研究在新中国成立后有所中断，但 80 年代以来文化热的思潮也使得更多的人去寻找民族、地域文化之根。城市不仅仅是现代化事物，它还有久远的文化余脉，以及"等等灵魂"的精神拷问。就河南城市文学来说，如何从古老悠久的历史文化中汲取资源和营养，并审视现代化城市的种种新动向、新思想，结合地域文学传统在城与人、中原城市的整体发展中寻找语言系统和表达方式，在古老的历史文化积淀中重建气韵，进而确立具有自身特色的美学原则，成为我们更多的阅读期待。

---

① ［德］齐美尔：《大都会与精神生活》，朱生坚译，薛毅主编《西方都市文化研究读本》（第 2 卷），广西师范大学出版社 2008 年版，第 91 页。

后　记

　　城市文学是我一直感兴趣的问题，博士学位论文的选题即为《废都》与西安的双城故事。为寻访城市的印迹，我还多次去西安重访慈恩寺、大雁塔、古城墙，穿越大街小巷，感受历史的温度以及陕西人重情好义的品格。

　　2016年，时任河南省文学院院长的何弘先生提携后学，组织评论界撰写评论家小书，我申报了关于河南城市文学的选题。并将相关思考写作一篇关于城市文学的论文，投稿到《文学评论》。幸得刘艳女士的精心编校，得以发表。这也鼓励我意识到城市文学是一个重要的、学界普遍关注的问题。文学应关注时代，评论也应敏锐地发现创作的新趋向与新问题。后陆续参加《探索与争鸣》杂志的城市文学论坛和北京联合大学的城市文学会议，各位学者的交流和高论，给我带来很多新的启发，也意识到城市文学研究存在诸多有待拓展的空间。

　　于是我坚持下去，将河南城市文学的书稿补充、完善，也因长期生活其间，对城市和城市文学有了更多的理解。从2016年动议，其间陆陆续续从孔夫子旧书网上收集了大量河南作家城市书写的书籍、资料，每天伏案于旧书间，似乎也回到了历史现场。恩师程光炜教授多次提出研究者应注意历史的缝隙，这也提醒我注重发现历史叙述遮蔽下的文学力量。就河南文学来说，文学史多以乡土书写作为主要论调，城市书写一直处于暧昧不明的状态。作为有着悠久古都文化传统的河南文学，城市的气质、内涵、城市文学书写研究几乎是空白，这和河南悠久的历史传统、古都文化是极不相称的，也无法回应新时期以来城市文学书写的诸多面向。

　　当然，在此领域掘进也存在诸多困难。如何在"不能走那条路"的政治传统、十七年的乡土书写中发现工业题材小说、革命历史题材作品的城市风貌，以及如何看待在80年代城市文学兴起时，作家作品敏锐的讨论与跟进？新时期以来的书写，在城乡之间的人物、背景设置中展示的城市化进程的印迹，这些都是需要重新思考、辨析的问题。新世纪以后，随着城市题材创作的繁荣，许多作品都在从不同侧面诠释着城市精神。既有对当下人物生存状态的审视，也有历史掘进背后的家族、传统、文化余脉思考。

总体来说，本书尝试对新中国成立以来河南城市文学发展进行研究，并以河南为研究视点，通观新中国成立以来城市文学发展状况。通过重回文学现场，在解读文本、考释史实的基础上，剖析其间的地域属性、文化心理、精神气质，城市化进程中所展现的新特质，城与文的互动关系，以及其所携带的文化历史积淀在创作中如何得以呈现。在一定意义上，研究河南城市文学也是钩沉、记录城市文化发展的重要路径，对于中国当代的城市文学研究具有重要的学术意义。但因本人才力、目力所限，书稿还有很多有待完善之处，也期待以后能够深入研究以及学界更多的力作出现。

感谢师友们多年来的帮扶和鼓励。学术的道路是如此的漫长而孤独，重温一部部作家作品，仿佛触摸不同心灵的温度，而采撷不同时代的文学花朵，将其盈润为一部文学发展史，似乎显得格外温暖有意义。